Anja Balschun • Flaschenkinder

Kontrast verlag

Kontrast Verlag
D-56291 Pfalzfeld
www.kontrast-verlag.com

Druck und Bindung:
AALEXX Buchproduktion GmbH
Großburgwedel

Titelgestaltung: Hajo
ISBN 978-3-941200-23-4

Anja Balschun

Flaschenkinder

Kriminalroman

Für Papa und Ute in Liebe

Prolog

„Da kommen noch zwanzig raus", sagte Adrian.

„Niemals", erwiderte Lukas, genannt Podolski. Wer ihn sah, wusste sofort warum. Er trug nicht nur den gleichen Vornamen wie der bekannte Fußballspieler, auch die äußerliche Ähnlichkeit war frappierend. Vor allem die raspelkurzen, dunkelblonden Haare und die ausgeprägte Kieferpartie. „Höchstens achtzehn."

„Dreiundzwanzig", meinte Isabel.

„Einundzwanzig, auf keinen Fall mehr", widersprach Sofie ihrer Zwillingsschwester.

„Wer sagt dir das denn? Deine Nase?" Isabel lachte hämisch.

„Ist gut, Bella", fuhr Adrian scharf dazwischen. „Stresst ihr euch wieder? Wäre klasse, wenn ihr uns nicht den Abend verderben würdet."

„Hab dich nicht so, mein kleiner Engel. Retter der Witwen und Waisen." Isabel kraulte dem Jungen den Nacken.

„Super, dann können wir ja weitermachen. Und hör auf, mich so zu nennen." Adrian schüttelte die streichelnde Hand ab und rutschte einen halben Meter nach rechts.

„Ach ja, richtig. Nur Mama darf das zu dir sagen." Die zuckersüße Stimme und die unbeschäftigten Finger schwebten in der Luft.

„Mann, was jetzt?" Lukas versetzte Daniel einen leichten Schubser. Der äußerte sich wie immer als Letzter und machte daraus ein Riesending. Er wiegte nachdenklich den Kopf, setzte an etwas zu sagen, nur um dann doch weiter zu schweigen.

„Mensch, mach endlich", drängelte Lukas, „nur weil deine Alten als Professoren rumphilosphieren, musst du nicht jedes Mal so tun, als wäre deine Meinung der Anfang einer völlig neuen Weltanschauung. Nächstes Jahr Ostern würde ich gerne zu Hause verbringen."

„Drängel mich nicht immer so, Podolski." Daniel verfiel wieder in dumpfes Schweigen. „Sechzehn", sagte er schließlich mit einem Gesicht, als hätte er heftige Magenschmerzen, während die anderen mit den Augen rollten.

„Okay, zählt mit und staunt." Adrian legte den Kopf in den Nacken und öffnete den Mund. Lukas hob das Kirschwasserfläschchen mit dem Hals nach unten über die Lippen seines Kumpels und ließ den Rest der glasklaren Flüssigkeit auf Adrians Zunge tröpfeln. Sie vollzogen das samstägliche Ritual ihrer Clique, bevor sie anschließend zusammen durch die Kneipen zogen. Sie kauften etwas kleines Hochprozentiges. Jeder nahm einen Schluck, bis das Fläschchen vermeintlich leer war. Dann wetteten sie, wie viele Tropfen in drei Minuten noch rauskamen. Der oder die am meisten vom Endergebnis entfernt war, musste an dem Abend die Getränke für die anderen bezahlen. Das konnte teuer werden. Und ziemlich spannend. Denn wer glaubte, dass in etwa immer die gleiche Tropfenanzahl aus den Fläschchen kam, der irrte gewaltig. Zum einen kam es auf die Konsistenz des Alkohols an. War er durchsichtig wie Wasser oder cremig oder dickflüssig? Wie hoch war die Konzentration des enthaltenen Zuckers? Zum anderen wirkte sich auch die Form des Fläschchens entscheidend auf die Tropfen aus. Handelte es sich um ein eher schlankes und dafür etwas größeres? Oder war es klein und gedrungen? Rund oder eckig? Welchen Durchmesser hatte die Öffnung? Wie sah der Boden aus? Gerade und eben oder hohl und nach innen gewölbt? Angewandte Physik am Samstagabend. Wenn die Lehrer wüssten, wie alltagsnah man einige Themen den Schülern näher bringen konnte, sie würden Bauklötze staunen.

Nach 140 Sekunden waren siebzehn Tropfen auf Adrians Zunge gelandet. Als sie mit dem Experiment begonnen hatten, bestand die größte Herausforderung darin, den Arm drei Minuten oben zu halten. Eine ewig lange Zeit. Weil die Muskeln irre schnell ermüdeten. Bis jemand den Geistesblitz hatte, sich beim Fläschchenhalten abzuwechseln. Auf die Sekunde nach drei Minuten hatte sich noch einmal so viel Flüssigkeit gesammelt, dass sie der Schwerkraft nachgab und in Adrians Kehle landete.

„Achtzehn“, verkündete Lukas triumphierend. „Super. Hat der Onkel recht gehabt. So, Bella, wir danken dir für die heutige Einladung. Wo sollen wir mit dem Training anfangen? Du hast selbstverständlich die Wahl.“

„Mir egal“, sagte Isabel und zog eine Schnute. „Am besten da, wo die langsamsten Bedienungen arbeiten. Warum denn schon wieder ich? Ich versteh das nicht.“

„Oooh, du Arme. Physik gehört eben nicht zu deinen Stärken.“ Die anderen bedauerten sie so lange, bis alle lachen mussten.

Die fünf jungen Leute standen von den Stufen des Deutschen Ecks am Zusammenfluss von Rhein und Mosel, auf denen sie nebeneinander gesessen hatten, auf. Wieder einmal hatten sie keinen Blick für die untergehende Sonne, die die beiden Flüsse in ein goldorangenes, leuchtendes Licht tauchte, sondern begaben sich auf direktem Weg in die Koblenzer Altstadt. Dort gab es eine enorme Auswahl an Kneipen, in denen man sich bis zum nächsten Morgen und bei Bedarf darüber hinaus volllaufen lassen konnte. Jeder in der Geschwindigkeit, die er bevorzugte. Als Erstes besuchten sie das *Highlight* am Görresplatz, eine im Moment bei Schülern und Studenten ausgesprochen beliebte Örtlichkeit in Koblenz. Laute Musik dröhnte durch die Kneipe, oft genug genauso metallen wie die quadratischen Tische, die dicht an dicht im Gastraum standen. Neonlicht zuckte im Rhythmus von Techno, Funk oder Hip-Hop über die schmalen, grauen Sessel aus Kunstleder. Und ab und zu spendierte der Wirt eine Runde Freibier.

Auch Lukas und seine Clique zog es seit Wochen regelmäßig ins *Highlight*. Es bot genau die richtige Kulisse, um sich für eine lange Nacht einzutrinken. Aufwärmen nannten sie das in ihrer Geheimsprache. Den Begriff konnte man prima in Gegenwart neugieriger Elternohren verwenden, ohne Verdacht zu erregen. Im Gegenteil: Er hörte sich so schön sportlich an und klang nach einer Verabredung zum Jogging. Isabel bestellte als Erstes einen Meter Kölsch. Die zehn Gläser wurden zügig auf einem 100-Zentimeter-Brett serviert. Zehn konnte man zum Glück durch fünf teilen und das Brett leerte sich erstaunlich schnell. Es folgten in kurzen Abständen der zweite und der dritte Meter Bier. Innerhalb einer Stunde tranken die fünf jungen Leute jeder sechs Gläser Kölsch. Nun war der richtige Zeitpunkt, um sich härteren Flüssigkeiten zuzuwenden.

„Auf was dürfen wir uns jetzt freuen, bezaubernde Lady?" Lukas griff nach Isabels Händen und küsste behutsam ihre Fingerspitzen.

Das Mädchen wand sich nach kurzem Zögern aus der Berührung des jungen Mannes. „Lass das, Podolski", sagte sie mit einer Stimme, der man die sechs Gläser Kölsch kein bisschen anmerkte. „Wodka?", fragte sie.

1.

„Mensch, lass mich in Frieden. Begreif es doch endlich. Hör auf, mich abzuföhnen", stotterte der Junge. Die genervten Worte kamen ihm nur zäh über die Lippen. Er wischte die Hand, die auf seiner Hüfte lag, als wäre sie eine Boa Constrictor, beiseite. Er sah aus wie ein Blinder, der nach einer Fliege schlug. Der Junge hielt den Arm und das Mädchen, das daran hing, so weit von sich entfernt, wie sein alkoholisierter Zustand es erlaubte. Seinen Bemühungen war kein großer Erfolg beschieden. Sofort legte sich der andere Arm um seinen Körper. Er schwankte und musste sich an ihr festhalten, obwohl es das Letzte war, was er wollte. Aber er sah sich gezwungen, im Gleichgewicht zu bleiben. Sonst würde sie sich ohne Zögern auf ihn stürzen und mit ihren Tentakeln einwickeln. Sie ist gar keine Schlange, dachte er, sondern ein Krake. Besonders, wenn sie Unmengen getrunken hat. Eine Octopussi. Das fand er durchaus lustig. Ein witziger Spruch. Er kicherte und fiel dabei fast hin. Mein Gott, wie müde er war. Das Denken ging immer langsamer, als wären seine Gehirnzellen eingeschläfert worden. Auch seine Beine trugen ihn kaum noch. Er musste gähnen. Er sehnte sich danach, sich schlafen zu legen. Eine lange Nacht lag hinter ihm, mit einer Unmenge von diversen alkoholischen Getränken. Das Mädchen neben ihm roch nach Schnaps, nach Schweiß und nach Parfüm. Keine besonders angenehme Mischung. Er rümpfte die Nase.

„Ja, genau", hörte er jemanden lallen. „Lass das sein. Du benimmst dich so peinlich. Typisch."

„Na … wenn … ihr … euch … so … einig … seid."

Nach diesem mit viel Mühe gestammelten Satz löste sich die Umarmung. Der Schatten, der seit ein paar Minuten beharrlich an

Hüfte und Oberkörper des Jungen geklebt hatte, stolperte einen Schritt nach rechts.

„Das wirst du bereuen, glaub's mir. Ich gehe jetzt. Mit dir ist ja nichts los. Lahmarsch." Ein einziges Gestotter. Sekunden später klapperten Sommersandaletten holprig über das Altstadtpflaster.

Puh, dachte der Junge, geschafft. Zu viel weibliche Aufmerksamkeit konnte einem reichlich auf die Nerven gehen, besonders, wenn sie von der falschen Frau kam. Mit den Händen in den Hosentaschen schaute er den beiden Mädchen hinterher, die untergehakt dem anderen Ende des Platzes entgegentaumelten. Eine seltene Harmonie. Völlig egal, ihm konnte es nur recht sein, dass sie sich endlich gemeinsam auf den Heimweg machten. Hoffentlich drehten sie sich nicht noch einmal um oder kamen zurück. Dann ginge nämlich alles von vorne los. Aber sie blickten stur geradeaus, damit beschäftigt, ihre wackeligen Füße unter Kontrolle zu bekommen. Sie verschwanden absatzklappernd um die Ecke und torkelten zu einem Taxistand am Ende der Straße.

Der Junge schaute sich um. Es war niemand zu sehen. Er setzte sich auf eine Treppenstufe, stützte sich auf seinen Unterarmen ab und legte den Kopf in den Nacken. Er beschloss, noch ein paar Momente die Stille zu genießen, bevor er zu Fuß den kurzen Weg nach Hause gehen würde. Er freute sich darauf, in sein Bett zu fallen und zu schlafen, schlafen, schlafen. Er blickte in den schwarzen Himmel, an dem nur vereinzelt Sterne funkelten. Der Mond versteckte sich irgendwo hinter dem Horizont. Wie friedlich die Nacht wirkt, dachte er. Ich werde ein Gedicht schreiben, überlegte er, über ein Zelt, das sich über die Erde spannt und ihre Bewohner beschützt und Himmel heißt. Während er nach passenden Worten suchte, nahm Morpheus ihn in seine Arme.

Er wusste nicht, wie lange er geschlafen hatte, als jemand ihn an der Schulter rüttelte. Benommen öffnete er die Augen. Was machte er hier? Wo war er? Die Stufen fühlten sich kalt an, auch in der Luft lag keine Wärme mehr, sondern ein kühler Hauch, der ankündigte, dass der Sommer bald endgültig vorbei sein würde. Er wurde an seiner Kleidung hochgerissen, ein paar Meter weiter gestoßen. Tritte trafen ihn an den Schienbeinen. Jemand redete auf ihn ein. So zischend, dass Spucke auf seiner Wange landete. Ein minutenlanger, ununterbrochener Schwall. Fragen prasselten auf ihn ein, aber der Junge verstand kaum etwas. Nur das Wort „Handy“, das ständig wiederholt wurde. Er nickte mit dem Kopf, in der Hoffnung, es würde etwas helfen. Aber stattdessen setzte es Ohrfeigen. Was geschah bloß mit ihm, fragte er sich verwirrt. Er wusste nicht, was ihm da passierte und warum und wer ihm das antat und wohin das führen sollte. Ein hartes, kaltes, glattes Etwas traf ihn am Kopf. Ein kleines, spitzes Teil bohrte sich in seinen Schädel. Blut lief ihm warm ins Ohr und daran vorbei. Er fiel hin. Er konnte es nicht verhindern. Er versuchte den Sturz mit den Händen abzufangen und bezahlte das mit brennenden, aufgeschürften Handflächen. Die Wunde an der Schläfe begann zu pochen. Es tat weh. Der Junge schloss die Augen. Er musste aufstoßen. Der malzige Geschmack von Bier mischte sich mit dem säuerlichen von Gin, Tequila, Wodka und Asbach-Cola. Er gab den Versuch auf, sich aus eigener Kraft aufzurappeln, und fügte sich in sein Schicksal. Hände schoben sich unter seine Achseln, hoben ihn hoch und schleiften ihn ein paar Meter holpernd eine flache Treppe hinunter. Er zwang sich, die Augenlider zu heben. Es fiel ihm so schwer, sie zu öffnen, als wären sie mit Blei gefüllt. Über sich erkannte er eine hohe schlanke Silhouette. Da erinnerte er sich wieder, wo er war. An welchem Ort. Er befand sich direkt am Görresbrunnen. Hier hielt er sich in letzter Zeit oft auf. Der Jemand wuchtete ihn auf den Brunnenrand und warf seinen Körper in den Brunnen.

Seine Welt stand mit einem Mal auf dem Kopf. Sein Gesicht war unten, seine Beine oben. Flüssigkeit schoss ihm die Speiseröhre hinauf und in seinen Mund. Er erbrach sich. Dass die Feuchtigkeit des Wassers seine Kleidung und seine Haare durchnässte, bekam er schon nicht mehr mit.

„Puh“, Jana Reber, Oberkommissarin des Morddezernats der Koblenzer Kriminalpolizei, streifte die blau-schwarzen Leinenturnschuhe ab. Sie ließ sie einfach im Flur liegen und humpelte ins Wohnzimmer. Aufatmend sank sie in den bequemen Ohrensessel und legte die müde getanzten Beine auf den davor stehenden Hocker. „Liebster, würdest du mir ein bisschen die Füße massieren?“, säuselte sie mit einem bittenden Blick aus grünen Augen.

„Um fünf Uhr morgens? Also, ich möchte gerne ins Bett. Schlafen. Du verstehst? Schließlich gehe ich stramm auf die fünfzig zu.“ Achim Tippel, beruflich als Hauptkommissar und auch privat Janas Partner, war wenig begeistert, ihr um diese Zeit die verschwitzten Zehen zu kneten. Rauhaardackel Henry, der zur Feier des Tages eine blau-schwarz-gelbe Fliege um den Hals trug, nutzte die Gelegenheit und begann seinem Frauchen die Sohlen zu lecken.

„Aah, das tut gut“, schnurrte Jana. „Auch wenn es sich ein bisschen wie Schmirgelpapier anfühlt. Kitzeln tut es außerdem.“ Sie kicherte. „Aber trotzdem, super angenehm. Ich werde dich weiterempfehlen, mein kleiner Freund. Vielleicht können wir unter Zuhilfenahme deiner Zunge mein Gehalt und damit die Qualität deines Futters ein wenig aufbessern.“

Der Hund wedelte mit dem Schwanz.

„Ach, Henry“, seufzte Achim und raufte in gespielter Verzweiflung seinen blonden, von grauen Strähnen durchzogenen, Schopf, „musst du immer so angeben? Wenn du ein richtiger Mann wärst, also einer mit nicht ganz so viel Fell und nur zwei Beinen, hätte kein anderer gegen dich eine Chance.“

Der Dackel bellte zustimmend und wedelte ein paar Takte schneller.

„Aber er tanzt bei Weitem nicht so leichtfüßig wie du“, sagte Jana. „Das hat Spaß gemacht. Das sollten wir öfter machen, nicht nur, wenn wir auf einer Hochzeit eingeladen sind.“

„Ich habe befürchtet, dass du das sagen wirst, meine Schöne. Ich bin immer wieder erstaunt, wie leicht du dich beim Tanzen führen lässt. Ist ansonsten ja nicht so deine Art.“

„Oh, ich überlasse mich gerne gekonnter männlicher Führung.“

„Schade, dass ich so ermattet bin. Ich hätte dich sonst mit Vergnügen noch in Versuchung geführt.“ Achims blaue Augen blitzten übermütig und ließen bei Jana den Verdacht aufkommen, dass er so ermattet vielleicht gar nicht war. Er zog seine Freundin aus dem Sessel. „Ab ins Körbchen. Und für die unter uns weilenden Hunde: Ab auf die Decke!"

Der Dackel kläffte und stellte das Schwanzwedeln ein. Seine Rute bewegte sich langsam Richtung Boden. Sein Frauchen beugte sich herunter und fuhr dem Tier durch das widerspenstige Fell. „Gute Nacht, Henry. Vielen Dank für die Wohlfühlbehandlung."

Jana ging ins Bad, streifte ihr TuS-Koblenz-T-Shirt, auf dem auf der Rückseite ihr Vorname stand, Jeans und Unterwäsche von ihrem schlanken Körper und schlüpfte in ihren Pyjama mit der kurzen Hose. Sie genoss die Kühle der glatten Seide auf ihrer Haut. Der Sommer hatte sich in diesem Jahr auf einen tollen Juli beschränkt. Der August stellte sich als Totalausfall heraus. Der angebliche Hochsommermonat war mit doppelt so viel Regen wie sonst im langjährigen Mittel dahergekommen. So lauteten zumindest die übereinstimmenden Aussagen der Wetterfrösche in den Nachrichtenredaktionen. 160 Liter waren im Durchschnitt auf den Quadratmeter niedergeprasselt, im Gegensatz zu üblichen 77 Litern. Mittlerweile war es bereits September. Der besann sich zum Glück auf seine Eigenschaft als teilweiser Sommermonat und bescherte der vollgeregneten Bevölkerung warme Temperaturen und trockene Momente. Selbst nachts konnte man mit relativ wenig Kleidung unterwegs sein. Jana fand das toll. Der August war ihr richtig auf die Nerven gegangen, zumal sie fast täglich in dem doppelt so viel Regen gestanden hatte und mehr als einmal platschnass geworden war. Zugegeben, Henry begeisterte sich für die zahlreichen Pfützen. Wo nur irgend möglich, sprang er in eine hinein und roch anschließend stundenlang nach nassem Hund. Was sein Frauchen nicht sonderlich schätzte.

Jana fuhr mit dem Kamm durch ihre kurzen dunklen Haare. Es brachte nichts, sie standen in alle Richtungen ab. Dann drückte sie Zahnpasta auf die Bürste und begann mit dem Putzen. Ihr Liebster war schon ins Schlafzimmer abgebogen. Um diese Uhrzeit verzichtete er gerne mal auf die Dentalpflege. Gerade als sie sich energisch den Mund ausspülte, fing ihr Festnetztelefon an zu klingeln. Zeitgleich mit Achims Handy.

Eine halbe Stunde später sahen sich zwei todmüde Kommissare am Brunnen auf dem Görresplatz einem bedeutend wacheren Rechtsmediziner gegenüber, der gerade dabei war, über die Brüstung zu klettern. Ein rot-weißes Band sperrte den Bereich um die Brunnenanlage weiträumig ab. Im Moment war das zwar noch nicht nötig, denn bis auf die Mitarbeiter der Polizei präsentierte sich der Platz menschenleer. Aber in spätestens zwei Stunden würden die ersten Touristen und Einheimischen auftauchen, um in einem der Cafés in der Morgensonne zu sitzen und einen Kaffee zu trinken oder zu frühstücken. Nach und nach würden die Stadtführer mit ihren Gruppen herkommen und den Platz besichtigen. Um diese Zeit Anfang September war es um sechs Uhr morgens nicht mehr richtig dunkel, aber auch noch nicht richtig hell. Für Jana bekam der Begriff Morgengrauen in diesem Moment eine vollständig neue Bedeutung. Mit Betonung auf dem Grauen. Im milchigen Dämmerlicht beobachtete sie, wie der Rechtsmediziner seinen durchnässten Überzug abstreifte, mit einem Sprung die kurze Treppe überwand und sich zu ihnen gesellte. Er erinnerte sie an ein frisch geduschtes Gespenst.

„Hallo, ihr zwei. Ihr seht aus, als hättet ihr zu wenig oder überhaupt nicht geschlafen. Täusche ich mich da? War es am Ende gar zu viel?“ Der Doc zwinkerte Jana und Achim verschwörerisch zu. Die waren derlei Andeutungen mittlerweile gewohnt, schließlich waren sie schon ein paar Monate zusammen. Offiziell jedenfalls. Heimlich bereits wesentlich länger. Sie hatten sich Zeit gegeben und das Versteckspiel ziemlich aufregend gefunden. Eines der beliebtesten Themen im Präsidium war nämlich, wie überall, wo Menschen eng miteinander arbeiteten, die dienstlich-private Pärchenbildung. Im Falle der beiden Ermittler hatten es sowieso alle lange vor den Betroffenen geahnt. Die Verwunderung hielt sich jedenfalls in Grenzen. Interessant war es dennoch. Zumindest so lange, bis es eine aktuellere Verschmelzung im Kollegenkreis zu bestaunen gab.

„Philipp hat geheiratet", gab Jana bereitwillig Auskunft. „Wir sind erst vor einer Stunde heimgekommen."

„Oh, herzlichen Glückwunsch. Hoffentlich kommt ihr ohne euren jungen Mitarbeiter zurecht. Wo ist denn Reiter? Der hätte doch wirklich mal Bereitschaft machen können, wenn ihr Hochzeit feiern geht."

„Tja. Der liegt mit einem doppelten Bandscheibenvorfall darnieder. Zu Hause natürlich. Manchmal glaube ich, er verfügt über eine Art Frühwarnsystem für noch nicht passierte Morde. Drei Tage vorher wird er krank oder fährt in Urlaub oder zu einer ungemein wichtigen Fortbildung oder wird Vater. Genug Freundinnen dafür hat er ja. Ansonsten mach dir mal keine Sorgen, Doc", sagte Achim. Er legte beide Hände über den Mund und verdeckte so ein ausführliches Gähnen. „Philipps Flitterwochen werden wir schon ohne dauerhaften Schaden an Leib und Seele überstehen. Hätten wir allerdings gewusst, dass jemand auf unkoschere Art ums Leben kommt, hätten wir das rauschende Fest früher verlassen. Was ist denn hier passiert?"

„Mit so vielen Freundinnen muss Reiter ja irgendwann mal einen Bandscheibenvorfall bekommen", kicherte der Doc, aber er wurde schnell wieder ernst. „Passiert ist das da. Oder vielmehr der da."

Der Doc deutete auf die Brunnenanlage und die Historiensäule, die sich in ihrer Mitte aus der Dämmerung erhob. Ein Geschenk des Landes Rheinland-Pfalz an die Stadt an Rhein und Mosel, anlässlich der 2000-Jahr-Feier anno 1992. Fertiggestellt wurde sie allerdings erst acht Jahre später. Woran das wohl lag, hatten sich die Einwohner damals gefragt. Wahrscheinlich daran, dass Koblenz hauptsächlich aus Beamten bestand. Da dauerte alles ein wenig länger, traditionell. Dafür wurde es dann aber auch umso schöner, denn die vollendete Historiensäule stellte einen echten Hingucker dar. Das viel beachtete steinerne Kunstwerk erzählte in zehn Bildern die Geschichte der Stadt.

Am unteren Ende der Säule saßen rudernde Männer in einem mit Weinfässern beladenen Boot. Am Bug wachte ein Windgeist darüber, dass alles gut ging. Um seinen Hals hing eine Girlande aus Trauben und Weinblättern. Der Brunnen plätscherte idyllisch vor sich hin. Das Wasser sprudelte in einem satten Strahl aus den Mündern des guten Geistes und eines Ruderers sowie aus einem der Fässer in die Einfassung. Außerdem floss es über die Reling des Bootes. Den harmonischen Gesamteindruck störte erheblich eine männliche Leiche, die unter dem Nachen an der Säule lehnte. Aus Haaren und Kleidung des Toten tropfte in unregelmäßigen Abständen Wasser. Plitsch-Platsch, Platsch-Plitsch.

„Kann irgendwer den Brunnen abstellen? Das ist ja nervig." Jana wollte entschieden nicht hier sein. Sie sehnte sich nur nach einem: in ihrem gemütlichen Bett zusammen mit Achim den Sonntag zu verschlummern.

„Wir sind dabei", erwiderte der Doc. „Allerdings ist der Schlüssel für die Tür, hinter der sich das Absperrventil befindet, unauffindbar. Deswegen müssen wir sie aufbrechen. Leider ist sie sehr massiv. Oder warum, glaubst du, triefen meine Ausrüstung und ich hier so vor uns hin?"

Logisch, dachte Jana, irgendetwas stellte sich immer quer und wenn es eine abgeschlossene Tür war. Am nächsten Wochenende würde sie ihr Telefon ausstöpseln und die Handys in den Rhein werfen. Mochten noch so viele Leichen vor sich hin tropfen.

Achim war inzwischen die Treppe hinuntergegangen, die zu der Brunnenanlage führte, und nahm den Toten in Augenschein. „Oh Gott", entfuhr es ihm. Er zupfte nervös an seinem sorgfältig gepflegten Oberlippenbart herum.

Jana war sofort neben ihm. Kein Gedanke mehr an ausgestöpselte Telefone und versenkte Handys. „Was ist?"

„Das ist ja fast noch ein Kind", sagte Achim entsetzt. „Ob der schon volljährig ist?"

Seine Partnerin sah dem Toten ins Gesicht. Es handelte sich ohne Zweifel um einen blutjungen Mann mit langen, glatten, dunklen Haaren und nur spärlich vorhandenem Bartwuchs. Er war schlank, an der Grenze zum Mageren. Die Labels bekannter Modemarken prangten auf seiner Kleidung. Seine bernsteinfarbenen Augen waren offen und glänzten noch im Tod. Jana kam es vor, als würde er sie anschauen. Die Kommissarin verspürte den Impuls, den Jungen zu berühren. Sie wollte ihm über die glatten Wangen streicheln, irgendetwas Tröstliches sagen, auch wenn er es nicht mehr hören konnte. Der Tod hatte ihn eindeutig zu früh auf seine Schippe genommen, und er hatte es versäumt, hinunterzuspringen. Sie fand es entsetzlich, in diese Augen schauen zu müssen, die noch so viel hätten sehen können. Jana war sicher, dass ein attraktiver Mann aus ihm geworden wäre, mit einem leicht südländischen Einschlag. Aber irgendjemand hatte das aus irgendeinem Grund verhindert. Es war ihre Aufgabe, herauszufinden warum. In der Höhe seines Kopfes zerliefen rostbraune Streifen. Sah aus wie Blut.

„Was ist mit ihm passiert?“, fragte sie in Richtung Rechtsmediziner.

„Er hat eine unschöne Wunde am hinteren Schädel. Die nicht von der Säule stammt, wie ich betonen möchte. Ich bin überzeugt, dass eine Flasche die Ursache ist. In der Verletzung befinden sich Glassplitter. Da muss jemand mit reichlich Schmackes zugeschlagen haben.“

„Wenn er mit einer Flasche von hinten niedergeschlagen worden ist, dann kann er doch unmöglich direkt danach so in den Brunnen gefallen sein.“

„Hervorragend erkannt, liebe Jana. Ich möchte mich jetzt nicht zu weit aus dem Fenster lehnen, aber ich bin mir fast sicher, dass ihn jemand so dorthin drapiert hat. Deshalb seid ja auch ihr beide hier. Es schaut nach einem Tötungsdelikt aus, mit aller Vorsicht ausgedrückt.“

„Wie heißt er denn?“

„Da bin ich überfragt, Achim. Er hat keine Papiere bei sich. In seinen vorderen Hosentaschen steckten ein Schlüssel, vermutlich von einer Haustür, ein bisschen Münzgeld und insgesamt sechs Fünfzigeuroscheine. Die hinteren waren leer wie mein Konto am Monatsende. Das Gleiche gilt für die Taschen an der Jeansjacke.“

„Dreihundert Euro, Kleingeld und ein Schlüssel? Sonst nix? Kein Handy oder so?“

„Nö, aber wir suchen natürlich weiter. Es ist schon erstaunlich, was in so einem Brunnen alles rumschwimmt. Die Spurensicherung hat ein ganzes Sortiment an Haar- und anderen Gummis herausgefischt. Außerdem eine ungeöffnete Tüte mit Fruchtbonbons. Unzählige, unglaublich durchgeweichte Papiertaschentücher. Das wird die Kollegen eine Weile beschäftigten. Aber ihr wisst ja, wie das ist, wenn H-zwei-O im Spiel ist. Allzu viele Spuren werden wir nicht finden. Ich war zwar schnell hier, eine Verdünnung hat natürlich trotzdem stattgefunden."

„Sind dem Wasser irgendwelche Zusätze beigemischt?"

„Holla, Achim, Respekt. Du hast ja ordentlich was gelernt, seitdem du mit mir zusammenarbeiten darfst. Ja, es ist behandelt, damit es nicht verkeimt."

„Todeszeitpunkt?"

„Schwer zu sagen, er hat im kalten Brunnenwasser gelegen. Er ist rasch ausgekühlt. Nach meiner Schätzung dürfte er ungefähr drei Stunden tot sein. Das deckt sich auch mit den Beobachtungen des Mitarbeiters der Tiefgarage."

„Hat der die Polizei gerufen?"

„Jawohl. Er wartet unten in seiner Kabine auf euch."

„Okay, Doc, danke. Wir werden mit ihm sprechen. Tschau, bis nachher." Die Kripobeamten hoben grüßend die Hände.

„Tschau, ihr zwei. Seht zu, dass ihr ein wenig Schlaf abbekommt."

„Achim Tippel, das ist meine Kollegin Jana Reber. Guten Morgen, Herr …?"

Der Mann, der damit beschäftigt war, in dem kleinen Räumchen mit leerem Blick auf einige Bildschirme zu starren, die in mehreren Aufnahmen das Innere der Görres-Tiefgarage zeigten, schaute auf.

„Bravheit. Hallo. Von einem guten Morgen kann ja wohl kaum die Rede sein. So etwas Schreckliches habe ich noch nie erlebt." Herr Bravheit zog viel zu hastig an seiner Zigarette, obwohl überall Schilder darauf hinwiesen, dass das Rauchen in der Garage verboten war. Er musste husten. „Entschuldigung." Er ließ den Stummel fallen und zertrat ihn, als wäre er ein besonders widerliches Insekt.

„Würden Sie uns bitte erzählen, wie Sie auf den Jungen aufmerksam geworden sind?", fragte Achim.

„Wissen Sie, im Laufe der Nacht wird es naturgemäß immer ruhiger. Und langweiliger. Aber ich kann von hier unten eine Webcam auf den Görresplatz zuschalten. Wenn nix mehr los ist, mache ich das ab und an. Dann bekomme ich wenigstens mit, was oben so passiert, und fühle mich in der Unterwelt nicht so einsam. Es kommt immer mal wieder einer, der zu Fuß nach Hause geht oder woanders geparkt hat und über den Platz laufen muss, um zu seinem Auto zu kommen." Herr Bravheit zündete sich eine weitere Zigarette an.

„Und dann?", fragte Achim und schaute sich in der Tiefgarage um. Das Parkhaus war hell und sauber. Es hatte 24 Stunden geöffnet und wurde rund um die Uhr bewacht. Obwohl der Angestellte im Moment so aussah, als wollte er seinen Job am liebsten sofort hinschmeißen.

„Um Viertel nach zwei habe ich die Webcam auf die Säule eingestellt. Da hat da noch kein Toter drin gesessen, ich schwöre es. Danach habe ich mich lange mit einer Kneipenwirtin unterhalten, die bei uns einen Dauerparkplatz gemietet hat. Wir haben zusammen einen Kaffee getrunken. Als ich gegen drei Uhr noch mal auf das Webcambild geschaut habe, hat er drin gesessen. Erst habe ich gedacht, jemand hätte sich reingesetzt, um sich abzukühlen. Das kommt im Sommer öfters vor. Aber meistens sind das mehrere, die im Brunnen irgendwelche neckischen Spielchen veranstalten. Na ja, die Jugend. Ich gönne es ihr. Als er nach zehn Minuten immer noch an der Säule gelehnt hat, ohne sich zu bewegen, bin ich nachschauen gegangen. Ich habe ihn angesprochen. Irgendwas an dem, wie er da so saß, kam mir komisch vor. Ich dachte, warum antwortet der nicht, was guckt der dich denn so an? Unheimlich war das. Ich habe geschaut, ob ich noch andere Jugendliche sehe. Es war niemand da." Herr Bravheit versuchte, sich eine neue Zigarette anzuzünden, aber seine Hände zitterten so heftig, dass mehrere

Anläufe misslangen. Achim nahm ihm schließlich das Feuerzeug ab und war ihm behilflich.

„Danke." Der Parkhauswächter inhalierte gierig, bevor er weitersprach. „Langsam begann ich mich zu fürchten. Weil ich begriffen hatte, dass da ein Toter im Brunnen sitzt. Also habe ich die Polizei angerufen. Ihr Kollege hat gesagt, es wäre sofort jemand da. Das war mir mehr als recht. Mir ist kotzübel."

Wieder rauchte er mit tiefen Zügen. Davon wird ihm zweifelsohne auch nicht besser, dachte Jana.

„Waren Sie die ganze Zeit hier? Oder sind Sie weggegangen?"

„Nein, ich habe hier gesessen und auf den Bildschirm gestarrt. Ich konnte mich kaum rühren. Leider dürfen wir nichts speichern, sonst wüssten wir jetzt, wer ihm das angetan hat."

„In diesem speziellen Fall ist das in der Tat bedauerlich", bestätigte Achim. „Als Sie den Jungen gefunden haben, hat er da schon so an der Säule gesessen?"

Herr Bravheit nickte. Asche fiel ihm auf die Hose und hinterließ einen grauen Fleck, aber er schien es nicht zu bemerken. Er sah die beiden Kommissare an. „Ich habe auch einen Sohn. Etwa in seinem Alter. Er wird langsam flügge, das ist nicht einfach, insbesondere nicht für seine Mutter."

„Das glaube ich gerne. Danke, Herr Bravheit. Wenn noch etwas sein sollte, melden wir uns bei Ihnen", sagte Achim. „Wo können wir Sie in der nächsten Zeit finden?"

„Bis Freitag bin ich zur Nachtschicht eingeteilt", antwortete der Parkhauswächter. „Dann habe ich das Wochenende frei."

Die beiden Ermittler bedankten sich und gingen langsam die Auffahrt hinauf, zurück auf den Platz und zum Rechtsmediziner.

„Ich würde ihn gerne in die Rechtsmedizin bringen lassen. Was dagegen?", fragte der Doc.

„Nein. Ich denke, je früher wir mit unserer kompletten Staffage von hier verschwinden, umso besser."

Jana schaute sich um. Ein paar Frühaufsteher waren auf die Szenerie aufmerksam geworden und näherten sich neugierig dem Brunnen. Die Polizei hielt sie zurück. Trotzdem war es nur eine Frage der Zeit, bis sich der Platz mit sensationslüsternen Mitmenschen füllen würde. Ein Tatort oder Fundort mitten in der Stadt stellte für die ermittelnden Beamten immer eine besondere Herausforderung dar. Neugierige Menschen waren zu unglaublichen Anstrengungen fähig, wenn sie ihren Vorwitz befriedigen wollten. Es grenzte sowieso schon an ein Wunder, dass noch kein Reporter von der heimischen Presse, der Speerspitze der Sensationslust, die als Tarnkappe das Informationsrecht trug, aufgetaucht war.

„Wir nehmen jetzt 'ne Mütze Schlaf, Doc. Solange wir nicht wissen, wie das Opfer heißt, sind wir eh zur Untätigkeit verdammt. Solltet ihr was rausfinden, ruft an. Ansonsten kommen wir dich heute Nachmittag an deinem heimeligen Arbeitsplatz besuchen. Gute Nacht“, teilte Jana mit.

„Halt“, der Chef der Spurensicherung kam auf die Dreiergruppe zugestürmt. „So leid es mir tut, der Brunnen muss bewacht werden.“ In diesem Moment verstummte das Plätschern schlagartig, die Kollegen hatten es endlich geschafft, das Wasser abzustellen. Der Windgeist schaute erstaunt mit offenem beschäftigungslosen Mund.

„Wenn sich alles, was noch drin rumschwimmt, abgesetzt hat, schauen wir genau nach. Je nachdem müssten wir ihn leer pumpen lassen. Deshalb sollten keine weiteren Opfergaben reingeworfen werden. Das heißt, dass auch die Absperrung dableiben muss. Leider“, erläuterte der Spurensicherer.

„Erzählt den Leuten einfach, ihr würdet einen Film drehen.“ Achim grinste. Als er den tadelnden Blick des Kriminaltechnikers sah, wurde er ernst. „Schon gut. Ich rufe im Präsidium an und lasse zwei Mann abstellen. Zum Aufpassen. Kein Thema. Zufrieden?“

„Vollkommen“, grummelte der Kollege. „Besten Dank.“ Als er zurückging, lief er einem Reporter der *Rhein-Zeitung* in die Arme. Der Journalist hatte Papier und Bleistift bereits gezückt. Über seiner rechten Schulter hing eine professionelle Fotoausrüstung mit einem irre großen Objektiv auf der Kamera. Die beiden unterhielten sich ein paar Sekunden, bevor der Spurensicherer unmissverständlich auf die Kommissare deutete.

„Fort von hier“, drängelte Jana und zerrte Achim hinter sich her. „Sonst hat sich unser Nickerchen erledigt.“

2.

Jana hatte zwei Stunden verzweifelt versucht einzuschlafen. Aber mehr als ein unruhiges Dösen hatte ihr angespanntes Nervenkostüm nicht zustande gebracht. Eine Zeit lang wälzte sie sich von einer Seite auf die andere, während Achim tief und fest schlief. Er war schon ins Reich der Träume gesegelt, da lag sein Kopf kaum auf dem Kissen. Beneidenswert. Ab und zu stieß er einen leisen Schnarchlaut aus. Jana kämpfte darum, zur Ruhe zu kommen und Erholung zu finden. Was an sich bereits ein Fehler war. Mit Druck ging gar nichts. Immer wieder tauchte vor ihrem inneren Auge das glatte, bartlose Gesicht des jungen Toten auf. Vorsichtig kletterte sie aus dem Bett, das einen knarrenden Laut von sich gab. Achim drehte sich auf die linke Seite. Dabei fiel seine Decke auf den Boden. Jana hob sie auf, breitete sie über ihrem Freund aus und stopfte sie in seinem Rücken fest. Ihr Gefährte quittierte das mit einem zufriedenen Grunzlaut. Sie ging in die Küche und kochte Kakao. Den besonders guten aus den feinherben Schokoflocken. Sie setzte sich an den kleinen Tisch und trank ihn langsam aus. Die Zeiger der Küchenuhr standen auf kurz vor zehn. Die Sonne zauberte einige helle Flecken auf die Küchenwände. Was für ein herrlicher Morgen. Henry kam um die Ecke getrottet, hockte sich vor sein Frauchen und schaute fragend.

„Jemand hat einen toten Jungen gefunden. Er ist fast noch ein Welpe. Er hat schöne Augen. Groß und goldbraun und glänzend. So wie deine. Wir kennen nicht mal seinen Namen. Aber er ist so jung, irgendjemand wird ihn bald vermissen.“

Henry sprang an ihren Beinen hoch und legte seine Pfoten auf ihre Knie. Jana stellte ihren Becher ab und hob den Dackel auf ihren Schoß. Der Vierbeiner machte es sich sofort bequem. Sein Frauchen kraulte ihm die Ohren.

„Wir werden schon rausfinden, was da passiert ist.“ Der Hund schnaufte und schmiegte seinen Kopf in Janas Hand. Die nahm es als Zustimmung. „Es ist ein seltsames Gefühl. Während wir fröhlich Philipps Hochzeit gefeiert haben, wurde der Junge umgebracht."

Jana dachte an gestern, an ein außergewöhnliches Fest. Nach der Trauung in der Kapelle von Schloss Stolzenfels am Mittag waren Brautpaar und Gäste in einem Autokorso zum Stadion Oberwerth gefahren, um sich dort das Spiel des Fußball-Vereins TuS Koblenz anzuschauen. Ein ausdrücklicher Wunsch der Hochzeiter. Philipps Angetraute, die reizende Sabine, TuS-Anhängerin mit Leib und Seele, übernahm mit einem TuS-Schal über dem Brautkleid und hochhackigen Schuhen, die tiefe Löcher im heiligen Rasen zurückließen, den Anstoß der Partie. Nachdem ihr frischgebackener Mann sie auf die Mitte des Spielfeldes getragen hatte. Janas zweijähriges Patenkind Lea trippelte mit Henry im Schlepptau hinterher und verteilte unter den misstrauischen Blicken des Platzwartes krähend Rosenblüten. Viertausend Zuschauer hatten gratuliert und „Hoch sollen sie leben" gesungen. Ein Gänsehautmoment. Jana gönnte es ihrem Kollegen und seiner Frau von Herzen. Man sah ihnen an, wie glücklich sie waren.

Auch die TuS hatte den Hochzeitern, insbesondere ihrem eingefleischten Fan Sabine und ihren Gästen, ein Geschenk gemacht. Sie hatte das Spiel mit eins zu null gewonnen. Danach pilgerte die Hochzeitsgesellschaft ins Fan-Lokal und feierte ausgelassen. Philipp und Sabine hatten darum gebeten, dass die Festgemeinde in TuS-Fankleidung erscheinen möge. Das führte natürlich im Vorfeld zu einigen Unstimmigkeiten, denn etliche Damen hätten sich gerne in schicken Cocktailkleidern bewundern lassen. Aber am Ende beugten sich alle dem Wunsch des Brautpaares und erschienen folgsam im TuS-Outfit. Jana fand die Idee prima. Die ohne Cocktailkleid brauchten sich weder in Unkosten zu stürzen noch mussten sie sich den Kopf über angemessene Gala-Kleidung zerbrechen. Die meisten Eingeladenen nannten ohnehin das ein oder andere Utensil aus dem Fan-Shop ihr Eigen. Und so hatte eine Festgemeinde in blau und schwarz eine Superfete gefeiert.

Frisch geduscht waren sogar die TuS-Spieler und die Trainer auf einen Kaffee und ein Stück Kuchen ins Lokal gekommen. Achim, der seit über vierzig Jahren gegen das runde Leder trat, hatte sich die Gelegenheit nicht entgehen lassen und mit dem Coach und seinem Co ausgiebig gefachsimpelt. Jana, selbst Mitglied bei der TuS, begeisterte das natürliche, unverkrampfte Auftreten der Spieler, freundliche, offene und ausgesprochen höfliche Jungs.

Ihr Patenkind war von einem Arm auf den anderen gewandert, während sie entspannt mit den Eltern plauderte. Achim und sie hatten Leas Eltern und ihre Geschwister Benjamin und Sarah vor über zwei Jahren bei Ermittlungen kennengelernt. Der Mord an einer Nonne hatte sie zu Ralf und Annette Jung und ihren zu der Zeit noch zwei Kindern in die Eifel geführt. Aus dieser zunächst unfreiwilligen Begegnung hatte sich eine intensive Freundschaft entwickelt, die von beiden Seiten mit Hingabe gepflegt wurde. Insbesondere ihre Aufgabe als Patentante nahm Jana ernst. Sie genoss die Zeit, die sie mit Lea und ihrer Familie verbringen durfte. Die Kleine und ihre Geschwister hatten auf der Feier für jede Menge Spaß gesorgt.

Aber bevor sie das rauschende Fest mit Achim gemeinsam nachgenießen konnte, hatte ihnen jemand einen toten Jungen in den Görresbrunnen gelegt. Verdammter Mist. Manchmal wünschte sich die Kommissarin, das Leben würde seine Wendungen etwas behutsamer vollführen.

Lukas wurde langsam wach. Mit geschlossenen Augen reckte und streckte er seine Arme und strampelte unter der Decke mit seinen Beinen. Die Sonne flutete durch die Vorhänge, die sein Zimmer eigentlich verdunkeln sollten. Erfreut stellte er fest, dass es ihm saugut ging. Keine Kopfschmerzen, kein flaues Gefühl im Magen. Er vertrug den Alkohol immer besser. In der vergangenen Nacht war reichlich davon geflossen. Kölsch, Wodka, weißer Tequila mit Zitronenscheiben und Salz, brauner Tequila mit Orangen und Zimt, Gin mit und ohne Tonic. Die hübsche Bella hatte einmal mehr die Tropfenwette verloren. Der Getränkekonsum ihrer Freunde und ihrer Schwester war sie teuer zu stehen gekommen. Zum Abschluss waren sie im *Sinn-voll* gelandet. Voll waren sie da durchaus schon gewesen. Allerdings nicht zu abgefüllt, um noch zwei Runden Cola-Cognac erfolgreich einzuschütten. Mit Isabel lief es leider viel weniger erfolgreich. Seit Monaten versuchte er, an sie ranzukommen. Aber sie blockte alles ab. Manchmal dachte er, sie würde auf Adrian stehen. Auf den Milchbubi. Hatte vor gerade mal acht Wochen seinen achtzehnten Geburtstag gefeiert. Dagegen war er, Podolski, mit seinen einundzwanzig Jahren schon ein richtiger Kerl. Was er Bella nur zu gern beweisen würde. Nicht, um mit ihr eine Beziehung zu haben, nein. Nur, um sie von seiner Männlichkeit zu überzeugen.

Sie gingen zusammen in die dreizehnte Jahrgangsstufe, im nächsten Frühling stand das Abitur an. Seinen Altersvorsprung hatte Lukas der Tatsache zu verdanken, dass er zwei Klassen hatte wiederholen müssen. Angefangen hatte es gleich mit der ersten. Da war er noch zu unreif für den Ernst des Lebens gewesen, obwohl er schon da zu den Älteren gehört hatte. Er hatte das Schuljahr damit verbracht, mit seinen Spielzeugautos unter dem Schreibpult gegen sich selbst Rennen zu fahren. Alle Ermahnungen und Überzeugungsversuche von Seiten der Lehrerschaft hatten null gefruchtet. Als seine Kameradinnen und Kameraden bereits in der Lage waren, kleinere Texte zu lesen, konnte er noch nicht mal ein X von einem U unterscheiden. Na ja, im zweiten Anlauf funktionierte es relativ gut. Die Zehnte hatte ihm eine weitere Ehrenrunde beschert. Die allseits anerkannte Begründung lautete Pubertät. In der zehn war auf zwei Dritteln der Halbjahreszeugnisse der Hinweis auf die gefährdete Versetzung vermerkt gewesen. Die Mehrzahl rettete sich ins nächste Schuljahr, nicht zuletzt dank der höchst engagierten Lehrerschaft, aber drei Mitschüler hatten Podolski auf seiner zweiten Schleife begleitet.

Dem Wunsch seiner Eltern, dass er Zahnmedizin studieren und danach doktortitelgeschmückt die gut gehende Praxis seines Vaters übernehmen sollte, taten seine schulischen Misserfolge keinen Abbruch. Das lag wahrscheinlich daran, dass seine Intelligenz nur von seiner stinkenden Faulheit übertroffen wurde. Was Mama und Papa durchaus wussten. Seit er in der elften Klasse fast nur noch die Fächer besuchen durfte, die ihn interessierten, glänzte er mit guten bis sehr guten Noten, ohne sich sonderlich dafür anstrengen zu müssen. Seine Leistungskurse Mathe, Englisch und Kunst machte er mit links. In den Grundkursen reichte es, wenn er ein bisschen aufpasste. Seine mehr als brauchbaren Leistungen verschafften ihm ein recht gemütliches Leben auf Kosten seines Vaters, dem Doktor med. dent. Heinz Siegmann, einem anerkannten Fachmann auf dem Gebiet der Implantate. Ein lohnendes Geschäft, dieser Spezialzweig. Selbst Menschen über siebzig ließen sich heutzutage noch falsche Zähne einzementieren. Lukas verspürte allerdings nicht die geringste Lust, in anderer Leute Karies oder zurückgehendem Zahnfleisch herumzufuhrwerken. Von der Hand in den Mund zu leben, wie sein Vater es immer ausdrückte. Von dem blöden Spruch konnte er nie genug bekommen. Sein Sprössling vertrat dagegen die Meinung, dass man sich dieses Elend nicht zwingend antun musste. Aber das brauchten seine Eltern ja nicht unbedingt zu wissen. Wenn es nicht anders ging, würde er halt mit einem Zahnmedizinstudium beginnen. Es würde ein äußerst langwieriges Studium werden, mit wohlwollender Unterstützung seines Vaters. Lukas Vorstellung von einem schönen Leben bestand nämlich darin, Papis Geld auszugeben, oder überhaupt Geld auszugeben. Möglichst viel. Für schnelle Autos, heiße Bräute, coole Drinks. Über die Drinks konnte er sich in letzter Zeit nicht beschweren. Genauso wenig wie über sein Auto. Als er seinem Vater sein exzellentes Abschlusszeugnis der zwölften Klasse auf den Abendbrottisch gelegt hatte, hatte der spontan einen Golf GTI springen lassen. Zwar gebraucht, aber immerhin mit Sportpack und in einem glänzenden Schwarzmetallic. Nur das mit der Braut entpuppte sich zurzeit als ein wenig mühselig. Bella behandelte ihn wie einen Kumpel. Daniel ging es ebenso. Adrian, dem Jungelchen, streichelte sie dagegen immer wieder über den Kopf oder flüsterte ihm etwas ins Ohr. Dabei kam sie ihm so nahe, dass ihre Brüste seine Oberarme berührten. Sie hatte schöne Brüste, nicht zu klein und nicht zu groß. Lukas schätzte, dass ihre wohlgeformten Titten perfekt in seine Hände passen würden, genau wie ihr knackiger Arsch. Blöd, dass im Moment an das verlockende Angebot kein Rankommen war. Podolski fragte sich warum. Schließlich war seine Klassenkameradin ansonsten alles andere als prüde, wie er sehr genau wusste. Vielleicht sollte er sich ihrer Zwillingsschwester

Sofie zuwenden. Die war zwar leider im Gesicht nicht so hübsch wie Isabel, aber ebenso aufregend gebaut und unter Umständen etwas williger.

Es klopfte an seiner Zimmertür. „Lukas?“ Die Stimme seines Vaters riss ihn aus seinen Gedanken. „Bist du wach?“

„Jetzt schon, Dad.“ Auch wenn er im Moment auf seinen Erzeuger nicht gut zu sprechen war, bemühte Podolski sich um Höflichkeit.

„Oh, Verzeihung, mein Sohn. Ist es spät geworden gestern?“

„Wir haben uns irre ausgepowert.“

„Schön, schön. Dann bist du wohl zu kaputt für eine Runde Tennis mit deinem alten Herrn?“

Oh nein, nicht auch das noch, dachte Lukas, aber ihm war klar, da musste er jetzt durch. „Zu kaputt? Bitte keine Beleidigungen, ja? Darf ich erst duschen und frühstücken?“ Und vor allen Dingen Zähneputzen fügte er im Stillen hinzu.

„Frühstück um ein Uhr mittags. So gut hätte ich es in deinem Alter auch gerne gehabt“, lachte sein Vater. „Aber gleich werden wir ja sehen, wie fit du wirklich bist.“

Lukas riss die Fenster auf und atmete tief die frische Luft ein. Es war wichtig, dass seine Altvorderen weder seine Fahne bemerkten noch den Alkoholdunst, der durch den Raum waberte, sonst wäre sofort Schluss mit lustig. Zum Glück akzeptierten seine Eltern, dass sein Zimmer und alles, was sich darin befand, privat waren. Seine Mutter Dorothee betrat es nur, um staubzusaugen oder um ihm frische Kleidung auf sein Bett zu legen. Selbstverständlich nur, wenn es ihrem Sohn genehm war. Sollte das der Fall sein, hing an der Tür von außen ein Bild mit dem grünen, gehenden DDR-Ampelmännchen. Wenn er nicht gestört werden wollte, drehte Lukas das Pappplakat um und ein rotes Ampelmännchen breitete warnend seine Arme aus. Ehe er im Bad verschwand, schüttelte er seine Bettwäsche auf, ganz der vorbildliche Sohn. Dorothee stand auf so was.

Jana hatte sich mit allerlei Dingen die Zeit vertrieben. Sie war mit Henry spazieren gegangen, hatte die Küche aufgeräumt und die

Badewanne geschrubbt. Um kurz nach eins hatte sie sogar überlegt, ihre Steuererklärung für letztes Jahr in Angriff zu nehmen. Als Achim wenige Minuten später frisch und ausgeschlafen auf der Bildfläche erschien, war sie völlig erledigt und fühlte sich so, wie man sich eben fühlt, wenn man fast dreißig Stunden nicht richtig geschlafen hat. Wie mochten das die Ärzte im Krankenhaus nur machen, wenn einer Doppelschicht sofort die nächste folgte? Und dann noch operieren? Kein Wunder, dass ab und zu ein falsches Organ dran glauben musste.

„Machst du uns einen Tee?“, fragte Achim.

Janas Blick genügte. Er setzte den Wasserkocher selber in Gang. „Gnädige Frau, was darf ich servieren? Grün, schwarz oder rot?“

Die gnädige Frau gähnte ausgiebig. „Einen Kaffee. Tiefschwarz, bitte. Vielleicht macht der mich etwas munterer.“

„Zu Befehl.“ Achim deckte den Tisch mit dem chinesischen Service aus hauchdünnem, grün-goldenem Porzellan, das Janas Mutter gehört hatte. Ihr Vater hatte es ihr geschenkt, als Jana in ihre erste eigene Wohnung gezogen war, zwölf Jahre nach dem Tod ihrer Mama. Sie war nach einem Autounfall gestorben, als ihre Tochter noch ein Kind war. Das Geschirr war eine schöne Erinnerung an sie. Achim füllte braunen Kandis in die Zuckerdose und Sahne in das Milchkännchen. Dann machte er sich daran, die Küchenschränke einen nach dem anderen zu öffnen, während sein Tee zog und die Maschine Kaffee brühte. Jana musste grinsen. Das hatte sie genau so kommen sehen. Nach einer kompletten Tour durch die Schränke hatte ihr Lebensgefährte dummerweise nicht gefunden, wonach es ihn gelüstete. Konnte er auch nicht.

„Haben wir etwa keine Plätzchen mehr? Du weißt schon, die mit der Schokocremefüllung“, murrte er.

„Aber natürlich, mein Süßer. Im Wohnzimmer. Ich habe mich dazu entschlossen, eine Schoko-Lade einzurichten. Für meinen temporären, schokophilen Mitbewohner. Schau mal nach, was es da so alles gibt. Schrankwand rechts unten, wenn du davor stehst. Oberste Schublade.“

Achim strahlte seine Freundin an und war in Sekundenschnelle verschwunden. Als er zurückkam, hätte Jana darauf wetten können, dass er vier Schokocremeplätzchen auf einmal in den Mund geschoben hatte. Er sah einem Goldhamster auf Beutezug zum Verwechseln ähnlich. Es war einfach unglaublich, was er alles an Süßigkeiten in sich reinstopfen konnte, ohne zu platzen. Und ohne dabei in die Breite zu gehen. Er hatte eine völlig normale Figur. Nicht zu dick, nicht zu dünn. Ihm passten die Klamotten von vor zehn Jahren noch. Ihr nicht. Sie gönnte es ihm. Sie stand nicht so auf zuckrige Leckereien. Schon eher auf Knackwurst mit Senf und Kartoffelsalat.

„Spitzenidee", meinte Achim, während er seinen Tee schlürfte. „Pass bloß auf, sonst gebe ich meine Wohnung auf und ziehe bei dir ein."

„Oh Gott, nein", lachte Jana. „Es reicht, dass mir Henry fast die Haare vom Kopf frisst."

„Ich sehe, da müssen wir in einer stillen Stunde in Ruhe drüber reden. Ich könnte die Schoko-Lade ja auch mal auffüllen. Aber im Moment ist alles drin, was mein Herz begehrt. Deshalb sollten wir erst unseren Doc besuchen. Bin gespannt, was er rausbekommen hat."

Jana erhob sich maulend. Es fiel ihr immer schwerer, die Augen aufzuhalten. Sie könnte auf der Stelle im Stehen einschlafen. Aber es gab einen neuen Fall. Und vier Ohren hörten mehr als zwei. Selbst wenn fünfzig Prozent davon müde waren. Als die Kommissare zur Haustür gingen, legte Henry sich auf seine Decke, den Kopf auf seine Pfoten und schloss die Augen.

In meinem nächsten Leben, schwor sich Jana zum wiederholten Mal, werde ich mein Dackel.

Eine Viertelstunde später standen die beiden Ermittler in der Rechtsmedizin, rechts und links neben der Bahre aus Edelstahl, auf der der neueste Kunde lag. Der Doc bezog am Kopfende Stellung.

„Nun, meine Lieben“, er funkelte Jana und Achim nacheinander an, „er ist erst mit einer Flasche am Kopf getroffen worden. Nach dem Schlag ist er…, na, … was wohl?“

Bitte nicht heute, dachte die Kommissarin. Der Doc liebte solche Ratespielchen, sie normalerweise auch. Es brachte die grauen Zellen in Bewegung und förderte die Konzentration. Aber nur, wenn man keine Streichhölzchen zwischen Ober- und Unterlid klemmen musste, um die Augen aufzuhalten.

„Er ist ertrunken“, meinte Achim lässig.

„Genau. Hochachtung. Erst gab es den Hieb. Heftig. Danach ist er – platsch - in den Brunnen gefallen. Dummerweise mit dem Gesicht nach unten. Er hat sich erbrochen. Leider hat ihn niemand rausgefischt. Zu viel Wasser in der Lunge. Exitus. Aber damit ist es klar. Wir haben es mit Mord oder Totschlag zu tun. Ein Leichtgewicht wie er wäre ohne Schwierigkeiten und Anstrengung zu retten gewesen. Natürlich hat er sich nicht alleine wieder hingesetzt. Das hat jemand gemacht, nachdem er tot war. Und ich glaube, dieser jemand ist auch der Täter.“

„Danke, Doc“, sagte Achim. „Hast du sonst noch was rausgefunden?“

„Oh ja. Er war blau wie eine Kornblume. Der Junge war total voll. Bier und hochprozentige Schnäpse. Gegessen hatte er kaum was. Der wäre wahrscheinlich auch ohne einen Schlag aufs Hirn früher oder später umgefallen. Aber ansonsten ist er in einem guten Zustand. Gesunde Zähne, nicht eine Füllung, keine Brücken, keine Kronen. Alle Organe in Ordnung. Lange säuft der noch nicht. Wisst ihr inzwischen, wie er heißt?“

„Es hat sich niemand bei uns gemeldet. Oder, Jana?“

Jana, die auf die Platte gestützt dastand und den Kopf hängen ließ, riss sich zusammen und die Augen auf. „Nein, niemand.“

„Wir lassen uns von der Spurensicherung ein Foto geben. Wenn der so zu war, war er wahrscheinlich in einer der Kneipen unterwegs. Vielleicht kennt ihn ja jemand.“

„Gleich?“, fragte Jana ohne große Hoffnung auf eine Verneinung.

„Natürlich, Liebste“, antwortete Achim. „Was noch, Doc?“

„Der Junge wurde ziemlich grob behandelt. Er wurde regelrecht verprügelt. Blutergüsse an den Schienbeinen und Druckspuren an den Oberarmen. Ich kann nicht erkennen, dass er sich zur Wehr gesetzt hat. Jedenfalls hat er keine abgekratzten Spuren unter den Fingernägeln oder sonst wo."

„Puh." Lukas wischte sich mit einem Schweißband die Anstrengung aus dem Gesicht. „Wenn ich in deinem Alter noch so cool drauf bin, bin ich echt zufrieden."

„Danke, Junior. Ich will dir gerne erklären, wie das geht." Dr. med. Heinz Siegmann verstaute seinen Tennisschläger in der Sporttasche. „Ein guter Beruf, sagen wir mal der eines Zahnarztes, bringt ausreichend Geld. Mit genügend liquiden Mitteln kommst du in die richtigen Clubs und Vereine. Da gibt es neben dem Sport und dem Nutzen für die Gesundheit wichtige Kontakte. Man findet ebenbürtige Freunde und die angemessene Gesellschaft."

Lukas versuchte, so gut es ging, nicht zuzuhören. Gleichzeitig versuchte er, seine hochkochende Wut herunterzukühlen. Sein Vater sagte Freunde und meinte Seilschaften. Er zählte Juristen, vermögende Geschäftsleute, Künstler, Hochschulprofessoren, Behördenleiter, Mitglieder des Stadtrates und eine beträchtliche Anzahl Mediziner, auch anderer Fachrichtungen, zu seinen „Kontakten". Lukas fragte sich, ob die noch zur Verfügung stehen würden, wenn das Leben des Zahnarztes und seiner Familie mal gehörig aus der Bahn geschleudert würde.

Heinz blubberte derweil weiter. „Man wird fit und attraktiv und findet nebenbei eine anständige Frau zum Heiraten. Die richtige Gattin bringt neben Sauberkeit und Ordnung leckeres Essen, gebügelte Hemden und erstklassig erzogene Kinder. Wie du eines bist, geliebter Sohn. Die dann den respektablen Beruf des Vaters übernehmen. Alles was ich mache, Lukas, mache ich für dich und deine Mutter. Die Familie ist das Wichtigste. Gute Bekannte und eine angenehme Gemeinschaft runden das Leben ab. Und können sich nebenbei als ungemein nützlich erweisen."

Lukas beherrschte sich mühsam. Bei seinem Vater glänzten zwar die Worte, aber nicht unbedingt die Taten. Aber etwas zu sagen traute sich sein Sohn nicht, denn leider glänzte auch sein Geld. „Och, Paps. Lass uns was trinken und gut ist. Nächsten März mache ich mein Abitur. Dann sehen wir weiter. Die Zwillinge gehen nach dem Abi übrigens ein Jahr ins Ausland."

„Au-pair. Prächtig. Da lernt man neben der Sprache was fürs Leben."

„Nee, nix Au-pair! Vergnügen, Paps! Zwölf Monate Amerika bei einer Freundin ihrer Mutter. Mit Tour einmal quer durch das Land der unbegrenzten Möglichkeiten, New York, Broadway, Los Angeles, Hollywood, San Francisco, Golden Gate, etc. Natürlich alles auf Englisch."

„Reizende junge Damen, die Zwillinge. Da riecht man sofort den guten Stall. Oh, Verzeihung, diese Bemerkung war in Bezug auf Sofie recht unglücklich. Ein Jammer, dass das arme Ding mit diesem Makel herumläuft. Muss fürchterlich für sie sein, jeden Tag in das viel attraktivere schwesterliche Spiegelbild schauen zu müssen. Und zu wissen, im Normalfall würde sie genauso aussehen. Aber allmählich müsste sie ja in dem Alter sein, in dem man operativ was machen kann." Heinz nahm eine Flasche Mineralwasser aus seiner Tasche und trank ein paar Schlucke. „Weißt du was, mein Sohn? Wenn du ein anständiges Reifezeugnis nach Hause bringst, also Noten bekommst, die hoffen lassen, dass du ein Zahnmedizinstudium zielführend beenden wirst, bezahle ich dir ein halbes Jahr USA. Aber ich mache mir da keine Sorgen. Schließlich bist du ein Siegmann. Unser Name ist Programm und verpflichtet uns praktisch zum Erfolg. Was, mein Sohn?" Der Senior lachte keckernd und schlug Lukas auf die Schulter. „Vielleicht kannst du ja mit den Zwillingen ein wenig durch die Gegend kutschieren. Was für Pläne haben denn Adrian und Daniel nach dem Abitur? Nette Jungs, deine Freunde."

„Ich habe weder mit Adrian noch mit Daniel über ihre Pläne gesprochen. Ansonsten: Super Paps, das ist ein Wort. Aber warum nur ein halbes Jahr, weshalb kein ganzes?" Lukas Zorn war genauso schnell erloschen, wie er aufgeflammt war. Schließlich ging es um eine von Papa finanzierte Auszeit.

„Jetzt reicht es, Junior." Der Senior hob drohend den Tennisschläger. „Wenn du so weitermachst, fordere ich dich sofort zum nächsten Duell."

„Nein, bloß nicht, hab Erbarmen." Lukas schulterte seine Sporttasche und ging duschen. Unter dem warmen Wasserstrahl spannte er spielerisch seine muskulösen Oberarme an, sah zufrieden an sich herunter und betrachtete seinen Waschbrettbauch. Er drehte das Wasser ab und fuhr sich mit den Händen durch die kurzen Haare. Er bewunderte seinen sportlichen Körper im Spiegel. Wie der von Podolski. Sein Spitzname erfüllte ihn mit Stolz und er bemühte sich, der Ehre gerecht zu werden. Er fühlte sich total fit. Gut so.

3.

„Ich liebe Kollegen, die mitdenken." Achim nahm die Fotografie des Ermordeten vom Tisch und betrachtete sie nachdenklich. Die Kriminaltechniker hatten von dem Jungen unter die Haut gehende Fotos geschossen. Er schaute den Betrachter mit offenen Augen an. Dadurch wirkte er für einen Verstorbenen ungemein lebendig. Kein Mensch, außer natürlich er war bei der Kripo beschäftigt, wäre darauf gekommen, in ein totes Gesicht zu schauen. Wer mochte der junge Mann sein? Welche Geschichte steckte hinter dem Mord? Wie lange würde es brauchen, den Fall zu lösen? Und nachdem sie ihn – hoffentlich – gelöst hatten, würde auch Achims Innerstes ihn ad acta legen können? Oder würde er ab und zu wieder auftauchen? In seinen Träumen oder wenn er an seinem Schreibtisch über anderen Akten brütete? Wenn er gemütlich in einem Restaurant saß und sich einen schönen Abend machen wollte? Er wusste, dass es solche Fälle gab. Besonders Kollegen, die bei Delikten gegen Kinder involviert gewesen waren, hatten anschließend mit emotionalen Problemen zu kämpfen. Zum Glück war ihm so etwas bisher erspart geblieben. Klar, ein Verbrechen wirkte immer eine Zeit nach. Auch erfahrene Polizisten benötigten einen gewissen Abstand, aber bis in den Schlaf hatte ihn noch kein Mord, kein Totschlag verfolgt. Achim hoffte, dass das so bleiben würde. Er ließ das Foto in seiner Jackentasche verschwinden. Unerträglich, der Anblick des toten Jungen.

„Danke, Kollegen."

„Gerne", erwiderte der Spusichef. „Wenn ihr etwas herausgefunden habt, gebt uns Bescheid."

„Aber klar. Bis dann."

Jana winkte den Spurensicherern zu. Wie zufällig berührte sie dabei Achims Arm. Er sah sie an. Ob sie seine Gedanken ahnte? Ob ihr Ähnliches durch den Kopf ging? Auf dem Flur drückte er ihr einen flüchtigen Kuss auf die Wange. Ihr Körper wurde weich. Er genoss den kurzen intimen Moment und bedauerte, ihn nicht so lange ausdehnen zu können, bis die Anspannung komplett von ihm abgefallen war.

„Wir kriegen den, der ihm das angetan hat", sagte Jana.

„Ja", antwortete Achim und konnte nicht verhindern, dass seine Stimme rau klang und wenig überzeugt. Schließlich wussten sie noch nicht einmal, wie der Junge hieß.

Aufgrund des Fundortes des Toten entschlossen sich die Kripobeamten dazu, mit ihren Ermittlungen in der Gastronomie rund um den Görresplatz zu beginnen. Ihre erste Nachfrage in einer sogenannten *Lounge* brachte keinen Erfolg. Danach führte ihr Weg ins *Highlight*. Als die beiden Kommissare das Lokal betraten, fiel ihnen auf, dass kaum etwas los war. Nur in der hintersten Ecke, in unmittelbarer Nähe der Toiletten saß ein Pärchen über zwei Cocktailgläsern und steckte die Köpfe zusammen. Ansonsten herrschte gähnende Leere. Achim und Jana steuerten direkt auf die Theke zu.

„Hi, was darf es sein? Ein gepflegtes Bierchen für den Herrn und ein Prosecco für die Dame?" Das männliche Tresenpersonal, geschätzte Anfang zwanzig, grinste die Beamten unverhohlen unverschämt an. So, als würde es sich fragen, welches Alten- und Pflegeheim den in seinen Augen Knapp-unter-Hundertjährigen an diesem sonnigen Nachmittag Ausgang gewährt hatte. Der junge Mann war annähernd zwei Meter groß und spargeldürr. Er hatte dunkle, kurze Haare, die er durch viel Gel zum Stehen gebracht hatte.

Die Frisur sah ziemlich stachelig aus. Seine linke Augenbraue zierten drei Piercings. Zwischen seinen oberen Schneidezähnen glitzerte ein heller Glasstein. Jana hatte sich schon immer gefragt, was an Ringen, Stäbchen oder sonstigen Metallsteckern an empfindlichen Körperstellen so toll war. Gut, Löcher in den Ohren hatte sie auch, in jedem eins. Die waren ihr bereits im zarten Alter von vier Jahren gestochen worden. Das Geburtstagsgeschenk ihrer Großmutter, das mit einem Mordsgeheul, einem dicken Blutpfropf am rechten Ohr und einem legendären Arztbesuch endete. Der Doktor musste Jana den Pfropf aufstechen. Das Blut war ihm daraufhin auf den Kittel gespritzt und hatte den Mediziner wie einen Gehilfen im Schlachthof aussehen lassen. Im Anschluss hatte seine kleine Patientin so laut gebrüllt, dass die Hälfte der anderen Kranken fluchtartig das Wartezimmer und die Praxis verlassen hatte. Schon bald danach freute sie sich allerdings darüber, Ohrschmuck tragen zu können. Die Ringe, die ihre Oma ihr vor über vierzig Jahren geschenkt hatte, kleine rosa Elefanten, besaß sie heute noch. Aber von alleine wäre sie niemals auf den Gedanken gekommen, sich die Läppchen durchschießen zu lassen.

Die Kommissarin sah den Gepiercten an. „Keines von beidem", antwortete sie und hielt dem Bübchen ihren Ausweis unter die Nase. „Würden Sie uns bitte Ihren Namen verraten?"

„Oh, Polizei. Was verschafft uns die Ehre? Ich bin Guido." Das Bübchen versuchte, nicht sonderlich beeindruckt zu wirken, war aber erkennbar blasser geworden.

Jana wackelte mit den Fingern. Achim legte ihr das Foto des Ermordeten in die Hand.

„Kennen Sie diesen jungen Mann?"

Der Barkeeper griff nach dem Bild und schaute es sich genau an. „Ja", sagte er. „Der war in letzter Zeit oft da. Samstags immer mit Freunden. Und unter der Woche manchmal allein."

„Mit wie vielen Freunden? Waren auch Freundinnen dabei?"

„Zwei Jungs, zwei Mädels. Ich würde sagen, die Mädels sind Zwillingsschwestern. Konnte man sehen, obwohl eine behindert ist."

„Was heißt behindert?", hakte Jana nach.

„Na ja, sie hat eine verstümmelte Nase. Ich weiß nicht, ob man das behindert nennen kann. Sie sah jedenfalls lange nicht so scharf aus wie die andere Maus."

„Und was haben die Mäuse hier gemacht?"

Guido lachte. „Getrunken, was sonst?"

„Waren die fünf gestern Abend auch Ihre Gäste und haben getrunken?"

„Ja."

„Was wurde denn alles konsumiert?"

„Bier, vielmehr Kölsch. Außerdem Wodka und Gin. Dann sind sie weitergezogen."

„Was hat der Junge auf dem Foto gemacht, wenn er alleine herkam?"

„Er hat sich immer zu mir an die Bar gesetzt und was getrunken. Hat eine Weile mit mir geredet und dann ist er wieder gegangen."

„Wissen Sie wohin? Oder ob er sich mit jemand getroffen hat?"

„Keine Ahnung wohin. Denke schon, dass er sich mit jemand getroffen hat, er hat nämlich alle paar Sekunden auf die Uhr geschaut. So, als wollte er unbedingt pünktlich bei einer Verabredung sein. Warum fragen Sie das denn alles? Hat er was mit der Leiche zu tun, die heute Morgen im Brunnen gefunden wurde?"

Aha, die Buschtrommeln waren schon ordentlich geschlagen worden. „Leider ja", antwortete Jana. „Er ist die Leiche."

„Was? Das ist ja voll krass. Nein." Guido wurde noch eine Spur bleicher. Die Coolness bröckelte von ihm ab wie der Oberflächenbelag von einem Großteil der Koblenzer Straßen.

„Doch. So leid es uns tut. Hatten Sie mit ihm näheren Kontakt? Wenn er öfter mal bei Ihnen an der Theke saß."

Guido lachte freudlos. „Viel geredet hat er normalerweise nicht. Mehr Belangloses. Ein bisschen Small Talk. Wie geht's? Alles im grünen Bereich? So was halt. Als Adrian …"

„Entschuldigung", Achim unterbrach den Barkeeper, „Sie wissen, wie er heißt?"

„Sicher. Er heißt Adrian. Das wollte ich doch gerade erzählen. Als er zum ersten Mal hier aufgetaucht ist, habe ich mir seinen Ausweis zeigen lassen. Er sah so verdammt jung aus.“ Er zeigte auf eine Tafel, die auf die Jugendschutzbestimmungen hinwies. „Unser Chef kennt bei Minderjährigen überhaupt keinen Spaß. Sonst ist er voll locker drauf. Aber beim Jugendschutz nicht. Da ist er hundertprozentig korrekt.“ Guido fuhr mit den Fingern durch das gegelte Haar. Zum Nachteil seiner spitz gestylten Stacheln. „Wissen Sie was? An dem Tag, an dem ich ihn kennengelernt habe, ist er achtzehn geworden. Er hat eine Lokalrunde geschmissen. Nicht eben billig.“

„Können Sie sich an das Datum erinnern?“, fragte Achim.

„Es ist ungefähr zwei Monate her.“

„Vielen Dank, das hilft uns enorm weiter. Mit diesen Informationen werden wir bald herausfinden, wie unser Toter mit vollem Namen heißt.“ Der Kommissar griff nach seinem Handy, um die Kollegen im Präsidium anzurufen.

Die Thekenkraft sah den Ermittler erstaunt an. „Aber ich weiß, wer er ist. Ich habe ein super Namensgedächtnis.“

„Ehrlich? Das wird ja immer besser!“, freute sich Achim.

„Klar doch.“ Guido wischte seine mit Gel beschmierten Hände an seinem Hemd ab, auf dem klebrig glänzende Flecken zurückblieben. „Adrian heißt mit Nachnamen Melchers.“

Jana sah ihren Partner an.

„Melchers?“, riefen sie wie aus einem Mund.

„Ja, sicher“, sagte ihr Informant mit einem leicht pikierten Tonfall.

„Oh nein“, Jana drückte mit ihren Händen ihren Kopf nach unten. „Bitte nicht.“

„Also, das ist ja wohl nicht meine Schuld“, teilte Guido beleidigt mit.

„Das wissen wir“, beruhigte die Kommissarin den jungen Mann. „Wir danken Ihnen.“

Sofie betrat das Zimmer ihrer Zwillingsschwester, ohne anzuklopfen. Isabel beschäftigte sich mit dem, womit sie sich am liebsten beschäftigte: mit sich selbst. Während in ihrem Gesicht eine bläuliche Maske vor sich hin trocknete, polierte sie ihre Fingernägel, die sie vorher garantiert einer perfekten Maniküre unterzogen hatte. Jedenfalls standen und lagen neben ihr auf dem Nachttisch ein Fläschchen mit Nagelhautentferner, ein Rosenholzstäbchen zum Zurückschieben der Haut und eine Nagelfeile.

„Und“, frage Sofie, „gehst du heute wieder auf die Jagd?“

„Ah, Schwesterherz. Davon gehe ich felsenfest aus. Und du? Was hast du für Pläne, irgendein Verehrer in Sicht?“ Isabel sah ihren Zwilling mit einem abfälligen Blick an. „Ach nein, wohl kaum. Dumm von mir. Da habe ich nicht nachgedacht. Entschuldige bitte.“ Sie schenkte Sofie ein überhebliches Lächeln.

Das bläuliche Schönheitsprodukt bezahlte dafür mit zahlreichen tiefen Rissen. Außerdem roch die Schmiere nach Fisch. Wahrscheinlich handelte es sich um ein Thalasso-Produkt. Alles in allem sah Isabel aus wie eine schlecht verputzte Wand in einem modrigen Keller.

So würde sie hoffentlich auch ohne Maske in ein paar Jahren riechen und aussehen, wünschte sich Sofie. Mit tiefen Falten in ihrem oberflächlichen Gesicht. Dann würde ihre Schwester endlich begreifen, wie es sich anfühlte, verunstaltet herumlaufen zu müssen. Bloß gut, dass ihr eigenes Problem bald der Vergangenheit angehören würde. Letzte Woche hatte sie einen Schönheitschirurgen aufgesucht. Einen echten. Kaum zu glauben, dass es so einen ausgewiesenen Fachmann in dem provinziellen Koblenz gab. Die Praxis befand sich in einem modernen Gebäude auf der Oberen Löhr. Der Doktor hatte ihre nur halb vorhandene Nase ausgiebig betrachtet und untersucht, bevor er sie geröntgt und vermessen hatte.

„Ich sehe gute Chancen, Ihnen helfen zu können, Frau Mundling“, hatte er mitgeteilt. „Das Knochenwachstum ist beendet. Eine gelungene OP garantiert einen dauerhaften Erfolg. In Ihrem Fall übernimmt die Krankenkasse die notwendigen Kosten.“

Seine Patientin legte ihm daraufhin ein Foto ihrer Schwester auf den Schreibtisch.

„Oh“, der Doktor lächelte amüsiert. „Zwillinge. Das erspart uns eine Menge Arbeit. Ein besseres Modell für eine Nasenanpassung gibt es nicht. Danach können Sie der Herrenwelt gemeinsam die

Köpfe verdrehen. Das dürfte Ihnen beiden mit Sicherheit leicht gelingen.“

„Nein“, hatte Sofie widersprochen. „Ich habe das Foto mitgebracht, weil ich auf keinen Fall so eine Nase haben möchte wie meine Schwester. Ich will eine hübschere. Kriegen Sie das hin?“

„Natürlich.“ Falls der Arzt irritiert war, ließ er sich das nicht anmerken. „Etwas zierlicher passt auch viel besser zu Ihrem Typ.“

„Danke, Herr Doktor.“ Anschließend war Sofie aus der Praxis geschwebt. Sie fühlte sich wunderbar leicht, als würde sie in den Armen einer unsichtbaren Fee durch die Stadt tanzen. Zur Feier des Tages gönnte sie sich einen ausgedehnten Bummel im *Löhr-Center*. Erst trank sie im Basement des Einkaufsparadieses einen Cappuccino mit aufgeschäumter Milch. Anschließend besuchte sie einige trendige Shops. Sie kaufte einen kurzen, ausgesprochen figurbetonenden Rock und eine dazu passende Bluse. Außerdem eine Hose, die ebenfalls ihre weiblichen Formen hervorhob und ein Paar Schuhe mit halbhohen Absätzen. Sie betrachtete sich eine Zeit lang ausgiebig im Spiegel. Fast kam es ihr so vor, als besäße sie schon eine reparierte Nase, auch wenn das nicht stimmte. Aber bald war alles gut, die Tortur beendet und sie hatte eine niedliche Stupsnase. Keine Ruine mehr, auf die jeder starrte. Besonders furchtbar war es, wenn sie neue Bekanntschaften schloss. Oder im schlimmsten Fall eben nicht schloss.

Sofort hing die unausgesprochene Frage im Raum, wie dieser Krater entstanden sein mochte. Die einfache Antwort lautete: durch Isabels Schuld. Sie war bereits im Mutterleib auf ihr herumgetrampelt. Im wahrsten Sinne des Wortes. Sie hatte ihrer Schwester Sofie so lange ihren Fuß ins Gesicht gedrückt, bis nur noch ein Nasenloch und nur noch ein Nasenflügel vorhanden waren. Ihre Eltern hatte fast der Schlag getroffen, als nach dem hübschen ersten Zwilling ein zweiter hässlicher geboren wurde. Natürlich hatten sie sofort alles versucht, um ihrer Tochter zu einem weiteren intakten Nasenloch mit passendem Flügel zu verhelfen. Geld spielte dabei keine Rolle. Ihr Vater arbeitete als Regierungsdirektor beim Bundesamt für Wehrtechnik und Beschaffung, ein hochbezahlter Beamter im

Höheren Dienst. Ihrer Mutter, einer kreativen, erfolgreichen Architektin, liefen bereits in jungen Jahren die Auftraggeber scharenweise hinterher. Mit Ende zwanzig leitete sie ihr eigenes Büro. Aber alle Versuche, der Tochter zu helfen, scheiterten. Solange Knochen und Gewebe in diesem hochsensiblen Bereich noch im Wachstum begriffen waren, waren sämtliche Bemühungen sinnlos. Es sei denn, man wollte immer wieder operieren, erklärten die Spezialisten und rieten dringend ab. Gerade im Kindesalter belasteten derartige Eingriffe schwer. Die komplette Familie.

Schließlich wurde eine Nasenprothese aus Silikon angefertigt. Sie sah einem echten Nasenflügel zum Verwechseln ähnlich, trug sich weich und angenehm und war erst auf den dritten Blick als Fälschung zu erkennen. Dummerweise landete sie in einem äußerst unpassenden Moment einfach auf dem Boden. Als ihre Mutter ihren fünfundvierzigsten Geburtstag feierte. Vor allen Verwandten, Freunden, Bekannten, Mitarbeitern, Geschäftspartnern und stinkreichen Kunden fiel Sofie die falsche Nase buchstäblich aus dem Gesicht. Dabei sollten die damals zwölfjährigen Töchter des Geburtstagskindes ohnehin nur bei der Begrüßung der Gäste als schmückendes Beiwerk dienen. Sofie lief weinend und verletzt weg. Das peinliche Schweigen, das schlagartig auf der Party entstanden war, verfolgte sie bis in die Diele und erzeugte ein Rauschen in ihren Ohren. Einige Gratulanten standen mit offenen Mündern da. Außer den Familienmitgliedern und den engsten Freunden wussten die wenigsten von dem Problem mit Sofies unvollständiger Nase. Ihr Vater kam ihr hinterher.

Sie saß im Bad vor dem Spiegel und heulte. „Ich möchte so nicht mehr aussehen“, schluchzte sie.

Volker Mundling hatte seine Tochter in die Arme genommen. „Prinzessin, beruhig dich. Wir fahren in die Spezialklinik nach Berlin. Versprochen.“

„Das hat doch alles keinen Sinn. Ich wünschte, mir würde ein Arm fehlen oder ein Bein.“

„Prinzessin. Schau dich bitte mal an.“

Folgsam hob Sofie das Gesicht und betrachtete ihr Spiegelbild. Seit sie denken konnte, vertraute sie ihrem Vater vorbehaltlos.

„Was siehst du?", fragte er.

„Jemanden mit einer halben Nase." Sie schaute ins Waschbecken.

„Also, ich sehe was anderes. Nämlich eine junge Dame mit wunderschönen blauen Augen, einem perfekten Mund und langen, glänzenden, blonden Haaren. Wer dich liebt, bemerkt deine Nase überhaupt nicht. Wenn du dich noch ein bisschen geduldest, werden die Ärzte in Berlin eine Lösung finden, versprochen."

„Danke Papa. Ich habe den tollsten Paps der Welt."

„Und ich die tollste Tochter der Welt." Ihr Vater zog sie an sich und küsste sie auf die Stirn. Danach waren sie zusammen zurück zur Geburtstagsfeier gegangen. Als sie an seinem Arm durch die Tür trat, begannen die Gäste zu klatschen. Alle außer Isabel. Die hatte nur schadenfroh gegrinst. Seither hatte Sofie die Nasenprothese kein einziges Mal mehr getragen. Insbesondere das Verhalten ihrer Schwester hatte sie tief verletzt und sie konnte es ihr weder vergessen noch verzeihen. Aber die Möglichkeit, sich zu rächen, wurde ihr sozusagen auf dem Silbertablett serviert. Sie wurde mehr und mehr zu Papas erklärtem Liebling, zum großen Leidwesen von Isabel. Je älter sie wurden, umso weniger akzeptierte der erstgeborene Zwilling, dass ihr Vater Sofie offen bevorzugte. Die Eifersucht umhüllte die ansehnliche Bella immer öfter wie eine giftige Schwefelwolke. Natürlich war Volker Mundling stolz auf seine hübsche, makellose Tochter, aber die benachteiligte Sofie liebte er heiß und innig. Die genoss es, eine Waffe in der Hand zu halten, gegen die Isabel machtlos war. Die Schöne zahlte es ihr dadurch heim, dass sie ihre Schwester merken ließ, wie potthässlich alle Welt sie fand, und sonnte sich in den bewundernden männlichen Blicken. Bei gesellschaftlichen Anlässen konnten selbst die bereits ergrauten Kollegen ihres Vaters und die mittelalten Kunden ihrer Mutter kaum die Augen von ihr lassen. Dass die nicht anfingen zu sabbern, war alles. Isabel machte sie zusätzlich heiß, indem sie sie mit ihren langen Wimpern anklimperte und die Kirschen aus den Cocktails aufreizend langsam mit ihrer entzückenden, rosa Zunge herausfischte, solange weder Mama noch Papa zusahen. Widerlich! Jetzt saß sie hier mit der abbröckelnden Maske und machte sich über sie lustig.

„Ich war beim Arzt“, platzte Sofie heraus, obwohl sie sich geschworen hatte, Bella nichts davon zu erzählen. „Ich bekomme endlich eine neue Nase. Dafür muss ich noch nicht mal weg, es wird alles in Koblenz erledigt. Und weißt du, was das Beste ist? Sie wird hübscher als deine!“

Isabel lachte wiehernd. „Der Witz des Jahrhunderts. Au weia, Sofie, du Opfer. Und das wirst du auch immer bleiben. Ich hoffe, das ist dir klar“, sagte sie. Während sie weiterkicherte, lösten sich Teile der Maske und fielen in kleinen, blauen Schuppen auf den Boden. Das Gelächter endete abrupt, als ihr vibrierendes Handy den Eingang einer Kurzmitteilung anzeigte. Isabel sprang auf, schnappte sich das Mobiltelefon und las die SMS. „Partytime“, teilte sie anschließend mit. „Oder, wie du sagen würdest, die Jagd beginnt. Lass mich allein, Krüppelrüssel. Damit ich meine Jagdausrüstung anlegen kann. Ich tue es schließlich nicht nur für mich.“ Sie bugsierte ihre Schwester unsanft aus ihrem Zimmer.

Aber da hatte Sofie ihn schon bemerkt. Den fiebrigen Blick, den ihre Zwillingsschwester immer bekam, wenn sie einem Wild hinterherhetzte, das überhaupt nicht vor ihr fliehen wollte. Sie verzichtete darauf zu fragen, welche Trophäe sie sich heute Abend sichern und unter der Rubrik „erlegt“ abheften würde.

Sofie drehte sich zu ihrer Schwester um. „Waidmannsheil“, wünschte sie mit sarkastischem Ton.

„Waidmannsdank“, erwiderte Isabel ebenso ironisch. Sie fuhr sich mit der Zungenspitze spielerisch über die eingefetteten Lippen, die danach noch verheißungsvoller glänzten.

4.

Achim und Jana standen vor dem Tor einer hübschen Villa auf dem Oberwerth. Dass der Garten direkt zum Rhein lag, konnte man von der Vorderfront her nur ahnen. In dieser Gegend wohnten ausschließlich die, die über das nötige Großgeld verfügten. Klaus

Melchers gehörte ohne Zweifel zu ihnen. Er war „der" Jugendstrafverteidiger im nördlichen Rheinland-Pfalz. Der menschgewordene Alptraum von Staatsanwälten, Richtern und Polizisten, die im Bereich Jugendkriminalität arbeiteten. Selbst ein winziger Fehler in der Ermittlungsarbeit führte unweigerlich dazu, dass Melchers so lange auf den formellen Vorschriften herumritt, bis das zur Anzeige führende Delikt in den Hintergrund geriet. Er hatte einige aufsehenerregende Prozesse geführt und gewonnen. Jugendliche sind nicht von Natur aus kriminell, so lautete sein Credo. Unsere Gesellschaft macht sie erst dazu und dann soll die auch dafür bezahlen. Mit dieser Einstellung verdiente er ein Vermögen. Und jetzt war sein Sohn tot. Ertrunken in einem ein Meter flachen Brunnen, nachdem ihn jemand mit einer Flasche k.o. gehauen hatte. Obwohl das aufgrund des Alkoholkonsums unnötig gewesen war. Ein leichter Stoß hätte es auch getan.

Jana holte tief Luft und nickte Achim zu. Der betätigte die Türklingel. Ob es im Haus läutete, konnten sie nicht hören, dafür war der Abstand zu groß. Eine Weile tat sich nichts.

„Niemand da", sagte die Kommissarin. „Lass uns gehen."

Achim drückte erneut seinen Daumen auf die Klingel. Diesmal mit Erfolg. Nach wenigen Sekunden knackte es in der Gegensprechanlage und eine weibliche Stimme meldete sich. „Ja, bitte."

„Kriminalpolizei Koblenz. Könnten wir mit Herrn Rechtsanwalt Melchers sprechen?", fragte Achim.

„Es tut mir leid. Er ist nicht da. Er ist auf dem Rheinsteig unterwegs."

„Würden Sie mit uns reden, Frau Melchers?"

Ein leises Lachen drang nach außen. „Ich bitte Sie. Nein. Ich bin die Haushälterin. Ich bereite gerade das Abendessen für den gnädigen Herrn und seinen Sohn zu. Muss nur noch in die Mikrowelle geschoben werden, wenn sie Hunger haben. Am Wochenende habe ich nämlich für gewöhnlich frei. Aber seit die Gnädigste ausgezogen ist und der gnädige Herr fast jeden Tag …" Die Haushälterin endete abrupt.

„Würden Sie uns trotzdem öffnen?"

Jana zupfte Achim am Ärmel und schüttelte den Kopf. Gleichzeitig tönte ein harsches „Auf keinen Fall“ aus der Gegensprechanlage. „Wenn Sie etwas von ihm möchten, machen Sie gefälligst einen Termin aus. Können Sie ihn denn nicht wenigstens sonntags in Ruhe lassen. Er arbeitet doch wirklich hart genug.“

„Wissen Sie, wo er auf dem Rheinsteig wandert? Geben Sie uns bitte seine Handynummer.“

In der Gegensprechanlage zischte es. „Unverschämtheit.“ Es knackte laut. Danach herrschte Stille.

„Was jetzt?“, fragte Achim.

„Versuchen wir, die Mutter ausfindig zu machen. Offensichtlich hat sie ja das eheliche Zusammenleben aufgekündigt.“

„Dann hoffen wir mal für sie, dass sie mit ihrem Mann in Gütergemeinschaft gelebt hat“, knurrte der Kommissar, unzufrieden mit der Entwicklung der Dinge. Er hoffte inständig, dass die Ermittlungen nicht so zäh werden würden, wie es momentan den Anschein hatte.

„So mein Starker, jetzt bist du aber wieder brav.“ Isabel zog den Kopf des Mannes an seiner seidenen Krawatte zu ihren Lippen und drückte ihm einen Kuss auf die Nase.

Der Schlips war das einzige Kleidungsstück, das er am Leib trug. Er drängte sich enger an die junge Frau. „Was? Brav sein? Ich dachte, wir legen erst richtig los. Du bist so heiß, Kleine, so heiß. Und mir ist dadurch unglaublich warm. So phänomenal habe ich es mir nicht vorgestellt. Komm, kühl mich ein bisschen ab.“ Er umfasste ihren Hintern und schob seinen Unterleib gegen ihren.

„Das hat ja schon das erste Mal nicht gescheit funktioniert“, flötete Isabel. „Ich muss für die Schule lernen. Wir schreiben morgen Mathe-Klausur. Aber diese Woche habe ich bestimmt noch mal Zeit. Dann erwartet dich eine besondere Überraschung, das verspreche ich dir.“

Der Mann küsste sie roh. „Gut, Bella. Obwohl ich der Meinung bin, dass du bei mir mehr lernst als in der Schule. Dann tröste ich mich damit, dass Vorfreude die schönste Freude ist. Melde dich, möglichst bald. Ich kann es kaum erwarten.“

„Mir geht es genauso. Das war spitze eben.“

„Wo du gerade von spitz redest. Da hätte ich ein Angebot für dich.“ Er ließ seine Hand in ihren Slip gleiten und schob sie Richtung Bett. „Komm Bella, mach deinen Bello noch mal glücklich.“

Isabel kicherte und fiel rücklings auf die Kissen. „Okay, mein starker Wauwau. Zeig mal, was du so alles drauf hast.“

„Das kannst du mir glauben“, raunte der Mann ihr ins Ohr. „Jetzt gebe ich es dir richtig. Du wirst es nicht bereuen.“

Nach einer weiteren Stunde verließen sie zusammen das luxuriöse Hotelzimmer.

In der Nische neben dem Aufzug zog ihr Begleiter die junge Frau an sich und küsste sie auf den Mund. „Lass mich nicht zu lange warten.“

„Ich werde mich bemühen.“ Isabel schmiegte sich an ihn und griff ihm in den Schritt. „Wie wäre es denn das nächste Mal mit einer Freiluftveranstaltung? Ich glaube, dein kleiner Wauwau würde sich freuen.“

„Und wie. Oh, mein Gott, du bringst mich um den Verstand. Musstest du das sagen mit der Freiluftveranstaltung? Tschüss, du blondes Gift. Ich fühle mich, als wäre ich auf Droge.“

„Mach‘s gut.“ Isabel stand noch ein paar Momente in der Nische, bis ihr Begleiter das Hotel verlassen hatte. Sie legte die Magnetkarte für das Zimmer neben eine Vase mit hohen Astern, die auf einer Kommode stand. Dann tänzelte sie hüftschwingend durch die Drehtür.

Aus einem der gemütlichen Clubsessel in der Lobby erhob sich ein interessierter Beobachter, vorsichtig wie ein Schatten. Er schlenderte unauffällig zu dem niedrigen Schrank und nahm die Karte an sich, wohl wissend, wie wertvoll sie war.

Achims Laune hatte sich wenige Minuten nach der harschen Abfuhr der Haushälterin schon wieder gebessert. Ein Mitarbeiter im

Präsidium hatte Jana die Adresse von Adrians Mutter mitgeteilt. Sie war seit knapp sieben Wochen in Moselweiß gemeldet.

„Lass uns hinfahren“, sagte die Kommissarin.

Kurz darauf standen die Ermittler im alten Kern des Koblenzer Moselstadtteils auf dem Parkplatz. Frau Melchers wohnte in einem unmittelbar daran angrenzenden, weiß verputzten Haus mit großen Glasfronten. Schick! Das Gebäude machte einen neuen, modernen Eindruck. Auf dem Dach glänzte eine Solaranlage im letzten Licht des Tages. Fast im gleichen Augenblick, in dem Jana die Klingel neben dem Schild mit dem Namen Astrid Melchers betätigt hatte, meldete sich eine weibliche Stimme. „Ja, bitte?“, kam es sanft, weich flüsternd über die Gegensprechanlage.

Achim räusperte sich. „Kriminalpolizei. Frau Melchers?“

„Ja?“ Die Stimme wurde noch einen Deut leiser, war kaum noch zu verstehen.

„Wären Sie so freundlich, uns die Tür aufzumachen?“

„Halten Sie bitte Ihre Ausweise vor die Kamera. Sie finden sie direkt neben der Klingel.“

Nachdem beide Kommissare dem Wunsch nachgekommen waren, summte der Öffner. Im Hochparterre stand eine Frau in der Tür, die aussah, als wäre sie einer dunklen Gruft entsprungen. Sie trug einen schwarzen, knöchellangen Lederrock und ein eng anliegendes Oberteil aus dem gleichen Material. Eine lange Kette mit mehreren silbernen Totenköpfen baumelte ihr um den Hals, etwa bis zur Höhe des Bauchnabels. Bis dahin reichte auch ihr lockiges, hennagefärbtes Haar. Es stand in einem seltsamen Kontrast zu ihren mit dunklem Kajal umrandeten Augen und ihren schwarz geschminkten Lippen. Am linken Ohr klirrten Silber-Fledermäuse aneinander und vollführten einen bizarren Tanz der Vampire. Das rechte war nackt, ebenso wie ihre Füße. Aus dem Innern der Wohnung drang nach Metall klingende Musik ins Treppenhaus. Sie schaute ihre beiden Besucher aus großen, bernsteinfarbenen Augen fragend an. Genau die gleichen Augen, die der ermordete Junge hatte. Eine attraktive Frau, allerdings mit einer etwas unheimlichen Aura. Damit und in dieser Kleidung passte sie nicht unbedingt an die Seite eines prominenten

Strafverteidigers, stellte Achim fest. Eher mit einem Totenschädel in der Hand und einer schwarzen Katze auf der Schulter bei Nacht auf einen Friedhof.

„Frau Melchers“, sagte Jana, „können wir hineingehen?“

Mit einer einladenden Handbewegung gab Adrians Mutter den Eingang frei und ließ ihren Besuch eintreten.

Sie fragt gar nicht, warum wir hier sind, dachte Achim. Normalerweise passierte das als Erstes, wenn die Kripo ihre Aufwartung machte. Frau Melchers schloss die Tür und ging voraus. Auch an ihren Knöcheln klimperten beim Gehen silberne Ringe. Zusammen mit den klirrenden Ohrringen entwickelte sich ein erstaunlich melodischer Klang. Fast wie Musik.

„Nehmen Sie bitte Platz.“ Sie wies auf einige niedrige, kreisförmig angeordnete Ledersitzkissen, die genauso schwarz waren wie ihre Kleidung. Der Teppichboden war tieflila. Bücher lagen darauf herum. Den Titeln nach beschäftigten sie sich mit den Themen Schutzengel, moderne Hexerei und der Kunst des Kartenlegens. Ein schwerer Duft waberte in Schwaden durch das Zimmer, in allen Ecken brannten Kerzen und Räucherstäbchen. Eindeutig orientalisch und irgendwie melancholisch. Achim schnupperte vorsichtig.

„Sandelholz“, klärte Adrians Mutter ihn sofort auf. „Sorgt für Wärme und eine sinnliche, entspannte Atmosphäre.“ Ihre Stimme hatte plötzlich einen dunklen, geheimnisvollen Klang. Keine Spur mehr von dem gesichtslosen Flüstern aus der Sprechanlage. Achim schätzte es, wenn Frauen eine wohlklingende Stimme besaßen. Nichts war schlimmer als diese furchtbaren hohen Tonlagen, mit denen sich einige Damen durchs Dasein piepsten.

Adrians Mutter ließ sich im Schneidersitz auf einem der Kissen nieder. „Was kann ich für Sie tun? Hat mein Mann wieder Schwierigkeiten mit Ihnen? Obwohl ich Sie beide noch nie gesehen habe. Ich lebe übrigens von Klaus getrennt. Aber das haben Sie ja schon herausgefunden. Ich habe keinerlei Dinge mitgenommen, die ihm gehören. Ich habe mich von allem, wie sagt man so schön, befreit. Wo er geheime Dokumente über seine Mandanten versteckt, weiß ich nach wie vor nicht.“

Das war also der Grund, warum sie nicht nachfragte, was sie von ihr wollten, erkannte Achim. Sie war derlei Überfälle auf ihren Mann gewohnt. Deshalb reagierte sie so gelassen. Sie war völlig ahnungslos. Was für ein Drama.

„Wann haben Sie Ihren Sohn das letzte Mal gesehen?", erkundigte sich Jana, während sie versuchte, auf dem Sitzkissen eine stabile Position zu finden.

„Adrian?" Astrid Melchers lächelte. „Wir haben uns am Freitagabend hier getroffen. Er hat mir geholfen, meinen Internetanschluss zum Laufen zu bringen. Ich habe für uns gekocht. Huhn in Sesamöl mit frischem Gemüse und Ingwer. Mein Sohn liebt asiatisches Essen. Dann haben wir uns noch eine Weile unterhalten. Warum wollen Sie das wissen?" Frau Melchers krallte ihre tiefrot lackierten Fingernägel in den Saum ihres Rockes, der ledern knirschte. „Was ist mit Adrian? So reden Sie doch."

Jana holte das Foto von dem Toten hervor und zeigte es seiner Mutter. „Ist er das?"

„Ja, das ist er. Was ist ihm passiert? Hatte er einen Unfall, ist er im Krankenhaus?"

„Nein, traurigerweise nicht. Er lebt nicht mehr. Er wurde heute in den frühen Morgenstunden im Brunnen auf dem Görresplatz gefunden. Unser herzliches Beileid."

Astrid Melchers wurde kreidebleich. Sie setzte die Füße auf den Boden, umfasste ihre Knie und schaukelte mit dem Oberkörper hin und her. Ihr Schmuck klimperte leise. Ihre Augen glitzerten feucht.

Jana beugte sich zu ihr hin. „Soll ich Ihnen etwas zu trinken holen?"

„Nein. Haben Sie schon eine Ahnung, wie es dazu gekommen ist?" Adrians Mutter schluckte hörbar, ihr Kehlkopf vibrierte.

„Wir wissen, dass er einen Schlag auf den Kopf bekommen hat und danach im Brunnen ertrunken ist", gab Jana Auskunft. „Außerdem hatte er Unmengen Alkohol im Blut."

„Er wurde … geschlagen? Dann ist er … ertrunken? Oh Gott." Astrid Melchers Schultern begannen zu zucken. Die beiden Kommissare ließen ihr ein paar Minuten Zeit, bis sie sich beruhigt hatte.

„War es ein Unfall?“

„Leider sieht es mehr nach Mord oder Totschlag aus“, antwortete Jana vorsichtig, „Deshalb haben wir einige Fragen. Geht es wieder?“

Adrians Mutter nickte. Sie umklammerte ihre Beine mit einem solch eisernen Griff, dass ihre Fingerknöchel weiß hervortraten.

„Wissen Sie, ob er öfter getrunken hat und wenn ja, mit wem?“, fragte die Kommissarin, die nur ahnen konnte, was Astrid Melchers gerade durchmachte.

„Er war mit ein paar seiner Schulkameraden und -kameradinnen enger befreundet und auch ab und zu unterwegs. Zwei Jungs. Der eine heißt Lukas. Er hat einen Spitznamen. Wie dieser Fußballspieler. Polanski. Ach nein, das ist ja jemand anderes. Sein Vater ist Zahnarzt.“

„Könnte der Spitzname Podolski sein?“, half Achim nach.

„Ja, genau, Podolski. Sein anderer Kamerad heißt Daniel. Dann sind da noch zwei Mädchen, Zwillingsschwestern, Sofie und Annabel, nein Isabel, Bella. Der Nachname ist Maulig, glaube ich. Sie wohnen in Lahnstein. Alkohol habe ich meinen Sohn so gut wie nie trinken sehen. Betrunken habe ich ihn auch noch nicht erlebt. Nicht einmal, als wir seinen achtzehnten Geburtstag gefeiert haben.“ Astrid Melchers schlug die Hände vors Gesicht und schaukelte immer schneller. Die silbernen Ringe klirrten gegeneinander. „Oh Gott.“

„Wie haben Sie denn seine Volljährigkeit gefeiert? Das ist doch nach wie vor was Besonderes.“

Adrians Mutter hörte abrupt mit der Bewegung auf. „Mein Mann und ich haben ihm eine Party im Garten der Villa geschenkt. An dem Wochenende nach seinem achtzehnten Geburtstag. Mit einem Büfett und einem angesagten DJ, wie mein Sohn sich ausdrückte. Es gab auch Alkohol, aber in Maßen. Es war eine tolle Feier. Die jungen Leute haben bis vier Uhr morgens getanzt und Spaß gehabt. Es war ein Superwetter, im Juli hatten wir Glück. Im August hat es ja nur geregnet.“

„Hat es da zwischen Ihrem Mann und Ihnen bereits gekriselt?“

Astrid Melchers lachte freudlos. „Wir haben die Krise zu einer ehelichen Lebensform weiterentwickelt. Klaus hat seit Langem nur seine Karriere im Kopf. Als Adrian geboren wurde, war das anders. Kurze Zeit später nahm er sich eine Geliebte, seine Arbeit. Gegen eine Frau aus Fleisch und Blut hätte ich kämpfen können, gegen eine Anwaltskanzlei nicht. Wir sind unserem Sohn zuliebe zusammengeblieben. Er bedeutet uns ungemein viel und ein Kind zu teilen und darüber in Streit zu geraten, ist nicht unser Stil. Festlegungen zu treffen, bei wem Adrian leben sollte, und wann der andere Elternteil ihn sehen darf und wie das mit dem Geld aussieht, das wollten wir uns und ihm ersparen. Für Adrian war es das Beste. Er ist ..., oh Gott ..., er war ... ein toller Junge."

Ja, dachte Achim, das waren die ach so lieben Kinderchen alle. Manche Eltern konnten über einige Aktivitäten des Nachwuchses nur staunen, wenn sie davon erfuhren. Was sich alleine in der Kiffer- und Drogenszene abspielte, war oft genug kaum zu glauben. Drohungen, Erpressungen, Überfälle und Diebstähle waren an der Tagesordnung. Nur um an die Mittel zu kommen, die einen Rausch versprachen. Alkohol war für viele Jugendliche und junge Erwachsene mittlerweile auch ein Stoff, aus dem die Träume waren. Das Charmante an Hochprozentigem war, dass es legal beschafft werden konnte, ohne dass es besonderer Anstrengung bedurfte. Bei Hasch und Kokain musste man da schon kreativer sein. Deshalb hatten sich die flüssigen Freudenspender zu den bei Weitem beliebtesten Drogen unter Jugendlichen gemausert. Das besagte zumindest eine neue Studie zum Umgang junger Menschen mit Suchtstoffen. Achim widmete seine Aufmerksamkeit wieder der Mutter des Opfers.

„Auf welche Schule und in welche Klasse ist Adrian gegangen?", hörte er seine Partnerin fragen.

„Auf das *Schiller-Gymnasium*. In die dreizehn. Er war Oberprimaner, wie es so schön altmodisch heißt. Weiß Klaus bereits Bescheid?"

„Nein", antwortete Jana. „Wir haben ihn nicht zu Hause angetroffen. Laut seiner Haushälterin wandert er auf dem Rheinsteig und wird erst im Laufe des heutigen Abends zurück erwartet. Frau Melchers, es war doch kein Zufall, dass Sie und Ihr Mann sofort nach der Geburtstagsfeier auseinandergegangen sind, oder?"

„Es war lange beschlossene Sache. Eine einzige Gemeinsamkeit ist in einer Ehe auf Dauer zu wenig. Unsere Gemeinsamkeit heißt Adrian. Er ist es wert. Verzeihung“, Astrid Melchers legte eine Hand auf ihren Mund, „er war es. Meinem Mann habe ich es zu verdanken, dass ich unseren Sohn ohne Sorgen erziehen konnte. Dafür bin ich ihm dankbar. Eins sollten Sie unbedingt wissen: Wir lieben uns schon lange nicht mehr. Haben uns wahrscheinlich nie geliebt. Also, er mich nicht. Aber wir achten und respektieren einander.“

„Danke für Ihre offenen Worte. Wir wollen Sie nicht weiter behelligen. Kommen Sie zurecht? Sollen wir jemanden für Sie anrufen?“

„Nicht nötig, ich bin in Ordnung. Es wundert Sie vielleicht, aber ich wusste, dass Adrian jung sterben wird. Der Himmel und die Menschen brauchen Engel wie ihn. Gott hat eine hervorragende Wahl getroffen. Ich werde versuchen, mit ihm in Kontakt zu treten. Ich möchte wissen, ob es ihm gut geht.“

Au Backe, dachte Achim. Ist das der Schock oder meint die das ernst? Trauer zeigte sich auf vielerlei Weise, er hatte da schon einiges erlebt, aber das hier war ihm neu. Ließen sich damit die Kleidung und die Einrichtung der Wohnung erklären? Befanden sie sich in einem Esoterik-Tempel der schwarzen Magie? Sprach sie von dunklen Engeln oder von denen mit den weißen Flügeln? Achim verzichtete darauf nachzufragen. Er schaute auf Jana, aber seine Kollegin zeigte keinerlei Reaktion auf das eben Gehörte.

„Wenn wir irgendetwas für Sie tun können, sagen Sie uns Bescheid. Wären Sie bereit, Ihren Sohn zu identifizieren?“, fragte sie stattdessen.

„Ich hätte gerne meinen Mann dabei. Ginge das?“

„Sicher. Wir melden uns bei Ihnen, sobald wir ihn unterrichtet haben. Könnten wir seine Telefonnummer bekommen? Sein Privatanschluss steht nicht im Telefonbuch und auch seine Handynummer und die von Ihrem Sohn nicht.“

„Aber natürlich.“ Frau Melchers kritzelte die Zahlen auf einen Zettel. In diesem Moment begann die Uhr, die an der Wand hing und halb Sonne, halb Mond war, zu schlagen. Insgesamt zwölf

Mal. Achim schaute auf die Zeiger. Sie zeigten die korrekte Zeit an, kurz vor sechs.

„Ein Zeichen von Adrian. Er befindet sich auf dem Weg zum lieben Gott“, sagte seine Mutter. „Ich darf Sie bitten, zu gehen. Ich möchte mich um meinen Sohn und seine Wünsche für seine Beisetzung kümmern.“

Achim spürte ein leises Ziehen im Magen. Langsam wurde ihm die Sache unheimlich. Die Uhr schlug wieder an. Sechs Mal. Keine Zwölf. Was ein Glück.

5.

„Sag mal, was war das denn?“, fragte Achim seine Partnerin, kaum dass sie vor der Haustür standen.

„Eine Gothic-Frau“, antwortete die unbeeindruckt.

„Verzeihung, ihr seid doch ungefähr im gleichen Alter. Mit Mitte vierzig läuft man doch nicht mehr in solchen Klamotten rum.“

„Ich danke dir, mein Schatz“, sagte Jana. „Ausgesprochen nett von dir. Aber Gothic-Frauen in unserem angegrauten Zustand sind zahlreicher, als du denkst. Ich habe vor Kurzem eine Reportage gesehen. Da ging es um eine Gothic-Wohngemeinschaft in Köln. Männlein und Weiblein. Die waren alle um die vierzig. Obwohl, echte Greise wie du waren keine dabei. Eine der Damen war allerdings nur eine sogenannte Wochenend-Gothic, die hat sich nur von Freitagnachmittag bis Sonntagabend so angezogen.“

„Lass uns zurückgehen und Frau Melchers fragen, seit wann sie darauf steht. Ich habe noch nie ein Gothic-Girl jenseits der vierzig gesehen. Ich dachte immer, das wäre ein Vorrecht der Jugend.“

„Die schwarze Jugend wird auch älter. Warum sollte man die Philosophie aufgeben, wenn man sie ernst nimmt, nur weil man keine zwanzig mehr ist?“

„Was haben die denn für eine Philosophie?“

„Gothic-Leute sind meistens ausgesprochen feinfühlige und sensible Menschen. Die Welt, in der wir leben, ist ihnen zu materialistisch, zu brutal und aggressiv.“

„Aber das sind doch von oben bis unten schwarz gewandete und geschminkte Gestalten, ich habe immer gedacht, die neigen mehr zu den dunklen Mächten.“

„Die sogenannten Satanisten ja, die normalen Gothics keineswegs. Durch die Klamotten wollen sie sich abgrenzen. Zeigen, dass sie anders sind. Sie beschäftigen sich oft mit feingeistigen Dingen, mit Poesie zum Beispiel. Und sie sind auf eine eigentümliche Art und Weise fasziniert vom Tod.“

„Deshalb die schwarzen Messen und die Zusammenkünfte auf Friedhöfen?“ Achim schauderte. Tod, Begräbnisse, Särge, Urnen und Trauerreden gehörten nicht eben zu seinen liebsten Gesprächsthemen. Ihm reichte es völlig, sich beruflich mit ungeklärten Todesfällen beschäftigen zu müssen. Jana hatte einmal versucht mit ihm darüber zu sprechen, wie er sich seine eigene Beerdigung wünschen würde. Er hatte das Gespräch abgeblockt. Da ging es ihm wie den meisten anderen, die er kannte. Die Vergänglichkeit des Lebens gehörte zu den Tabuthemen und bot keinen Gesprächsstoff für harmonische Abende. Jana sah das wesentlich lockerer. Sie hatte ihm gesagt, dass sie gerne in einem Friedwald beigesetzt werden würde. Unter einem großen Baum, der so viel Sonne abbekam, dass ihre Asche in der Urne auch etwas davon hatte, und der Vögeln und anderem Getier ein Zuhause bot. Es war ein Geständnis, auf das Achim prima hätte verzichten können. Für seine Person hatte er beschlossen, dass er genügend Zeit haben würde, über seine Beerdigung nachzudenken, wenn er tot war. Was sich hoffentlich noch lange hinauszögern würde. So hundert bis zweihundert Jahre.

„Gibt es in Koblenz eine aktive Schwarze Szene?“ Achim stellte sich diese Frage zum ersten Mal.

„Ich weiß es nicht“, antwortete Jana. „Und selbst wenn, das Stadtbild beherrschen sie nicht gerade.“

„Was wohl Adrian von der Vorliebe seiner Mutter gehalten hat?“, überlegte Achim weiter.

„Wir sollten sie fragen. Sollen wir es noch mal bei Klaus Melchers versuchen oder machen wir endlich Feierabend?“

Der Kommissar wählte nacheinander die Nummern, die Astrid Melchers ihnen aufgeschrieben hatte. Am anderen Ende meldeten sich lediglich der Anrufbeantworter, beziehungsweise die Mailbox. Adrians Handy war aus.

„Wir gehen nach Hause", teilte er Jana mit.

„Das ist eine fantastische Idee", freute die sich.

„Und dann …"

„Ja?"

„Ja, und dann werden wir uns im Internet ein wenig über die Gothic-Szene schlaumachen", ergänzte Achim und beobachtete amüsiert, wie Janas Mundwinkel nach unten wanderten. „Oder hast du einen besseren Einfall, was wir unternehmen könnten?"

„Nö, Liebster. Der Herr Strafverteidiger wandelt auf dem Rheinsteig und von Adrians Freunden und Freundinnen haben wir nur den Namen Maulig. Den überprüfe ich schnell."

Was Jana dann auch tat. Ohne nennenswerten Erfolg. „Ich dachte es mir fast", teilte sie Achim mit, „aber in Lahnstein gibt es keine Mauligs. Da müssen wir morgen nachhaken. Ich könnte nicht sagen, dass ich darüber böse bin. Ich bin hundemüde. Apropos Hund. Der wartet bestimmt schon auf uns. Gehst du zum Italiener und besorgst uns was zu essen? Ich gehe mit Henry Gassi. Dann setzen wir uns an den Laptop."

„Okay, darauf können wir uns einigen. Und dazu ein paar Schlückchen von dem spanischen Rotwein."

„Wie Sie wünschen, mein Herr. Wenn Sie mich bitte daheim absetzen würden, damit ich den Rechner einstöpseln kann. Der braucht ja immer ewig, bis er einsatzbereit ist. Ich hoffe, Henry ist mit einem eher kleinen Spaziergang einverstanden."

Achim musste lachen. „Es war ein Scherz, meine Schöne. Es reicht für heute. Glaubst du wirklich, ich hätte Spaß daran, mit deiner lahmen Laptop-Ente im Internet zu surfen? Da bediene ich mich doch lieber der Technik im Präsidium. Die ist wenigstens ein bisschen schneller."

„Oh ja", bestätigte Jana erleichtert. „In etwa so fix wie eine Laufente. Immerhin."

Achim stand mit dem Essen, das herrlich nach Basilikum und Majoran duftete, in Janas Küche und verteilte es auf Teller.

Henry und sein Frauchen waren noch nicht da, aber sie mussten jede Sekunde zurück sein. Er dekantierte den Rotwein, damit er atmen konnte, füllte einen Krug mit Mineralwasser. Gerade deckte er den Tisch fertig, als sich ein Schlüssel im Türschloss drehte und sofort darauf zwei Ballerinas und vier Pfoten über den Laminatboden trippelten.

„Mmmh." Jana betrat das Esszimmer und setzte sich. „Das riecht ja köstlich."

„Das tut es. Guten Appetit. Zum Wohl." Achim füllte die Weingläser und prostete seiner Freundin zu.

Eine Zeit lang widmeten sich die beiden Kommissare der leckeren Pasta. Das Mahl wurde im Hintergrund begleitet von Henrys Herumgekaue auf seinem Trockenfutter und hin und wieder einem vorwurfsvollen Seufzer. Aber der Dackel wusste, dass jeglicher Bettelversuch bei Tisch überflüssig war, und versuchte es gar nicht.

Schließlich brach Jana das Schweigen. „Ist dir aufgefallen, dass Adrian auf eine Privatschule gegangen ist? Das *Schiller-Gymnasium* kostet eine Menge Geld."

„Was ist daran ungewöhnlich? Liquide Mittel sind bei den Melchers wahrlich genügend vorhanden."

„Da hast du recht. Was ich damit sagen will, ist, es handelt sich um eine Eliteschule. Nur Söhne und Töchter aus besten Familien. Plus ein paar Stipendiaten."

„Ich weiß nicht, worauf du hinaus möchtest."

„Dass wir uns im Dunstkreis der oberen Hundert von Koblenz bewegen werden. Der High Society. Ein großer Wunsch von mir geht in Erfüllung. Endlich." Jana spreizte affektiert den kleinen Finger ab.

„Woher weißt du das alles?"

„Aus einem *Rhein-Zeitung*-Artikel. Das Gymnasium verfügt über eine enorm hohe Anzahl an kreativen Angeboten. Kunst, Musik, Tanz, Schauspielerei. Sport. Wenn ich mich nicht irre, hält man dort sogar Tiere, auch Hunde. Die Schüler kümmern sich darum. Das soll Verantwortung lehren. Größten Wert wird auf die

Freiheit des Geistes und auf selbständiges Denken gelegt. Das gerne kritisch sein darf. Die Schule hat vor Kurzem einen Preis für ihr Engagement erhalten."

„Das ist hochinteressant, ehrlich. Aber jetzt gibt es erst mal Nachtisch."

Jana grinste. Das war ja klar. Nur Nudeln mit Sauce ging nicht. Da musste noch was Süßes her. Sie war gespannt, was es geben würde.

Achim tänzelte mit zwei Desserttellern um den Esstisch herum. „Tronco di bosco", verkündete er begeistert und servierte seiner Freundin formvollendet die vermeintliche Köstlichkeit.

„Igitt. Was ist das denn?" Jana starrte angewidert auf die drei dicken Scheiben, die aussahen wie zu lange gebratene, fettige Blutwurst mit viel zu viel weichem, weißen Speck drin.

„Das ist Baumkuchen. Mit Schokolade, Löffelbiskuits und Mandeln. Hat mir Maurizio als kleinen Gruß aus der Küche und zur Abrundung eines schönen Sonntags geschenkt."

Jana runzelte die Stirn und schob den Teller mit der gebackenen Schokoblutwurst auf die andere Seite des Tisches. Pfui Teufel. Das hatte Achim gewusst, dass sie diesen kleinen Gruß unerwidert an ihn zurückgehen lassen würde, da war sie sich sicher. Und tatsächlich, nach wenigen Minuten war der komplette Kuchen in Achims gierigem Schlund verschwunden. Jana fragte sich, ob er das klebrige Zeug nur schluckte oder ob er es auch kaute. Sie wettete stumm mit sich selbst, was als Nächstes passieren würde. Sie ging zu dem Servierwagen, der hinter Achims Rücken stand und füllte ein Schnapsglas mit dem letzten Rest Fernet-Branca.

„Was hältst du von einem kleinen Verdauungsschlückchen?", brummte ihr zweibeiniger Meist-Mitbewohner, während er mit der rechten Hand zufrieden über seinen mit Makkaroni und Tronco di bosco reichlich gefüllten Bauch strich.

„Viel, mein Süßer", gurrte Jana, ließ sich ihm gegenüber nieder und trank den Kräuterlikör genussvoll in klitzekleinen Schlucken. Die Wette ging an sie. Schade, dass für Achim kein Digestif mehr übrig war.

6.

Klaus Melchers saß in seiner Villa in seinem Arbeitszimmer am Schreibtisch und beobachtete den leuchtenden Sonnenaufgang auf der anderen Seite des Rheins. Vor ihm stand ein Tässchen Espresso. Er liebte diese Minuten, wenn außer ihm noch niemand im Haus wach war, und er sich ohne Mandanten und ohne störendes Telefongebimmel mit den Fällen des vor ihm liegenden Tages beschäftigen konnte. Er war gestern erst kurz vor Mitternacht und bester Laune von seiner Wanderung zurückgekommen. Es war herrlich entspannend gewesen, in Wanderklamotten und mit einem Rucksack mit Proviant ausgerüstet die Heimat zu erkunden. Und, das Wichtigste überhaupt, mit ausgeschaltetem Handy. Er hatte gesehen, dass seine zukünftige Ex-Frau sowohl auf seinem Mobiltelefon als auch auf dem Festnetz versucht hatte, ihn zu erreichen.

Er hatte beschlossen, sie nachher zurückzurufen und nach ihrem Begehr zu fragen. Jetzt musste er seinen freien Kopf für die Verhandlung nutzen, die heute Vormittag auf ihn wartete. Damit hing sicherlich der sonntägliche Besuch der beiden Polizisten zusammen. Er strich über seinen sorgfältig gepflegten, dunklen Backenbart und sein dichtes Haar, in das sich in den letzten Wochen erste silberne Strähnen eingeschlichen hatten. Seine Haushälterin, die gute Seele, hatte ihm einen Zettel hingelegt, auf dem das Geschehene detailgetreu nachzulesen war. Man durfte gespannt sein, was die Freunde und Helfer ihm diesmal vorwerfen würden. Unterschlagung von Beweismitteln, Beeinflussung von Zeugen oder Erschleichen von falschen Aussagen gegen eine Zuwendung finanzieller Art? Daran war er mittlerweile gewöhnt. Die Staatsgewalt neidete ihm ohne Zweifel seine Erfolge. Dabei war sie es selbst schuld. Ginge sie bei einigen ihrer Festnahmen und Anschuldigungen gewissenhafter vor, könnten sie sich manchen peinlichen Prozess ersparen. Damit wäre allen gedient.

Aber wie oft musste er erleben, dass verschreckte Jugendliche wie Schwerverbrecher behandelt wurden, während die sogenannten Ordnungshüter den Begriff Gerechtigkeit meistens so auslegten, wie es ihnen am besten passte. Erst mal draufhauen, egal ob mit einer verbalen Keule oder mit der Faust und dann fragen, lautete das Motto. Die vom Steuerzahler finanzierten Freunde und Helfer hatten schon halbe Kinder in Gewahrsam genommen, die einfach das Pech hatten, bei einer Schlägerei in der Nähe gewesen zu sein. Mit dieser Methode stießen sie bei dem Staranwalt auf wenig Gegenliebe. Gott sei es gedankt, dass die meisten Eltern mittlerweile wussten, an wen sie sich in diesem Fall wenden mussten. An die Kanzlei Klaus Melchers. Er verklagte die Polizei in Person des Landes Rheinland-Pfalz auf Teufel komm raus auf die Zahlung von Schadensersatz. Viel kam meistens nicht dabei heraus, aber üblicherweise gewann er die Prozesse und das brachte den geschockten Opfern zumindest ein paar Euro und einen Teil ihrer Würde zurück. Nebenbei machte es der Polizei Arbeit und dem Land wenig Freude. Außerdem vertrat er Jugendliche und junge Heranwachsende, die wirklich Scheiße gebaut hatten. In echt, wie es die Zielgruppe nennen würde. Wobei er klar unterscheiden konnte zwischen jenen, die es bereuten, und denen, die nichts dazulernen wollten. Erstere verdienten nach seiner festen Überzeugung eine zweite Chance und er tat alles, damit sie diese bekamen. Letzteren schenkte er die Möglichkeit, sich das mit der Reue in Ruhe zu überlegen. Weigerten sie sich weiterhin, beobachtete er mit Wonne, wie sie einwanderten. Das war bisher allerdings noch nicht allzu häufig vorgekommen, da die meisten eine angemessene Buße in Freiheit dem Schmoren in Jugendarrestanstalten vorzogen.

Klaus Melchers schätzte das Instrument des Täter-Opfer-Ausgleiches außerordentlich. Es gab kaum einen jugendlichen Verbrecher, der so abgezockt war, dass ihn die Begegnung mit dem Geschädigten kalt ließ. Er hatte schon harte Jungs erlebt, richtige Schlägertypen, die nach einer Unterhaltung mit dem Opfer in Tränen ausgebrochen waren und zurück zu ihrer Mama wollten. Der Anwalt forcierte diese Zusammenkünfte, wann immer er konnte. Auch wenn das manch ein Staatsanwalt bezweifelte, bedeuteten ihm die Geschädigten mehr als die jugendlichen Verbrecher. Noch wichtiger waren ihm die, die völlig unschuldig zwischen die Mühlen der wehrhaften Demokratie gerieten. Nur weil sie zur falschen Zeit am falschen Ort waren.

Er schaute auf die Uhr. Zwanzig vor acht. Von Adrian nicht die geringste Spur in der unteren Etage. Dabei musste er in einer halben Stunde in der Schule sein. Um das noch zu schaffen, würde er rückwärtsgehen müssen. Klaus Melchers stapfte langsam die breite Treppe hinauf in den ersten Stock.

Die intensive Wanderung hatte ihm ein zwickendes Gefühl in der rechten Wade beschert. Muskelkater. Er war schon lange nicht mehr wandern gewesen. Das bereute er jetzt. Er musste unbedingt was für seine Fitness tun. Um die Hüften hatte er etwas Fett angesetzt. Das hatte da nichts zu suchen. Denn nicht so groß gewachsene Männer wie er sahen mit Speckrollen um den Bauch meistens aus wie schwangere Gartenzwerge. Dieser Lächerlichkeit wollte er sich nicht preisgeben. Nachdem er seine Frau losgeworden war, war es höchste Zeit, sich den wichtigen Dingen im Leben zu widmen. Zu denen gehörte neben einem Sixpack auch sein Sohn, das tiefschlafende Murmeltier.

Zuerst lauschte sein Vater an der Badezimmertür. Kein fließendes Wasser, nicht das kleinste Geräusch. Er drehte sich um und öffnete die Tür zu Adrians Zimmer. Er blickte auf ein leeres, völlig unberührtes Bett. Sein Sohn hatte die Nacht woanders verbracht und er hatte es nicht mal bemerkt. Bestimmt war er bei seiner verrückten Mutter, deshalb auch die Anrufe. Das Gute daran war, dass Adrian sicherlich gerade auf dem Weg zur Schule war, wenn er bei Mama übernachtet hatte. Das Schlechte, dass Astrid Melchers ihrem Noch-Mann unter Garantie sein selbstsüchtiges Verhalten, wie sie es nennen würde, genussvoll aufs Butterbrot schmieren würde. Dabei machte sie den Jungen mit ihren Engel- und Schwarzes-Glück-Geschichten total konfus. Von ihrer Trauerkleidung, die sie mittlerweile jeden Tag trug, ganz zu schweigen. Adrian hatte damit begonnen, Gedichte über den Tod zu schreiben. Außerdem wollte er sich ein Tattoo stechen lassen. Auf dem Oberarm. Eine Elfe. Die hatten Flügel wie Engel, aber spitze Ohren. Das war nur seine bekloppte Mutter schuld, davon war sein Vater überzeugt. Er hätte sie viel früher rausschmeißen sollen, das war ihm inzwischen klar geworden. Aber sie hätte ihren Sohn niemals kampflos aufgegeben. Und eine juristische Auseinandersetzung wäre seiner anwaltlichen Karriere bestimmt nicht eben zuträglich gewesen.

Am besten, er würde seine zukünftige Ex-Frau anrufen. Auch wenn Adrian seit ein paar Wochen formell erwachsen war, konnte er seinen Vater wenigstens informieren, wenn er woanders übernachten wollte. Das gehörte sich einfach so, wenn man gemeinsam unter einem Dach wohnte. Ein schönes Thema, das sich an solch einem jungen, sonnigen Morgen bestens für eine intensive Unterhaltung mit Astrid eignete. Als Klaus Melchers dabei war, die Nummer seiner Frau zu wählen, machte das melodische Läuten der Türglocke ihn darauf aufmerksam, dass es noch andere Menschen gab, die früh auf den Beinen waren. Hinter der Gardine stehend verschaffte er sich vom Küchenfenster aus Gewissheit, wer vor seinem Tor stand. Adrians Mutter. Dass sie in Schwarz gehüllt war, überraschte ihn nicht mehr. Dass sie einen nachtdunklen Spitzenschleier über ihrem Kopf und vor ihrem Gesicht trug, schon eher. Völlig übertrieben, dachte Klaus Melchers. Total meschugge.

Ein definitiver Nachteil, wenn man als Lebensgefährten nicht nur das Bett, sondern auch den Beruf teilte, war, dass sich der aktuelle Fall schon morgens gemütlich mit am Frühstückstisch niederließ. Dort gab er nicht eher Ruhe, bis er eine Tasse Tee oder einen Kaffee mit Milch eingeschenkt bekam, ein Stückchen Zucker obendrauf, und danach endlich zum Gesprächsthema Nummer eins geworden war.

„Wo machen wir weiter?“, fragte Achim, während er sein Müsli löffelte.

Jana zuckte mit den Schultern und beschränkte sich zunächst aufs Kauen ihres Käsebrotes. Nach dem ersten Happen nahm sie einen großen Schluck Kaffee. Sie brauchte morgens einen ausgiebigen Koffein-Kick, um wach zu werden. „So“, verkündete sie anschließend, „ich bin einsatzfähig. Wir müssen zum Vater und in die Schule. Sollen wir auch noch mal unseren Doc besuchen?“

„Das können wir später entscheiden. Ich schlage vor, dass wir erst zu Klaus Melchers fahren. Inzwischen ist er hoffentlich wieder aufgetaucht.“ Achim zog den Beutel aus der Tasse mit dem grünen Tee, kippte drei Löffel Zucker hinein und schlürfte den Sirup mit geschlossenen Augen. Warum er für das Zuckerwasser einen Teebeutel opferte, war Jana schleierhaft. Sie begann, ihr benutztes Geschirr in die Spülmaschine zu räumen.

Henry, der friedlich dösend auf seiner Decke gelegen hatte, kam langsam auf die Beine. In dieser Beziehung war er das Ebenbild seines Frauchens, nämlich alles andere als ein Frühaufsteher. Eine Postkarte an der Kühlschranktür untermauerte diese gemeinsame Haltung. Der frühe Vogel kann mich mal, stand dort in schwarzer Schrift auf gelbem, mit kleinen Blumen unterlegtem Grund zu lesen. Der Hund streckte die Vorderpfoten aus, drückte den Rücken durch und den Hintern nach oben. Nachdem er heftig gegähnt und sich reichlich geschüttelt hatte, war auch er bereit, den neuen Tag anzugehen.

Jana nahm den Dackel an die Leine. „Du kommst heute mit, Henry.“ Sein Frauchen hoffte nach wie vor, aus ihrem vierbeinigen Freund einen Polizeihund machen zu können. Die Betreuer der bellenden Kollegen des Präsidiums machten ihr da allerdings wenig Hoffnung. Auch noch so vortrefflich erzogene Dackel besaßen ihren eigenen Kopf. Wenn sie sich daran mitten in einem Einsatz plötzlich erinnerten, konnte das unangenehme Folgen nach sich ziehen. Deshalb galt in der hiesigen Diensthundeschule ein ehernes Gesetz: kein Gedackel, niemals. Eher fingen die Ausbilder selber das Knurren und Winseln an. Es war schon Herausforderung genug, dackelbesitzende Kolleginnen und Kollegen unter Kontrolle zu halten.

Achim wischte mit einer Serviette über seinen Mund und warf sie in den leeren Müslibecher. Im Aufstehen trank er noch hastig seine Tasse aus. „Auf, ihr zwei“, sagte er.

Jana seufzte. Als sie nur mit Henry zusammenwohnte, war es ihr wesentlich leichter gefallen, Ordnung zu halten. Ihr menschlicher Rüde war kein großer Aufräumer vor dem Herrn. Lieber würde Achim sein gebrauchtes Geschirr noch zwanzig bis dreißig

Mal benutzen, als es in die Spülmaschine zu räumen. Wenn man ihn gewähren ließ, wäre seine Tasse eine heiße Anwärterin auf ein sich ständig veränderndes Kunstwerk. So wie die weltbekannte Fettecke von Josef Beuys, die so lange künstlerisch wertvoll vor sich hingammelte, bis eine übereifrige Putzfrau die fünf Kilo Butter einfach wegwischte. Das waren wohl die berühmten Kleinigkeiten, die das Zusammenleben oftmals so schwierig machten. Ihr Partner hatte das schwere Atmen seiner besseren Hälfte durchaus bemerkt und quittierte es mit „Ich räume nachher auf."

„Schon klar", brummelte Jana. Sie war gespannt, an welchem Nachher.

7.

Klaus Melchers starrte durch das Fenster auf das Eingangstor. Er merkte, dass er nicht die geringste Lust verspürte, sich von seiner schwarz gewandeten Frau vorwerfen zu lassen, er würde seinen Sohn vernachlässigen. So kurz nach ihrem Auszug. Hätte er sie angerufen, wäre er in der Offensive gewesen. Dadurch, dass sie hier aufgekreuzt war, besaß sie nun diesen Vorteil. Außerdem war es etwas völlig anderes, sich nur mit ihrer Stimme auseinandersetzen zu müssen, als ihr Auge in Auge gegenüberzustehen. Ihm war ohnehin klar, was sie wollte: Mit Adrian zusammen in der Villa leben und aus dem wunderbaren, herrschaftlichen Haus eine Wohngemeinschaft für dunkle Gestalten machen. Eine Gothic-Kommune. In den alten Bäumen im Garten lebte bereits eine Fledermauskolonie. Das würde doch fabelhaft passen. Auf dem weitläufigen Grundstück könnte man auch problemlos ein paar verwitterte Grabsteine aufstellen. Das sähe bestimmt reizend aus.

Melchers kniff sich mit Daumen und Zeigefingern so lange in seine Wangen, bis sie anfingen zu brennen. Eine anstrengende Verhandlung wartete auf ihn. Mit unglaublichen Vorwürfen gegen drei Polizeibeamte, die einige Jugendliche vor dem *McDonalds* in der Schlossstraße „in Gewahrsam genommen" hatten, wie es die uniformierte Staatsgewalt ausdrückte. Anschließend stellte sich heraus, dass die Gruppe mit der Prügelei, wegen der die Polizei gerufen worden war, nicht das Geringste zu tun hatte. Am Ende konnten die Krawallmacher entkommen und völlig harmlose, minderjährige Jungs wurden eingeknastet. Unfassbar! Als Melchers und seine Mitarbeiter mit ihren Recherchen fertig waren, hatte sich die Staatsanwaltschaft gezwungen gesehen, gegen drei ihrer Hilfsorgane ein Verfahren wegen Freiheitsberaubung einzuleiten. Dem zuständigen Staatsanwalt schnürte es fast den Hals zu, als klar wurde, dass sich die Sache nicht so einfach unter den Teppich kehren ließ und man um eine Anklage nicht herumkam.

Melchers wurde aus seinen Überlegungen gerissen. Seine Frau betätigte nochmals die Türglocke. In dem Moment tauchte hinter ihr seine Haushälterin auf, die gute Seele. Ihr Arbeitgeber konnte beobachten, dass es zu einem kurzen Gespräch zwischen den beiden kam. Als es beendet war, schloss sein dienstbarer Geist das Tor auf. Hoffentlich brachte sie seine Frau nicht mit ins Haus. Aber die drehte sich um und ging davon. Was für ein Glück. Der Anwalt entspannte sich und klopfte mit den flachen Händen beruhigend auf seine malträtierten Wangen. Er hörte, wie die Haustür aufgeschlossen wurde.

„Gnädiger Herr?"

„Ich bin hier Helene, in der Küche."

„Verzeihen Sie bitte meine Wortwahl, aber dreht die Gnädigste jetzt völlig durch? Sie hat gesagt, dass sie unbedingt mit Ihnen reden müsse, weil Adrian ein Engel geworden ist. Wissen Sie, was dieser Unfug soll?"

Die stahlgrauen Augen des Anwalts begannen unruhig zu flackern. Wie er diesen Blödsinn hasste. „Nein, Helene, mit Sicherheit eine ihrer verrückten Ideen. Unser Sohn hat heute Nacht bei ihr geschlafen. Ich hoffe inständig für den Engel, dass er in die Schule geflogen ist."

„Es war doch richtig, dass ich zu Ihrer Frau gesagt habe, dass Sie bereits unterwegs sind?"

„Goldrichtig, Helene. Ich danke Ihnen. Damit die Lüge nicht zu groß wird, verschwinde ich schleunigst zu der Verhandlung gegen die Polizisten. Drücken Sie mir die Daumen."

„Das versteht sich doch von selbst, gnädiger Herr. Gestern waren zwei von denen hier. Es ist unverschämt, was die alles versuchen, um Sie zu stören.“

„Ich habe den Zettel gelesen, den Sie mir geschrieben haben. Was würde ich nur ohne Sie machen? Ich wünsche Ihnen einen schönen Tag.“

„Und ich Ihnen einen erfolgreichen.“

„Danke, Helene. Ach, noch was: Wenn mein Sohn hier auftauchen sollte, sagen Sie ihm bitte, dass ich ihn heute zum Abendessen erwarte. Wir müssen einige grundsätzliche Dinge klären. Seien Sie so lieb, kochen Sie uns was Leckeres.“

„Mit Vergnügen.“

Ihr Chef freute sich darüber, dass seine Perle von einem Ohr bis zum anderen strahlte. Er wusste, wie gerne sie sich unersetzlich fühlte, und tat ihr bercitwillig den Gefallen, ständig aufs Neue zu betonen, wie recht sie damit hatte.

„Auf Wiedersehen, Helene.“ Klaus Melchers schnappte sich seine abgegriffene Aktentasche, die in keinem Secondhand-Laden mehr zu verkaufen gewesen wäre. Er schwor sich zum tausendsten Mal, sich endlich eine neue zu besorgen, die besser zu einem erfolgreichen Rechtsanwalt passte.

Sofort nachdem ihr Brötchengeber zu seinem Termin unterwegs war, begann seine Zugehfrau mit ihrer Arbeit. Sie liebte es, in diesem wundervollen Haus mit den stuckverzierten Decken und den hohen, hellen Räumen herumzuräumen und Staub zu wischen. Ihr Chef war ein Gentleman und sein Sohn ein tadellos erzogener, höflicher Junge. Nur bei der Gnädigsten brannten in letzter Zeit die Sicherungen durch. Es tat Helene weh, dass sie ausgezogen war. Sie hielt viel von heilen Familien. Aber wenn sie sich entscheiden musste, stand sie ohne Frage auf der Seite von Klaus Melchers. Die Haushälterin war gerade dabei, im Wohnzimmer Silber zu polieren und sich Gedanken über das Menü am Abend zu machen, als es klingelte. Sie sah hinaus. Ah, die zwei Polizisten von gestern. Helene zog ihre Jacke an und ging zu den beiden ans Tor. Ihr Chef würde es zu schätzen wissen, wenn sie verhinderte, dass sie im Haus herumschnüffelten. Hoffentlich hatten sie keinen Durchsuchungsbefehl dabei. Dann könnte sie es höchstens verzögern, aber nicht vermeiden. Der gnädige Herr hatte sie bis ins Kleinste auf derartige Situationen vorbereitet.

„Guten Morgen." Helene gab sich betont kühl und distanziert. Erst jetzt bemerkte sie, dass heute ein Hund mit von der Partie war. Ein struppiger Rauhaardackel. Er lief an langer Leine am Zaun entlang, schnüffelte und machte hin und wieder Pipi. Und dann steckte er seine Nase in sein Produkt. Widerlich.

„Guten Morgen", grüßte die Polizistin. „Könnten wir bitte Herrn Rechtsanwalt Melchers sprechen?"

„Es tut mir leid, aber der gnädige Herr ist bereits unterwegs zu einer Verhandlung."

„Na prima", bemerkte die Frau. „In welchem Gericht können wir ihn antreffen?"

„Woher soll ich das wissen?", antwortete Helene. „Ich bin nicht seine Pressesprecherin. Ich werde hier nur fürs Ordnunghalten bezahlt."

„Lass uns seine Kanzlei anrufen", meinte die Polizistin zu ihrem Kollegen. „Schönen Tag noch."

So plötzlich, wie sie gekommen waren, verschwanden die beiden Beamten wieder. Sympathischer wurden sie Helene deswegen aber keineswegs.

„Herr Rechtsanwalt Melchers", donnerte der Vorsitzende Richter, der im Amtsgericht die Verhandlung gegen die drei Polizisten leitete, „ich erwarte, dass auch Sie sich bei Gericht wie ein zivilisierter Mensch benehmen."

„Entschuldigen Sie bitte, Euer Ehren." Melchers gab sich zerknirscht. „Manchmal geht einfach der Gaul mit mir durch."

„Sperren Sie das gute Tier sofort weg und lassen Sie es für den Rest der Verhandlung im Stall. Haben Sie sich wieder beruhigt?"

„Jawohl."

„Dann dürfen Sie fortfahren."

„Danke, Euer Ehren.“ Der Anwalt, der die Jugendlichen vertrat, die ohne Grund ihrer Freiheit beraubt worden waren, wandte sich erneut dem angeklagten Polizisten zu. Der rutschte auf seinem Stuhl von einer Hinterbacke auf die andere.

„Also, in welcher Weise haben sich meine Mandanten so verdächtig gemacht, dass Sie es als unabdingbar ansahen, sie mit auf die Wache zu nehmen, Herr Polizeiobermeister?“

Der junge Mann schaute hilfesuchend seinen Verteidiger an, der den Kopf schüttelte.

„Ich berufe mich auf mein Zeugnisverweigerungsrecht.“

Melchers seufzte. Das hatten seine beiden Kollegen auch schon getan. Seine Hoffnung, den jüngsten der drei ein wenig unter Druck setzen zu können, war damit verpufft. Zumindest für den Moment. Dann musste er eben mit den Jugendlichen weitermachen, die damals die bisher schlimmste Nacht ihres Lebens hinter sich bringen mussten.

Der Richter rief das erste Opfer, wie Klaus Melchers die zu Unrecht Verhafteten im Stillen nannte, in den Zeugenstand. Der Junge teilte nach Aufforderung seinen Namen mit, dann sein Alter. Sechzehn. Vor ein paar Wochen hatte er eine Ausbildung zum Mechatroniker begonnen. Sechzehn! Schüchtern hockte er da. Bekleidet mit einer grauen Jeans und einem schlabberigen T-Shirt. Wie ein Schwerverbrecher sah er wahrhaftig nicht aus. Immer wieder fuhr er sich mit der Hand durch die eichhörnchenbraunen Haare und mit der Zunge über die Lippen.

„Euer Ehren“, teilte Melchers mit, „ich habe mich mit meinen Mandanten darauf geeinigt, dass ich sie duze, nicht wahr, Konstantin?“

Der Junge nickte, schaute aber weder seinen Anwalt noch den Richter, die Staatsanwältin oder die drei Angeklagten an.

„Du brauchst keine Angst zu haben“, sagte Melchers. „Wir sind hier, um die Wahrheit herauszufinden. Also, was ist in der Nacht deiner Festnahme geschehen?“

„I…i…ich weiß überhaupt nicht, wo ich anfangen soll“, stotterte Konstantin.

„Du hast dich an diesem Abend mit deinen Freunden getroffen. Ihr wart im Kino und danach bei *McDonalds* einen *Big Mac* essen, stimmt das?“

„Ja.“

„Was habt ihr euch angesehen?“

„*Avatar*. Affenscharfe Special Effects. Drei D, genial.“ Konstantin taute erkennbar auf.

Melchers lächelte ihn an. Aus den Augenwinkeln sah er, dass sich auch der Mund des Richters zu einem Grinsen verzog. „Wann war der Film zu Ende?“

„Um kurz nach zehn.“

„Was habt ihr danach gemacht, deine Freunde und du?“

„Wir sind zum *McDonalds* in die Schlossstraße gegangen.“

„Es war ein Freitagabend, Konstantin. War dort viel los?“

„Oh ja, Hammer. Hat gedauert, bis wir unsere *Macs* hatten.“

„Wo habt ihr eure *Macs* gegessen?“

„Draußen.“

„Wer hielt sich dort noch auf?“

„Massenhaft Leute. Motorradfahrer und ein paar Mädels und Jungs, die ich von der Berufsschule kenne. Mit denen habe ich mich kurz unterhalten. Dann wollten wir rübergehen zum *Löhr-Center*. Mein Vater wollte uns nach seiner Schicht da abholen.“

„Aber da seid ihr nie angekommen, nicht wahr?“

„Nein.“ Konstantin fuhr sich wieder mit den Händen durchs Haar.

„Mein Junge. Es ist von großer Wichtigkeit, dass du uns möglichst genau erzählst, was passiert ist.“

„Es ging alles so schnell“, murmelte Konstantin so leise, dass der Richter sich gezwungen sah, ihm gut zuzureden.

„Sie müssen keine Angst haben. Schildern Sie uns einfach, was Sie erlebt haben.“

„Vor dem *McDonalds* gab es eine Schlägerei. Es sah aber nicht nach was Schlimmem aus.“

„Ihr hattet also nicht das Gefühl, bedroht zu werden?“

„Nö, es war eher so ‘ne Art Rumgeschubse.“

„Ihr hattet nicht den Eindruck, dass jemand Hilfe gebraucht hätte?“

„Ach was, das war mehr so ‘ne Geschichte unter Kumpeln. Wir machen das …“

„Um euch geht es jetzt nicht, Konstantin“, unterbrach Melchers seinen Mandanten. Er sah, wie sich die drei Verteidiger der Polizisten Notizen machten. Suboptimal gelaufen. Am besten ignorieren, beschloss er.

„Die Stimmung war also nicht aggressiv?“

„Erst mal nicht. Wir wollten gehen, da kam plötzlich einer von hinten angerannt. Zuerst hat er mich umgestoßen. Dann hat er mich gepackt und gesagt, ich soll mich wehren.“ Konstantins Hände begannen zu zittern.

„Hast du dich gewehrt?“

„Meine Kumpel haben versucht, den anderen festzuhalten, aber er war wesentlich älter als wir, größer und viel stärker. Er hat zu mir gesagt, ich wäre ein Weichei.“

„Hast du dich oder einer deiner Freunde sich mit ihm geprügelt?“

„Nein, wir wollten nur weg. Dann kamen die Kumpel von dem Schlägertyp und haben uns auch angemacht. Einer hatte ein Messer und wollte unser Geld.“

„Habt ihr es ihm gegeben?“

„Natürlich.“

„Und ihr habt wirklich nicht mit der Prügelei angefangen?“

„Nein“, krächzte Konstantin, „wir sind doch nicht blöd. Da war ein Messer mit einer echt riesigen Klinge. Wir haben dem Typ das Geld gegeben und sind nur noch gerannt. Richtung *Löhr-Center*. Plötzlich standen die Bullen da und haben uns geschnappt. Wir haben sofort gesagt, dass uns welche vor dem *McDonalds* angegriffen und unsere Knete geklaut haben.“

„Wie haben die Polizisten darauf reagiert?“

„Sie haben gelacht und gefragt, ob wir es deshalb so eilig hätten. Wir haben gesagt, dass wir Angst hätten. Da haben sie noch mehr gelacht und uns die Arme auf den Rücken gedreht. Sie haben uns in das Polizeiauto gestoßen.“ Die Stimme des Auszubildenden zitterte.

„Du hast es fast geschafft, Konstantin. Noch eine Frage. Sind die Polizisten, die euch in ihr Auto verfrachtet haben, hier im Saal?“

„Ja. Dort sitzen sie“, antwortete der Junge. Seine Stimme klang plötzlich kräftig und fest. Er deutete mit einem kerzengeraden, bewegungslosen Zeigefinger auf die drei Angeklagten.

Achim und Jana warteten vor der Tür des Gerichtssaales auf den Anwalt. Sie hatten festgestellt, dass es bei dem Verfahren um Kollegen von ihnen ging. Die Sitzung war nicht öffentlich, verkündete die Leuchtschrift an der Wand. Auf der Bank saßen zwei Teenager und zwei Männer. Wahrscheinlich Väter mit ihren Söhnen, die ihrem Aufruf entgegensahen. Keiner der vier sagte etwas. Die Sprechanlage forderte einen Zeugen schnarrend zum Eintreten auf. Einer der Jugendlichen erhob sich. Sein Vater ebenfalls. Sie verschwanden im Verhandlungsraum.

„Entschuldigung“, sprach Achim die beiden anderen an und zeigte seinen Dienstausweis, „könnten Sie uns erzählen, um was es in der Verhandlung geht?“

„Nein, sicher nicht! Hauen Sie bloß ab“, zischte der Ältere. „Was bilden Sie sich eigentlich ein? Dass wir hier draußen was anderes sagen als drinnen? Welche miesen Tricks kommen denn noch?“

Der Ermittler hob abwehrend die Hände. „Verzeihung. So meinte ich das nicht.“

„Ach was. Ohne Scheiß? Freund und Helfer, pah.“ Aus dem Mund von Achims unwilligem Gesprächspartner klang es wie ein Schimpfwort, nach Dreck und Abscheu. Was mochte da nur passiert sein, fragte Achim sich unwillkürlich.

8.

„Nun, Dennis“, forderte Melchers den Jungen auf, der zunächst Konstantins Version mit seinen eigenen Worten bestätigt hatte, „erzähl uns bitte, was geschehen ist, nachdem ihr auf das Präsidium gebracht worden seid.“

Die Angeklagten saßen nach wie vor stumm wie Flusskiesel neben ihren Verteidigern.

Dennis schob die Hände unter seine Oberschenkel. Im Verlauf seiner Aussage war ihm immer mehr die Farbe aus dem Gesicht gewichen. „Zuerst sind wir fotografiert worden. So richtig wie im Fernsehen, mit Nummer und von rechts und links und von vorne.“

„Durftet ihr eure Eltern anrufen?“

„Nein.“

„Verzeihung“, unterbrach einer der Verteidiger, „haben Sie denn darum gebeten, mit ihnen telefonieren zu dürfen?“

„Natürlich“, schrie Dennis. Von einem Moment auf den anderen waren seine Wangen knallrot angelaufen. „Nicht nur einmal, sondern ein paar Mal.“

„Gut.“ Melchers registrierte, dass der Verteidiger dem jüngsten Polizisten, seinem Mandanten, einen giftigen Blick zuwarf.

„Bleib ruhig, Dennis. Was geschah, nachdem ihr fotografiert worden seid?“, fuhr Melchers fort.

„Sie haben unsere Fingerabdrücke genommen.“

„Und dann?“

Sein junger Mandant drückte seine Handballen auf den Stuhlsitz. „Muss ich das wirklich sagen?“

„Zu meinem Bedauern, ja“, antwortete der Anwalt sanft, „weil die Angeklagten alle Vorwürfe bestreiten. Ich nutze die Gelegenheit zu betonen, dass sie ausgesagt haben, dass ihr telefonieren durftet, aber niemanden erreichen konntet. Es tut mir leid. Du hast keinen Grund, dich zu schämen. Du hast nichts Unrechtes getan. Also, wie ging es weiter?“

„Die haben uns einzeln in verschiedene Vernehmungszimmer gebracht.“ Dennis verstummte und sank auf dem Stuhl in sich zusammen, als wäre von einer Sekunde auf die andere sein Rückgrat zerbröselt.

„Und dann?“

„Muss ich wirklich? Es war so …, erniedrigend.“ Der Junge atmete tief durch.

Melchers beobachtete, wie der Vater sich auf seinem Stuhl nach vorne beugte und die Fäuste ballte. Der Anwalt konnte sich in etwa vorstellen, welche Anstrengung es ihn kostete, Ruhe zu bewahren. Der Richter nickte dem Zeugen aufmunternd zu.

Ein Ruck ging durch Dennis. Er setzte sich kerzengerade hin. Sein Rückgrat war wieder da. Melchers bildete sich ein, gehört zu haben, wie die Wirbel einrasteten.

„Ich musste mich ausziehen“, sagte der Junge aus. „Alles, auch die Unterhose.“

„Hat man dir gesagt, warum?“

„Um zu schauen, ob ich eine Waffe bei mir trage.“

„Hattest du eine bei dir?“

„Nein.“

„Wie ging es weiter?“

„Ich musste mich auf den Tisch stützen und mich nach vorne beugen. Dann hat mir jemand seinen Finger …“

„Es reicht. Vielen Dank, Dennis.“ Die Stimme des Richters donnerte durch den Raum wie ein heftiges Gewitter. „Herr Melchers, Frau Staatsanwalt und die Herren Verteidiger in mein Büro. Sofort! Die Angeklagten bewegen sich keinen Millimeter von der Stelle. Habe ich mich klar ausgedrückt?“

„Können Sie mir in Teufels Namen bitte sagen, was Ihre Mandanten da angerichtet haben? In den Vernehmungen haben sie doch behauptet, kein Wort von den Vorwürfen wäre wahr“, brüllte der Vorsitzende die Verteidiger der Polizisten zwei Minuten später in seinem Büro an. In einer für ihn außergewöhnlichen Lautstärke. In Juristenkreisen galt er als besonders besonnen und souverän.

„Euer Ehren, es ist überhaupt noch nichts belegt“, entgegnete der Rechtsbeistand des jüngsten Polizisten, während er einen unsichtbaren Fussel von seiner Robe entfernte. Seine beiden Kollegen nickten heftig. „Wir sind doch erst bei der Beweisaufnahme.“

„Sagen Sie, wollen Sie mich verarschen? Was glauben Sie eigentlich, wo wir hier sind? Verwechseln Sie mich etwa mit Barbara Salesch, oder was?“ Der Vorsitzende stemmte die Arme in die Seiten. „Ich werde die Verhandlung heute nicht fortführen. Ich sehe nicht ein, noch einen dritten Jugendlichen zu quälen. Ihnen gebe ich den dringenden Rat, mit Ihren Mandanten ein ernstes Wort zu reden. Damit eins klar ist: Ich glaube Konstantin und Dennis. Vielleicht hilft Ihnen das ja als kleine Argumentationshilfe weiter. Schon mal den Begriff Dienstvergehen gehört, die Herren Anwälte? Das wird das zweite Verfahren gegen Ihre Klienten. Seien Sie versichert, ich habe bereits einiges erlebt, aber das hier ... Und jetzt will ich keinen von Ihnen mehr sehen. Nehmen Sie bloß Ihre Mandanten mit." Mit jedem Wort wurde der Hemdkragen des Richters in dem Maße enger wie sein Hals dicker.

Die drei Polizisten-Verteidiger murmelten eine Verabschiedung und schlichen aus dem Büro.

„Sehen Sie es mir bitte nach", wandte sich der Vorsitzende Richter an Melchers und die Staatsanwältin, „auch auf Ihre Gesellschaft kann ich im Moment gut verzichten. Wir treffen uns nächste Woche wieder. Ich werde Ihren Sekretariaten den genauen Termin mitteilen lassen."

Draußen auf dem Flur verzogen sich Melchers Lippen zu einem triumphierenden Grinsen. Das lief doch bisher wie geschmiert. Er machte sich auf den Weg in den Verhandlungssaal, um seine abgehalfterte Aktentasche an sich zu nehmen. Er kam bis kurz vor die Tür. Dort drückte sich ein Mann in einer tollen Lederjacke herum. Er hielt ihn zuerst auf und ihm dann einen Dienstausweis unter die Nase, der auf den Namen Achim Tippel ausgestellt war. Nein, stöhnte Melchers innerlich, bitte nicht. Das war bestimmt die eine Hälfte des Polizistenduos von gestern Abend an seiner Villa.

„Was wollen Sie?", fragte er den Kriminalhauptkommissar. „Eine Durchsuchung meiner Kanzlei, meines Anwesens, meiner Aktentasche, meines ...?" Der Anwalt war froh, dass er es schaffte, das Wort „Allerwertesten" hinunterzuschlucken.

„Leider nein, Herr Melchers", antwortete der Kommissar.

„Leider nein?" Der Magen des Anwalts begann zu grummeln. Das Auftauchen der Kripo hatte nichts mit seinen Fällen zu tun, spürte er instinktiv. Hier ging es um etwas Elementares, das seine Welt aus den Angeln heben würde. Er kannte den Ausdruck in den

Augen des Hauptkommissars. Es war Mitleid. Warum, fragte er sich? Was war passiert?

Eine Frau trat zu ihnen. Sie stellte sich als Oberkommissarin Jana Reber vor.

„Wo können wir uns ungestört unterhalten?“, erkundigte sich Achim Tippel.

„Kommen Sie bitte mit in den Verhandlungssaal. Die Verhandlung wurde vertagt.“

Sie betraten den leeren Raum. Melchers lehnte sich gegen einen der Tische. Seine Wade schmerzte und fühlte sich hart und verkrampft an. „Warum sind Sie hier?“

Frau Reber trat einen Schritt auf ihn zu. Sie hielt ein Foto in der Hand. „Ist das Ihr Sohn Adrian?“

„Ja. Was ist mit ihm? Er sieht so seltsam aus auf der Fotografie.“

„Herr Melchers, er ist tot. Mein herzliches Beileid.“

Melchers sah die Frau an. Was sagte sie da? Adrian tot? So ein Quatsch. „Blödsinn. Er ist nicht tot. Er hat bei seiner Mutter übernachtet.“

„Nein, er ist im Brunnen auf dem Görresplatz ertrunken.“

„Er hatte einen Unfall?“, fragte sein Vater.

„Nachdem er einen Schlag auf den Kopf bekommen hat“, gab die Oberkommissarin Auskunft.

Melchers spürte einen stechenden Schmerz hinten im Unterschenkel und einen Klumpen im Hals. Er schluckte, aber der Klumpen hing unbeweglich fest. „Weiß seine Mutter schon Bescheid?“

„Ja, wir haben Ihre Frau gestern informiert. Sie konnten wir nicht erreichen.“

Der Anwalt stöhnte. Das also hatte Astrid gemeint, als sie sagte, Adrian wäre jetzt ein Engel. Deshalb der Schleier vor ihrem Gesicht. Hätte er ihr heute Morgen doch nur die Tür aufgemacht. Plötzlich schämte er sich und wusste gar nicht so recht warum. Ihm kam es vor, als würde sein Verstand mit einem Mal langsamer arbeiten, als er es gewohnt war. Die Gedanken bewegten sich wie in Zeitlupe. Aber wofür sollten sie sich auch noch beeilen. Sein Sohn war tot.

Jana und Achim betraten zusammen mit dem Ehepaar Melchers die Rechtsmedizin. Adrians Mutter trug nach wie vor den schwarzen Schleier vor dem Gesicht. Um ihren Hals baumelte eine Kette mit einem Engel, der seine Flügel ausbreitete. Sie bewegte sich grazil, katzenhaft. Der Kommissar bemühte sich, die Frau nicht die ganze Zeit anzustarren. Sie übte eine eigentümliche Faszination auf ihn aus. Ihr Mann dagegen setzte langsam, fast tapsend einen Schritt vor den anderen. Der selbstbewusste Anwalt war verschwunden und ein verzweifelter Vater hatte seinen Platz eingenommen. Achim wusste, dass er hoffte, dass es sich nicht um sein Kind handeln würde. Die Hoffnung starb zuletzt. Das galt auf eine besonders schreckliche Weise im Leichenschauhaus. Der Doc erwartete sie bereits am Eingang zum Untersuchungsraum. Leise bat er die Beteiligten einzutreten. Astrid Melchers folgte dieser Bitte sofort, ihr Mann zögerte und blieb ein paar Schritte hinter ihr.

„Sind Sie soweit?", fragte Achim.

„Ja", antwortete Astrid Melchers. Ihr Mann, der die Bahre einige Sekunden später erreichte, nickte nur stumm. Der Kommissar wusste, dass er es nicht war.

Der Doc zog behutsam das Tuch von dem Gesicht des Toten.

„Mein Engel", sagte Adrians Mutter sanft und legte die Hand auf die Schulter ihres Sohnes. Der schwarze Schleier verbarg ihre Gesichtszüge.

Der Rechtsanwalt starrte auf die Leiche. Der Kommissar schaute auf den Anwalt, in dessen Augen die Hoffnung erlosch.

„Ist das Ihr Sohn?", fragte Jana.

„Das ist unser Engel", antwortete Astrid Melchers.

In den Augen ihres Mannes loderte Feuer auf. Als hätte jemand Benzin auf Glut geschüttet. „Hör sofort auf mit diesem Engel-Unsinn", fuhr er seine Frau an. „Hättest du ihn nicht so beeinflusst mit deinem schwarzen Mist, könnte er noch leben und läge nicht eiskalt auf diesem Tisch."

Achim hakte nach: „Wie meinen Sie das, Herr Melchers?"

„Ach." Der Angesprochene drehte sich von der Bahre weg und rannte ein paar Schritte Richtung Tür. Plötzlich blieb er stehen, stöhnte leise auf und griff sich mit schmerverzerrtem Gesicht an seine rechte Wade. Dann hinkte er aus dem Raum, ohne sich noch einmal umzudrehen.

Achim lief ihm hinterher. „Herr Melchers, wir werden unsere Kriminaltechniker zu Ihnen schicken, damit sie sich in Adrians Zimmer umsehen."

„Ja, ja." Mehr war aus dem Anwalt nicht herauszubringen.

Der Ermittler ging zurück zu den anderen. Astrid Melchers beugte sich zu ihrem Sohn hinunter. Sie küsste ihn auf beide Wangen. „Ich wünsche dir Frieden", murmelte sie. „Uns allen", verkündete sie feierlich. Sie nahm Janas Hände und legte sie in eine von Achims und eine des Rechtsmediziners. Dann fasste sie selbst die Rechte des Docs und die Linke des Kommissars. „Denken Sie ein wenig mit mir gemeinsam an meinen Sohn", bat sie. Die drei anderen kamen ihrer Bitte nach. Zu viert standen sie schweigend im Kreis. Ob dieser Raum ein solches Bild schon einmal gesehen hat, fragte sich Achim. Er spürte, wie Energie seinen Körper durchströmte. Jana drückte seine Hand. Sie hatte es also ebenfalls gemerkt.

„Danke", flüsterte Astrid Melchers nach einer Weile und löste sich aus dem Kreis. „Das war mir wichtig. Adrian braucht liebevolle Begleitung auf seinem Weg nach oben."

Kurz darauf war sie verschwunden. Das Einzige, was noch eine Zeit lang zu vernehmen war, war das immer leiser werdende Klirren ihres Schmucks.

„Wow." Der Doc hatte abgewartet, bis nicht mehr das kleinste Klimpern zu hören war, bevor er mit der Zunge schnalzte. „Was für eine Frau. Wenn die sich öfter hier aufhalten würde, müsste ich die Kühlanlage höher stellen."

„Oh, mach dir keine Sorgen, Adrian war ein Einzelkind", sagte Jana.

„Sie verfügt ohne jeden Zweifel über eine äußerst spezielle Ausstrahlung", bestätigte Achim.

Die Kommissarin sah die beiden Männer mit hochgezogenen Augenbrauen an. „Ihr seid ja hin und weg, Jungs. Aber ihr habt recht. Sie hat was. Ich denke allerdings darüber nach, ob wir es hier mit einer Meisterin der weißen oder der schwarzen Magie zu tun haben. Jedenfalls macht sie den Eindruck, ihre Entscheidungen zu treffen, ohne jemand anderen nach seiner Meinung zu fragen. Zum Beispiel ihren Mann. Für den stellt ihre Art zu leben unter Garantie ein ziemliches Problem dar."

„Ich schätze, nicht nur für ihn, sondern auch für seinen Geldbeutel. Obwohl der bestimmt einer von der dickeren Sorte ist", bemerkte Achim. „Hast du noch was für uns, Doc?"

„Vor uns liegt ein kerngesunder Junge. Ich glaube, das hatte ich bereits erwähnt. Sein Blut befindet sich zum Komplettscreening im Labor. Ihr wisst schon. Drogen, Betäubungsmittel und so weiter. Dass er volltrunken war, ist euch ja bekannt. An den anderen Ergebnissen arbeiten wir."

„Okay, danke. Wir fahren zu Adrians Schule. Hoffentlich erfahren wir da was Erhellendes", sagte Achim.

Als die beiden Kommissare zu ihrem Auto kamen, saß Henry auf dem Beifahrersitz und freute sich darüber, dass sein Frauchen und ihr Männchen wieder da waren. Er hüpfte sofort aus dem Wagen, als die Tür sich öffnete. Winselnd sprang er abwechselnd an Achim und an Jana hoch.

„Ich würde sagen, wir gehen zu Fuß und nehmen ihn mit", schlug seine Besitzerin vor. „Das *Schiller-Gymnasium* ist nur einen Katzensprung von hier. Bis dahin kann er sich die krummen Beine vertreten."

Die drei machten sich auf den Weg. Jana hielt den Dackel zwischen ihrem Kollegen und sich, nachdem der Hund sich an einem Baum erleichtert hatte.

Unvermittelt blieb Achim stehen. „Hast du das eben auch gespürt?", fragte er Janas Rücken.

Sie drehte sich um. „Was?"

„Diese Wärme. Die Energie, die zwischen uns geflossen ist, als wir uns an den Händen hielten."

„Klar. Wen meinst du mit ‚uns'?"

„Uns alle vier. Es war ein bisschen, als würde elektrischer Strom im Kreis fließen.“

„Ging mir ähnlich. Die Berührung war wohltuend beruhigend.“

„Da war was, das uns verbunden hat. Kraftvoll und gleichzeitig total sanft. Ist das was Normales?“ Achims Stimme klang eine Nuance höher als sonst.

Jana lachte. „Sei ohne Furcht, mein Süßer. Du hast keinen esoterischen Schock erlitten. An was hast du denn gedacht, als wir im Kreis standen?“

„An Adrian, glaube ich.“

„Siehst du, ich auch. Ich denke, unser Doc ebenso. Seine Mutter ohnehin. Wir befanden uns demnach auf der gleichen gedanklichen Ebene. Ich fände es eher verwunderlich, wenn da nichts passiert wäre.“

Achim zwinkerte mit den Augen. Die Vorstellung, den Ermordeten auf seinem Weg zu den Engeln zu begleiten, machte ihn alles andere als froh. Als Astrid Melchers das gesagt hatte, war ihm ein Stich in den Magen gefahren. Einmal mehr hatte er sich gefragt, ob sie das ernst meinte oder Theater spielte. Falls sie Letzteres tun sollte, stellte sich sofort die Frage, warum sie das tat. Er musste zugeben, dass er Adrians Mutter einfach nicht einschätzen konnte. Zumindest im Moment nicht.

Das *Schiller-Gymnasium* lag einige Seitenstraßen weiter auf dem Gelände einer ehemaligen Kaserne im Koblenzer Stadtteil Rauental. Eine Privat- und Eliteschule für die höheren Töchter und Söhne aus Koblenz und Umgebung mit einem neuen, kreativen Konzept. Die zweigeschossige Bauweise passte sich perfekt der Wohnbebauung an. Sie bestand aus einem Hauptteil, von dem zwei Seitenflügel abgingen, sodass der Gebäudekomplex sich nach vorne hin öffnete. Ein moderner U-Bau. Neben dem rechten Nebenflügel war ein Garten angelegt. Auch in der Mitte des Schulhofs gab es eine kleine Grünfläche mit einem Brunnen. Beides erregte sofort Henrys lebhaftes Interesse. Was für saubere, ordentliche Toiletten, dachte der Dackel vermutlich. Dicht am linken Seitenflügel waren eine Laufbahn zu erkennen, ein Kugelstoßring und eine Weitsprunganlage. Henry fiepte. Und so ein schöner Sandkasten. Aus einem der geöffneten Fenster ertönte Musik. Gerade setzte ein Schlagzeug ein und ließ ein wahres Klang-Trommelfeuer abbrennen.

Achim und Jana gingen auf den ebenerdigen Eingang zu. Es war zweifellos ein fortschrittliches Gebäude. Auch auf eine moderne Energieversorgung hatten die Planer Wert gelegt. Auf dem Dach des Hauptgebäudes gab es eine Solaranlage, die beiden Seitenflügel glänzten mit einer Dachbegrünung. Ökologie groß geschrieben. Vorbildlich.

Die weitläufige Halle, von der etliche Räume abgingen, war menschenleer. Jana schaute auf die Uhr, die in Blumenform von der Decke hing. Halb eins. Wenn sich seit Janas Schulzeit nichts geändert haben sollte, bedeutete das, dass Schüler und Lehrer gerade die sechste Stunde hinter sich brachten. Die Ermittlerin suchte nach einem Hinweisschild, um herauszubekommen, wo die Schulleitung zu finden war. „Erste Etage, Zimmer eins", teilte sie ihrem Partner mit und zeigte auf die Treppe an der Seite.

Henry stürmte die Stufen hinauf, Achim und sein Frauchen folgten etwas gemächlicher. Zimmer 1 war schnell gefunden.

Jana klopfte an die Tür, sofort antwortete jemand mit „Ja, bitte?" Der Hund wischte als Erster hinein. An einem riesigen Schreibtisch mitten im Raum thronte eine Frau auf einem großen Sitzball, auf dem sie ständig leicht auf und ab wippte. Es sah ein wenig seltsam aus. Die Schuld daran trug ein bunt gemustertes Kleid, das deutlich über ihren Knien endete. Sie erinnerte an einen Flummi, der in einem zu kurzen Rock steckte. Der Vierbeiner stürmte auf sie zu.

„Guten Tag, wer bist denn du?", lachte die Frau und streichelte den Hund.

„Hallo", antwortete Jana. „Das ist Henry, mein Dackel. Mein Name ist Reber. Das ist mein Partner Achim Tippel. Wir suchen die Schulleitung."

„Sie haben sie gefunden", sagte die Frau. „Irene Nagler, angenehm. Was kann ich für Sie tun?"

„Wo ist denn Ihr Sekretariat?", fragte Jana neugierig.

„Das brauchen wir hier nicht. Wenn ich da bin, steht meine Tür jedem offen. Ich benötige keinen Wachhund, der nebenbei Termine für mich macht. Nicht wahr, Henry? Ganz im Ernst. Ich habe bei den meisten Sekretärinnen den Eindruck, dass sie vor allem den Durchgang zu Chef oder Chefin blockieren sollen. Wollen Sie Ihr Kind bei uns anmelden?"

„Nein, eher nicht." Jana zückte ihren Dienstausweis. „Kripo?" Frau Nagler stellte das Wippen ein. „Um Himmels willen. Was ist geschehen?"

„Jemand hat Ihren Schüler Adrian Melchers ermordet. In der Nacht von Samstag auf Sonntag. Man hat ihn tot im Brunnen auf dem Görresplatz gefunden."

„Was?" Die Schulleiterin sprang auf. Sie schlug die Hände vor den Mund. Der Rock ihres Kleides klebte an ihren Schenkeln und gab den Blick auf kurze, kräftige Beine frei. Manche Menschen sollten einfach keinen Mini tragen, dachte Jana.

Mit einer schnellen Bewegung ließ Frau Nagler die Arme sinken, strich das Kleidungsstück glatt und ein Stück nach unten. „Wissen Sie schon Näheres?" Sie schaute ihre Besucher mit großen Augen an.

„Wir wissen, dass er volltrunken war", gab Jana Auskunft. „Wie viel ist Ihnen über die Freizeitaktivitäten Ihrer Schüler bekannt?"

„Wir vertrauen unseren jungen Leuten. Wir legen eine Menge Wert darauf, die Eltern kennenzulernen. Ich versichere Ihnen, dass wir nur Kinder aus erstklassigen, nein, das stimmt so nicht, aus einwandfreien Familien aufnehmen."

„Ihr Institut, wenn ich es einmal so nennen darf, kostet doch Schulgeld. Wie teuer ist die Ausbildung?", erkundigte sich Jana.

„Tausend Euro im Monat", sagte die Leiterin unbefangen. „Die Ferienmonate werden ebenfalls bezahlt."

„Verzeihung", meldete sich Achim zu Wort. „Ich kenne mich da überhaupt nicht aus. Ist das viel?"

„Aber ja. Wenn Sie bedenken, dass die staatlichen Schulen umsonst sind. Entschuldigung. Ich meinte natürlich, kostenlos."

„Was bieten Sie dafür?", fragte der Kommissar weiter.

„Die besten und engagiertesten Lehrer, die es in Koblenz und im weiteren Umkreis gibt. Außerdem alle Arten von kreativer Beschäftigung, die man sich vorstellen kann. Wir fördern jeden Schüler, jede Schülerin individuell. Jedes Kind besitzt Talente. Bei einigen liegen sie offen auf der Hand, bei anderen müssen sie erst einmal entdeckt werden. Für meine Lehrkräfte und mich ist das unsere wichtigste Aufgabe. Wenn ein Mensch etwas hat, für das er mit Herz und Verstand brennt und mit dem er Erfolge erlebt, fallen auch die Fächer leichter, die man nicht so gerne macht. Wir fördern vor allen Dingen die Stärken. Unserer Überzeugung nach ist es nicht unbedingt notwendig, jede Schwäche auszubügeln."

„Über welche Stärken verfügte Adrian?", wollte Jana wissen.

„Verfügte. Mein Gott. Wie schrecklich das klingt." Frau Nagler begann mit den Händen ihre beeindruckenden Oberarme zu kneten. „Er war sprachlich und in der bildenden Kunst höchst talentiert. Musik war nicht unbedingt sein Ding. Sport trieb er auch, aber mehr um fit zu sein, nicht mit Ehrgeiz. Vor Kurzem hat er damit begonnen, Gedichte zu schreiben. Sie sind von einer einfühlsamen, anrührenden Düsternis."

„So düster wie seine Mutter?", fragte Achim.

„Astrid Melchers ist eine außergewöhnliche Persönlichkeit mit einem großen Herzen. Sie war immer…", Frau Nagler sprach das letzte Wort betont langsam aus, „… für ihren Sohn da. Wie sie sich anzieht, ist uns egal. Oder vertreten Sie die Meinung, dass man Menschen nur nach ihrer Kleidung beurteilen sollte, Herr Kommissar?"

„Nein."

„Dass die Eltern unglücklich miteinander sind, spielt also für Ihre Interpretation von einwandfrei keine Rolle?", hakte Jana nach.

„Frau Reber", die Schulleiterin lachte freudlos, „wir leben hier vor dem Mond, nicht dahinter. Ehen werden geschlossen. Aber immer seltener im Himmel. Deshalb wird ein großer Teil von ihnen wieder geschieden. Aus den verschiedensten Gründen. Für uns ist wichtig, dass die Eltern ihre Kinder unterstützen. Dass sie die Philosophie der Schule teilen."

„Und dass sie pünktlich das Schulgeld überweisen!“ Jana konnte sich die Bemerkung nicht verkneifen.

Die Schulleiterin zuckte merklich zusammen. „Ja, Frau Kommissarin, auch das“, gab sie zu, erkennbar konsterniert. „Wir sind eine Solidargemeinschaft. Jeder muss sich auf den anderen verlassen können. Das gilt für das Finanzielle ebenso wie für das Mitmenschliche.“

„Bedeutet das, dass Sie ausschließlich Kinder der oberen Gesellschaftsschichten aufnehmen?“, bohrte Achim weiter.

„Nein, das heißt es nicht.“ Unter die Stimme der Schulleiterin schob sich ein triumphierender Ton. „Ein Drittel der Schülerschaft sind Stipendiaten. Sie werden komplett von den Schulgeldzahlern finanziert.“

Achim pfiff durch die Zähne. „Ein Drittel. Beeindruckend. Das ist ebenfalls viel, nehme ich an?“

„Das dürfen Sie annehmen, Herr Tippel. Wir sind die einzige Schule in Rheinland-Pfalz, die ein solches Konzept verfolgt. Erfolgreich, möchte ich betonen.“

„Seit wann?“, fragte Jana, die langsam begann, sich ernsthaft für die Bildungseinrichtung zu interessieren.

„Sagen Sie mal, was soll denn das?“, fauchte die Schulleiterin plötzlich und ohne erkennbaren Grund. „Ist das hier ein Verhör oder was soll das werden?“

Henry, der es sich unter dem Schreibtisch bequem gemacht hatte, hob den Kopf und kläffte. Anscheinend hatte er bemerkt, dass die Stimmung umschlug. Frau Nagler beugte sich zu ihm hinunter und kraulte ihn. Danach hatte sie sich wieder im Griff.

„Entschuldigung. Ich bin von Ihrer Nachricht überaus schockiert. Um Ihre Frage zu beantworten: seit acht Jahren.“

„Danke.“ Jana lächelte die Schulleiterin an, bemüht, die angespannte Atmosphäre zu lockern. „Ihre Lehrer und Sie sind doch recht eng mit den Schülern beieinander. Mit wem war Adrian befreundet?“

„Er ist … Oh herrje, ist das schwer. Er war mit ein paar jungen Leuten aus seinem Jahrgang …“

Frau Nagler kam nicht dazu, den Satz zu beenden. Ein Mädchen stürzte in das Zimmer der Direktorin. „Stimmt es, dass Adrian tot ist? Dass er umgebracht worden ist?“

Die Schulleiterin schaute die Ermittler hilfesuchend an.

„Ja, das stimmt“, antwortete Achim an ihrer Stelle.

Die Schülerin ballte die Fäuste. „Das ist einzig und allein Isabels Schuld“, zischte sie. Danach brach sie in Tränen aus.

9.

Klaus Melchers kauerte in den Rhein-Anlagen an der Seite der steinernen Einfassung des Kaiserin-Augusta-Denkmals auf den Stufen. Der Platz mit der sitzenden Regentin, Gattin Wilhelm I., Wohltäterin der Stadt Koblenz und Stifterin der Anlagen, gehörte normalerweise zu seinen absoluten Lieblingsorten. Schon als Kind hatte er hier gespielt, wenn er in den Ferien seine Großeltern besuchte. Aber für ihn gab es kein normalerweise mehr. Nie wieder.

Nachdem er aus der Rechtsmedizin zu seinem Auto geflohen war, rennend, trotz der Schmerzen in der Wade, fuhr er zunächst Richtung Oberwerth. Dann entschied er sich aber dagegen, nach Hause zu fahren, sondern kutschierte ziellos in der Gegend herum. Alles schien dem Anwalt sinnlos geworden zu sein. Seine Welt lag in Scherben. War er wirklich gestern Abend froh und zufrieden von einer Wanderung zurückgekehrt? Zu einem Zeitpunkt, an dem sein Kind schon stundenlang kalt und steif in der Rechtsmedizin lag. Gab es etwas, was er sich vorwerfen musste? Einen Fehler, den er begangen hatte? Ohne ihn zu bemerken? Hatte er Adrian vernachlässigt? Hatte sein Sohn nicht am Donnerstagmorgen beim Frühstück versucht, mit ihm zu reden?

Doch, das hatte er. „Paps, ich muss dringend mit dir sprechen.“ Das hatte er gesagt. Sein Vater erinnerte sich plötzlich genau. Aber er hatte nur hastig seinen zweiten Espresso ausgetrunken und sein Glas Wasser und Adrian auf abends vertröstet.

Seltsam, was einem in solchen Momenten bewusst wurde. Für einen zweiten Espresso war Zeit gewesen, für seinen Sohn nicht. Dann war er so spät aus dem Büro heimgekommen, dass Adrian bereits geschlafen hatte. Zumindest hatte er das geglaubt. Was, wenn sein Sohn da schon nicht zu Hause gewesen war? Wenn es bereits mehr Nächte gegeben hatte, in denen er, weiß der Kuckuck wo, gewesen war? Hatte er etwas angestellt? War er womöglich in irgendwelche kriminelle Machenschaften verwickelt? Der Anwalt massierte behutsam seine Wade, die mittlerweile an der schmerzenden Stelle heiß glühte, sich verhärtet hatte und stechend wehtat, wenn er sie berührte. Wo sollte er jetzt hin? In die Villa konnte er nicht. Nicht etwa, weil er dort sofort an Adrian erinnert werden würde, sondern, weil er zu feige war, Helene die Wahrheit zu sagen.

Melchers lehnte sich gegen die steinernen Säulen und schloss die Augen. Sein Herz klopfte im Magen und führte dort zu einer leichten Übelkeit. Außerdem schmerzte seine Wade immer heftiger. Es tat so weh, dass ihm Tränen über die Wangen liefen. War es der Schmerz, der ihn weinen ließ? Oder die Trauer? Es lag über achtzehn Jahre zurück, dass ihm das letzte Mal die Tränen gekommen waren. Als er seinen Sohn kurz nach dessen Geburt in den Armen gehalten hatte, hatte er geheult wie ein Schlosshund. So ein kleines, zerbrechliches und gleichzeitig so vollkommenes Wesen. Sein Kind. Er hatte Astrid geküsst, überglücklich. Die lag erschöpft und verschwitzt in den Kissen. Aus ihrem Inneren heraus strahlte sie.

Das war ohne Zweifel der Moment, in dem zwischen seiner Frau und ihm die größte Nähe bestanden hatte. Sie war so schön gewesen, wenn sie ihren Sohn gestillt hatte. Natürlich war sie heute noch attraktiv, aber im Verlauf und nach der Schwangerschaft sah sie umwerfend aus. Die Wangen rosig, die Augen leuchtend und die Haare dicht und glänzend. Astrid mit dem Säugling an ihrer Brust. Ein Anblick, der ihn tief berührt hatte. Wie sie dem Kleinen, während er trank, über den zarten Flaum auf seinem Köpfchen strich. Melchers war sogar ein wenig eifersüchtig auf die innige Verbindung zwischen Mutter und Kind gewesen. Natürlich hatte er sich das nicht anmerken lassen. Als Adrian nicht mehr auf Astrids Brust angewiesen war, verschwand dieses kleine, fiese, nagende Gefühl. Er war doch ein guter Vater gewesen, oder etwa nicht? Die wichtigen Entscheidungen in puncto Erziehung hatten sie als Eltern immer gemeinsam getroffen. Zum Beispiel die, ihren Sohn ab der elften Klasse auf dem *Schiller-Gymnasium* anzumelden. Seine Frau war von der kreativen Ausrichtung total begeistert gewesen. Ihm hatten es die moderne Ausstattung und die individuelle Betreuung angetan. Und die Tatsache, dass die Lehrstätte eine Eliteschule war. In der Folge hatten sich Adrians schulische Leistungen gewaltig verbessert. Auf dem *Schiller-Gymnasium* hatte es keine Rolle gespielt, dass er der Jüngste des gesamten Jahrgangs war. Er war nicht mehr von den anderen Schülern, und, was noch schlimmer war, Schülerinnen, „Baby" genannt worden. Oder gefragt, ob er denn heute schon „ein Häufchen in die Windel gemacht" oder „auf die Matratze gepinkelt" hätte. Nur weil er lange der Kleinste und Zarteste gewesen war.

Melchers erschrak nach wie vor darüber, dass Kinder scheinbar unbedingt jemanden brauchten, über den sie sich lustig machen oder auf dem sie herumhacken können. Astrid und er hatten versucht, ihrem Sohn Selbstbewusstsein zu schenken und das Zutrauen, dass der Wert eines Menschen weder von seinem Alter noch von seiner Größe abhing. Es schien ihnen gelungen zu sein, denn Adrian hatte seinen Eltern an seinem vierzehnten Geburtstag mitgeteilt, dass es ihm nicht viel ausmache, wenn ein paar Blödiane meinten, sie müssten ihn beleidigen. Er hatte Freunde gefunden, war praktisch von einem Tag auf den anderen in die Höhe gewachsen und hatte sich zu einem hübschen Burschen entwickelt, auf den Astrid und er aus vollem Herzen stolz waren. Als er auf seine neue Schule gekommen war, war er zwar immer noch der Jüngste und Zartgliedrigste gewesen, aber zumindest von normaler Größe. Er hatte damit begonnen, in einer Sport-AG Kraftsport zu betreiben und sich nach einigen Monaten etliche Muskeln antrainiert.

Melchers ging auf, dass er in der Vergangenheit viel zu wenig Zeit mit seinem Sohn verbracht hatte. Hatte Adrian womöglich geglaubt, sein Vater würde sich nicht für ihn interessieren? Melchers musste zugeben, dass er nicht einmal wusste, ob er eine Freundin hatte oder nicht. War er jemals mit einem Mädchen zusammen gewesen? Oder mit einem Jungen? War er verliebt gewesen? An was mochte er in den letzten Sekunden seines kurzen Lebens gedacht haben? War ihm bewusst, dass er sterben würde, oder hatte es ihn unvorbereitet getroffen?

Der Anwalt musste an seine Oma denken. Die Mutter seiner Mutter. Sie hatte ebenfalls Kinder verloren, Zwillinge. Sie waren zu früh auf die Welt gekommen und bloß wenige Tage alt geworden. Wie oft hatte sie davon erzählt. Immer hatte sie zum Abschluss der Erinnerungen gesagt: „Wenn dein Ehepartner stirbt, dann geht ein Stück von deiner Seite. Wenn dein Kind stirbt, dann verlierst du ein Stück von deinem Herz."

In diesem schrecklichen Moment begriff ihr Enkel die grausame Wahrheit, die in ihren Worten steckte. Als junger Mensch hielt man solche Sätze immer für das Gerede von alten Leuten, die sich selber leid taten oder sich vom Leben ungerecht behandelt fühlten. So war es bestimmt nicht gewesen. Schade, dass er das erst jetzt erkannte, wo seine Oma schon einige Zeit verstorben war. Sie hätte ihm in dieser Situation helfen können, weil sie genau gewusst hätte, was er durchmachen musste.

Melchers spürte, wie ein Schatten auf ihn fiel. Er öffnete mühsam die Augen. Seine Lider fühlten sich an, als wären sie zusammengenäht worden. Der Anwalt blinzelte die Gestalt an, die sich zwischen ihn und die Sonne geschoben hatte. Er scheuchte sie mit einer Handbewegung weg. Er wollte alleine sein.

„Wer ist Isabel? Und wer sind Sie?" Achim schaute die junge Frau fragend an. Er hoffte, dass er nicht allzu erschüttert aussah, denn an den Anblick der Schülerin, die lediglich eine halbe Nase hatte, musste er sich erst gewöhnen. Ohne Zweifel stand das Mädchen, das der Barkeeper aus dem *Highlight* als „irgendwie behindert" bezeichnet hatte, vor ihnen.

Die Schulleiterin griff ein. „Das ist Sofie Mundling."

Ach ja, der Hauptkommissar erinnerte sich. Das war eine von Adrians Freundinnen, von denen seine Mutter gesprochen hatte. Mundling konnte man ja schon mal mit Maulig verwechseln. „Sie haben eine Zwillingsschwester, Frau Mundling, nicht wahr?"

„Wer sind denn Sie?“, giftete Sofie.

Der Nachname Maulig kam Achim plötzlich ausgesprochen passend vor. Er zückte seinen Dienstausweis. „Ich bin von der Kriminalpolizei. Das ist meine Kollegin, Oberkommissarin Reber.“ Er zeigte auf Jana. „Wie ich gerade feststellen darf, haben wir allen Grund hier zu sein. Also, wieso ist Ihre Schwester schuld?“

Sofie wischte sich ihre halbe Nase an den Ärmeln ab, was Frau Nagler dazu veranlasste, missbilligend mit der Zunge zu schnalzen und dem Mädchen ein Papiertaschentuch zu reichen. Die Schülerin schnäuzte sich ausgiebig. „Muss ich Ihnen auf Ihre Fragen antworten?“, fragte sie.

„Nein, das müssen Sie nicht“, antwortete Achim. „Wir können Sie mit ins Präsidium nehmen und uns dort mit Ihnen unterhalten. Wenn Sie sich selbst belasten würden, dürfen Sie auch da weiter schweigen.“

Sofie sah ihre Schulleiterin mit unruhigen Augen an. Dabei wickelte sie das benutzte Taschentuch immer enger um ihren rechten Mittelfinger. „Sie könnten mich wirklich einfach mitnehmen?“

„Nicht einfach. Aber Sie haben eben den Eindruck vermittelt, als könnten Sie uns bei der Aufklärung eines Verbrechens behilflich sein. In einem solchen Fall dürfen wir das zweifellos“, erklärte Achim. „Also, wie sieht es aus? Woher wissen Sie überhaupt, dass Adrian ermordet wurde?“

„Unser Stammkursleiter hat es uns gerade erzählt.“

Henry kam herbeigetrottet und legte eine Pfote auf Sofies Schuh. Die bemerkte das gar nicht, bis der Dackel anfing zu bellen. Die Gymnasiastin ging in die Knie. „Hallo!“ Ihre Stimme klang belegt. „Ist das unser neuer Hund, Frau Nagler? Ich dachte, der kommt erst nächsten Monat.“

Dass man hier mit Tieren lernte, war demnach wahr, konstatierte Jana. „Nein, das ist Henry. Er gehört zu mir“, teilte sie mit.

„Der ist ja süß.“ Der Dackel schleckte der jungen Frau die Hände ab. Die sah Achim an. „Was möchten Sie denn wissen?“ Tränen rannen ihr über die Wangen.

„Wie Sie das eben meinten. Als Sie sagten, dass Isabel alles schuld ist. Wünschen Sie, dass Frau Nagler bei dem Gespräch dabei ist?“

Sofie ließ Henrys Ohren durch ihre Finger gleiten. „Ja, das möchte ich“, erklärte sie nach ein paar Sekunden.

„Lassen Sie uns in unseren Konferenzraum gehen“, bat die Schulleiterin. „Da können wir uns alle setzen. Das ist vielleicht ein bisschen entspannter.“

„Gerne“, sagte der Kommissar und konnte sich des Verdachts nicht erwehren, dass das Gespräch vermutlich wenig entspannt verlaufen würde.

Das sogenannte Konferenzzimmer erinnerte mehr an einen großen Wohnraum. Es war mit vier ausladenden, gemütlich aussehenden Sofas möbliert. An der Wand links von der Tür gruppierten sich Stühle um einen Kiefernholztisch, der mit jeder Menge runder Ränder von heißen Kaffee- oder Teetassen verziert war. Der Tür gegenüber befand sich eine breite Fensterfront.

Auf Helligkeit scheint man hier viel Wert zu legen, dachte Jana. Ob Adrian gerne in dieses Gebäude gekommen war, trotz seiner dunklen Mutter?

Wenig später hatten sich alle um den Tisch herum, beziehungsweise darunter sortiert. Durch ein Zwinkern verständigten sich die beiden Ermittler darauf, dass die weibliche Hälfte des Duos die weiteren Fragen übernehmen würde. Die männliche würde sich aufs Zuhören und Beobachten beschränken. Soweit Jana es beurteilen konnte, hatte Henry eine positive Wirkung auf Sofie ausgeübt, zumindest machte sie nun einen ruhigen Eindruck.

„Frau Mundling“, begann die Kommissarin. „Woher kennen Sie Adrian Melchers?“

„Wir gehen in denselben Stammkurs. Kunst. Und in den Chemie-Leistungskurs. Und noch ein paar Grundkurse.“

„Seit wann?“

„Seit der elften, also seit der Oberstufe.“

„Was ist Ihr dritter Leistungskurs?“

„Französisch."
„Und Adrians?"
„Deutsch."
„Kam er gut mit im Unterricht?"
„Ja."
„Haben Sie sich auch außerhalb der Schule getroffen? Waren Sie mit ihm befreundet?"
„Ja, wir waren Freunde und oft zusammen. Wir sind am Wochenende gemeinsam ausgegangen, haben ab und zu miteinander gelernt."
„Wer war außerdem dabei?"
Sofies Lippen verzogen sich verächtlich. „Meine Schwester Isabel, Lukas und Daniel."
„Sind die heute alle in der Schule?"
Die Oberstufenschülerin nickte.
„Was haben Sie denn so gemacht, wenn Sie am Wochenende ausgegangen sind?"
„Wir sind halt unterwegs gewesen." Sofies Stimme bekam erneut einen aggressiven Unterton, während sie trotzig ihr Kinn nach vorne schob.
„Was heißt das? Sind Sie ins Kino gegangen oder ins Theater oder in die Disco? Oder waren Sie essen oder was trinken?"
„Na, alles halt", lautete die kratzbürstige Antwort.
„Was denn besonders oft?", horchte Jana sie weiter geduldig aus.
„Meistens waren wir im Kino und anschließend was essen und trinken." Sofie starrte auf den Tisch, während sie das sagte.
„Waren Sie am letzten Samstag auch zusammen unterwegs?"
„Klar."
„Wie ist der so abgelaufen?"
„So wie immer. Wir haben uns was zu essen geholt und was zu trinken. Wir haben uns an die Säule auf dem Görresplatz gesetzt und uns unterhalten. Es war ja warm. Aber es war langweilig."
„Gab es einen besonderen Grund für die Langeweile?"
Sofie zuckte mit den Schultern. „Ich wüsste keinen."
„Haben Sie viel getrunken?"

„Nein." Die Kameradin des Toten knallte das Wort heraus wie einen Pistolenschuss.

„Adrian hatte eine Riesenportion Alkohol im Blut, Frau Mundling. Wie kam der da hin?"

„Das weiß ich doch nicht. Ich habe immer nur zwei, drei Gläser Bier getrunken. Auch am Samstag." Die Schülerin verlegte sich bei dieser Aussage aufs Zischeln.

Jana knipste Achim zu. Der zwinkerte zurück. Sofie sagte eindeutig die Unwahrheit. Die Frage lautete: Weshalb? Und warum sprach sie nur von sich? Wieso behauptete sie, dass ihre Schwester Isabel an allem schuld sei? Die Kommissarin stand auf. „Entschuldigung, aber ich brauche etwas zu trinken. Wo kann ich eine Flasche Wasser bekommen, Frau Nagler?"

„Unten steht ein Automat mit diversen alkoholfreien Getränken."

„Danke. Ich bin sofort wieder da."

Achim erhob sich ebenfalls. „Ich komme mit. Sollen wir Ihnen was mitbringen?"

Sowohl die Schulleiterin als auch die Schülerin lehnten dankend ab. Als die beiden Kommissare nach draußen traten, lauschten sie noch ein paar Sekunden, bevor sie die Tür schlossen. Sie hörten Sofie etwas sagen, aber sie verstanden nur einige, wenige Brocken: Isabel, verraten, wundern. Frau Nagler erwiderte etwas, leider so leise, dass es die Lauscher vor der Tür ebenfalls nicht verstehen konnten. Danach herrschte Stille.

„Astrid." Klaus Melchers spuckte den Namen aus, als wäre er das Produkt eines besonders hartnäckigen Hustens. Tatsächlich sammelte sich Schleim in seiner Kehle. Er versuchte, ihn hinunterzuschlucken. Ohne Erfolg, der Rotz krallte sich in seinem Hals fest. Mit seiner Noch-Frau hatte er nicht gerechnet. Sie kannte ihn besser, als er wahrhaben wollte, gab er widerwillig zu. Er hätte an hundert Orten in Koblenz sein können oder auch an tausend außerhalb, aber sie fand ihn am Kaiserin-Augusta-Denkmal. Obwohl sie nie gemeinsam hier gewesen waren.

„Klaus." Frau Melchers setzte sich neben ihren Mann. „Lass dir doch helfen."

„Ich benötige keine Hilfe", knirschte der mit zusammengebissenen Zähnen. „Von dir erst recht nicht."

„Doch, die brauchst du. Möglichst schnell. Meinst du etwa, ich merke nicht, wie du leidest?"

„Entschuldige, Astrid, unser Sohn wurde ermordet. Was erwartest du von mir? Dass ich dich frage, ob wir heute Abend tanzen gehen? Oder ob wir demnächst gemeinsam ein Lach-Seminar besuchen sollen?"

„Siehst du. Da ist es wieder, dein altes Problem. Wenn etwas tief an deine Gefühle rührt, flüchtest du dich in Ironie und Sarkasmus. Statt einmal zuzugeben, dass du Unterstützung brauchst und jemanden, der sich um dich kümmert."

„Nehmen wir mal an, du hast recht. Rein hypothetisch." Klaus Melchers merkte selbst, wie erschöpft seine Stimme klang. „Dann bist du bestimmt der letzte Mensch, von dem ich mir Beistand erbitten würde."

„Was ist bloß mit dir und mir passiert?"

„Das ist im Moment wohl kaum die Frage. Oder?"

„Vielleicht doch, Klaus. Es wäre mir so wichtig zu wissen, dass Adrians Tod nichts mit unseren Differenzen zu tun hat. Verstehst du das?"

„Nein, Astrid. Das kann ich überhaupt nicht verstehen. Was sollte unsere …", Melchers räusperte sich und spürte, wie ein Brocken Schleim sich löste. Er schluckte ihn hinunter. Irgendwo hatte er mal gelesen, dass Bakterien im Magen auf völlig verlorenem Posten standen. Weil die Salzsäure sie auffraß. Danach fühlte er sich etwas besser. „… gescheiterte Beziehung mit dem Tod unseres Sohnes zu tun haben?"

„Glaubst du, dass wir gute Eltern waren?" Astrid Melchers Worte zitterten wie Blätter im Wind.

Ohne nachzudenken, legte ihr Mann den Arm um sie. „Du bist die beste Mutter der Welt", sagte er spontan und ehrlich. „Du warst tagein, tagaus für ihn da. Es war unsere gemeinsame Entscheidung, dass wir nach seinem achtzehnten Geburtstag getrennte Wege gehen. Bis dahin hast du Adrian so toll erzogen. Dafür habe ich dich immer bewundert. Ich war sogar ein wenig neidisch. Auf dein enges Verhältnis zu ihm."

Astrid Melchers schmiegte sich an ihren Mann. „Danke. Das bedeutet mir immens viel." Sie lachte, aber es klang nicht echt. „Dass du mich für eine gute Mutter hältst, nicht dass du neidisch warst."

Klaus zog hastig seinen Arm zurück und schob sie von sich weg.

Astrid schaute ihn an, erkennbar irritiert. „Was ist?", fragte sie. „Wie hast du das vorhin in der Rechtsmedizin gemeint? Dass er noch leben könnte, wenn ich ihn nicht mit meinem schwarzen Mist verrückt gemacht hätte?"

„So, wie ich es gesagt habe. Adrian war neugierig. Er hat dich vergöttert. War doch klar, dass er versuchen würde, deine neue Welt zu verstehen. Oder ein Teil von ihr zu werden."

„Ja, das stimmt. Er wollte bei mir und meinen Freunden sein. Er war stets freiwillig dabei. Niemand von uns hat ihn zu irgendetwas gezwungen. Ich begreife nicht, was daran so fürchterlich sein soll. Unsere Szene ist vollkommen friedlich. Wir tun keiner Fliege was zuleide. Diejenigen von uns, die Adrian kennengelernt haben, mochten ihn."

„Wenn nun jemand …" Der Anwalt spürte, wie der Schleim sich erneut sammelte, noch zäher und verklumpter als zuvor.

„Wenn jemand was?", wollte seine Frau wissen.

„Wenn nun jemand … Verfluchter Mist." Melchers explodierte. „Ihr habt doch so merkwürdige Rituale. Angenommen, so eine Zeremonie ist in die Hose gegangen? Wenn es was mit einem schwarzen Brauch zu tun hat? Den unser Sohn mit seinem Leben bezahlt hat. Das, was ihr da treibt, hat eindeutig was mit gefährlichen Sekten zu tun. Oder irre ich mich?" Melchers schrie seine Fragen und Feststellungen verzweifelt Richtung Rhein.

Adrians Mutter war aufgestanden. „Mitten auf dem Görresplatz ein Gothic-Ritual? Du hast ja was am Kopf. Außerdem haben wir keine solch gewalttätigen Sitten. Todbringende erst recht nicht. Das, was wir tun, hat auch nicht das Mindeste mit einer Sekte zu tun. Wir unterziehen niemand einer Gehirnwäsche."

„Ihr beschäftigt euch doch ausschließlich mit Friedhöfen, schwarzen Messen, okkultem Kram."

„So ein Quatsch, Klaus. In Wirklichkeit beschäftigen wir uns mit dem Leben. Damit, wie es besser und zufriedener werden könnte. Für alle Menschen. Besonders für solche, wie du einer bist. Früher hat es dich doch auch nicht gestört. Aber du bist noch nicht so weit, unsere Absichten zu verstehen. Ich gehe jetzt. Wenn du mir etwas zu sagen hast oder erkennst, dass du doch Hilfe brauchst, melde dich bei mir."

Klaus Melchers vergrub sein Gesicht in den Händen. Da hatte Astrid eindeutig recht. Vor allem damit, dass es ihm früher völlig schnurz war, dass sie sich dunkel kleidete. Im Gegenteil. Er hatte ihre geheimnisvolle Macke zärtlich geliebt und darüber gelächelt. Ihre kleine Verrücktheit führte außerdem dazu, dass er sich immer als der Erwachsenere in ihrer Beziehung fühlte. Als derjenige, der das Heft des Handelns in der Hand hielt. Daneben hatte sie auch damit recht, dass er noch nicht so weit war, ihre neuerliche Verflechtung mit den Gesetzen der Gothic-Szene nur annähernd zu begreifen. Er wagte zu bezweifeln, dass er jemals willens und in der Lage sein würde, ihre seltsame Welt, die sich Lichtjahre von seiner entfernt hatte, zu verstehen. Aber eins erkannte er in diesem Moment, in dem seine Frau klirrend davonging, glasklar: Er brauchte Hilfe. Schnellstmöglich. Blieb die Frage, wo er die finden würde.

10.

Jana zog gierig an der Wasserflasche. Sie hatte gar nicht gemerkt, wie durstig sie war.

Achim spielte mit dem Zehncentstück herum, das ihm der Automat als Wechselgeld für seine Cola ausgespuckt hatte. „Sofie lügt", sagte er schließlich.

„Ach was, ehrlich?", spöttelte die Kommissarin. „Jedenfalls dann, wenn wir davon ausgehen, dass der liebe Guido aus dem *Highlight* die Wahrheit gesagt hat. Was mögen die beiden Damen im Konferenzzimmer eben miteinander zu flüstern gehabt haben? Ich habe so gut wie nichts verstanden. Du? Du hast größere Ohren als ich."

Achim grinste. „Zumindest am Kopf. Was meinst du, sollten wir Henry mit einer Wanze ausstatten?"

Seine Partnerin grinste ebenfalls. „Die Bemerkung mit den Ohren will ich nicht gehört haben. Was meinen Dackel als Under-Dog-Ermittler angeht: Ich kann dazu nur sagen, dass ich mit seinen Flöhen genug zu kämpfen habe, wenn er welche anschleppt. Da braucht er nicht noch eine Wanze."

„War ja nur so eine Idee." Achim warf das Geldstück hoch und fing es wieder auf.

Jana setzte das Fläschchen an die Lippen und wunderte sich, dass es nach einem tiefen Zug schon leer war. „Was ich unbedingt wissen will, ist, warum Isabel an allem schuld sein soll. Außerdem würde ich gerne besagte Zwillingsschwester, Lukas und Daniel kennenlernen und ihre Version vom Samstagabend hören."

„Wetten, dass die sich nicht wesentlich von Sofies unterscheiden werden?", fragte Achim.

„Da wette ich mit. Also auf deiner Seite." Jana stellte das Fläschchen neben dem Automaten ab. „Komm, wir gehen nach oben."

Als die beiden Kommissare das Konferenzzimmer betraten, war Sofie mit Henry beschäftigt und die Schulleiterin führte ein Telefonat mit ihrem Handy. Sie beendete das Gespräch sofort, als sie Jana und Achim sah.

„Frau Mundling, warum haben Sie eben gesagt, dass Ihre Schwester Isabel an allem schuld ist?"

Sofie hörte auf, den Dackel zu streicheln, verschränkte die Arme und kniff die Augen zusammen. „Ist mir rausgerutscht. Ist natürlich Quatsch."

„Hat sich aber nicht so angehört. Sie waren ja völlig aufgelöst."

„Wundert Sie das? Ich hatte erfahren, dass Adrian tot ist. Ermordet! Da sagt man schon mal Sachen, die man nicht so meint. Nachdem seine Mutter unseren Stammkursleiter angerufen hat, bin ich sofort zu Frau Nagler gelaufen. Weil ich es einfach nicht glauben wollte."

Wo sie uns dummerweise mitten in die Arme gerannt ist, dachte Jana. Blöd.

„Wie heißt denn Ihr Stammkursleiter?"

„Meffert."

„Wo können wir den finden?"

„Im Kunstraum."

„Das ist der große Raum in der Mitte des Ganges im Erdgeschoss", ergänzte Frau Nagler. „Soll ich mitkommen?"

„Nein, danke. Meine Damen, das war es fürs Erste. Wir melden uns. Komm, Henry."

Als Jana und Achim den Kunstraum betraten, merkten sie sofort, dass dort nur eines herrschte: blankes Entsetzen, von Weinen untermalt. Einige Schülerinnen und Schüler unterhielten sich in unterschiedlichen Lautstärken. Wieder andere hatten sich um ihren Lehrer versammelt, auch Sofies Zwillingsschwester Isabel befand sich unter ihnen. Herr Meffert saß mit gefalteten Händen auf einem Stuhl und sprach leise auf die jungen Leute ein, die um ihn herum standen.

„Guten Tag", sagte Achim laut. Die Gespräche und das Geschluchze wurden deutlich gedämpfter.

Herr Meffert stand auf und kam auf die Beamten zu. „Ja, bitte."

„Kriminalpolizei. Sie wissen ja bereits Bescheid. Sie waren Adrians Stammkursleiter?" Achim konnte hören, dass einige Kursmitglieder ungläubig das Wort „Kripo" flüsterten, obwohl ihnen bekannt war, dass ihr Schulkamerad einem Verbrechen zum Opfer gefallen war.

„Ja."

„Könnten wir uns draußen ein wenig unterhalten?"

„Ungern, ich möchte in diesen schrecklichen Minuten bei meinen Schülern sein."

„Es wäre wichtig für uns."

Der Lehrer kniff die Lippen zusammen. „Nun gut." Er wandte sich seinem Stammkurs zu. „Wer will, kann gerne nach Hause gehen. Der weitere Unterricht fällt heute für euch aus. Wer nicht alleine sein möchte, geht bitte ins Konferenzzimmer. Ich komme gleich nach."

Achim wartete, bis sich der Kunstraum geleert hatte. Durch die offene Tür konnte er beobachten, dass die meisten Schüler es vorzogen, das Schulgebäude eilig zu verlassen. Achim beobachtete, wie Sofie auf Isabel, ihren Zwilling mit völlig intakter Nase, zustürmte und auf sie einredete, ehe die ungleichen Schwestern in verschiedene Richtungen davonliefen. Er wandte sich Herrn Meffert zu.

„Wir haben Grund zu der Annahme", begann er, „dass Adrian einem Verbrechen zum Opfer gefallen ist."

„Das ist mir bereits bekannt. Seine Mutter hat mich entsprechend informiert." Der Lehrer griff mit seinen Händen nach oben, als suche er in der Luft nach Halt. Als er unter der Decke keinen fand, ging er zu einem Stuhl und setzte sich langsam.

„Adrian wurde vor seinem Tod niedergeschlagen. Hat er sich die letzte Zeit anders benommen als sonst?"

„Schon. Das hatte mit der Trennung seiner Eltern zu tun."

„Hat er darunter gelitten?"

Der Lehrer lachte rau. „Gelitten? Ach was, im Gegenteil. Er freute sich, dass seine Mutter und sein Vater den Schritt gewagt haben. Dass sie ihre Fesseln gelöst haben und damit beginnen konnten, ihre Träume zu leben, so drückte er sich aus. Es hat ihn befreit. Er war offener als früher."

„Das hat er Ihnen erzählt?", staunte Achim. Er war auch ein Scheidungskind. Seine Eltern hatten sich getrennt, als er fünfzehn war. Er war damals nicht auf den Gedanken gekommen, seinen Klassenlehrer ins Vertrauen zu ziehen.

„Wir sehen uns mehr als Partner der Schüler, nicht als Lehrer. Frontalunterricht gibt es bei uns nicht. Die Kinder, in dem Fall die jungen Erwachsenen, wissen, dass sie mit allem zu uns kommen können. Außerdem waren Herr und Frau Melchers so verantwortungsvoll, uns Bescheid zu geben. Ich habe daraufhin mit ihrem

Sohn gesprochen, um ihm meine Hilfe anzubieten. Aber die hatte er nicht nötig. Er hat höflich abgelehnt.“

„War Adrian ein guter Schüler?“

„Ja. Je älter er wurde, umso besser wurde er. Er war künstlerisch ausgesprochen begabt.“

„Hat er sich so gekleidet wie die anderen?“

Herr Meffert stutzte. „T-Shirt, Sweatshirt, Jeans, die Hosentaschen etwa in Höhe der Kniekehlen, das Label der Calvin-Klein-Unterhose auf dem Bund deutlich lesbar. Turnschuhe. Ebenfalls die angesagten Marken, wenn Sie darauf hinauswollen.“ In seinen Worten schwang ein fragender Unterton mit.

„Wir erkundigen uns deshalb, weil seine Mutter eine Anhängerin der Gothic-Szene ist. Uns interessiert, ob Adrian sich von ihr hat beeinflussen lassen“, klärte Achim ihn auf. „Kam er schwarz gekleidet in die Schule?“

„Manchmal schon. Aber Schwarz ist modisch immer aktuell, nicht nur bei den Gothics. Er war wohl fasziniert von der Weltanschauung dieser Leute, aber er war kein Mitglied der Szene. Er war ein völlig normaler junger Mann. Seine Kursarbeit schrieb er allerdings über Kunst und Literatur in der Gothic-Szene. Ein hochinteressantes Projekt, wie ich fand.“

„Sie benutzen an diesem Institut doch bestimmt moderne Hilfsmittel, will sagen, Laptops.“

„Natürlich.“

„Werden die Aufgaben hier erledigt?“

„Ja, unser Anliegen besteht darin, dass zu Hause nichts mehr zu lernen ist, es sei denn, die Schüler wollen von sich aus tiefer in ein Thema einsteigen.“

„Gibt es einen Platz, an dem die Computer aufbewahrt werden?“

„Dort hinten in den Spinden. Jeder Stammkurs und jede Klasse hat in ihrem Raum die Möglichkeit, Sachen einzuschließen.“

Achim ging zu der Reihe von abgeschlossenen Fächern und brach die Tür auf, an der der Name Melchers stand. In dem Spind lagen etliche Bücher, Stifte und Papier. Keine Spur von einem Laptop oder einem Handy.

„Hat Adrian schon mit seiner Kursarbeit begonnen?", erkundigte sich Achim. „Kann es sein, dass er seinen Rechner mit nach Hause genommen hat?"

„Durchaus möglich. Er war mittendrin in der Ausarbeitung. Vorgelegt hat er mir allerdings noch nichts."

„War Adrian mit jemandem von den anderen Schülern enger befreundet?"

„Er war immer mit Lukas zusammen und mit Daniel und mit den beiden Mundlings."

„Den einen Zwilling haben wir bereits kennengelernt. Nämlich Sofie", teilte Achim Herrn Meffert mit. „Der zweite hat gerade das Schulgelände verlassen. Isabel dürfte also nach Hause gegangen sein. Können Sie uns sagen, wo das ist?"

„Selbstverständlich." Der Lehrer nannte eine Adresse in Lahnstein.

„Kennen Sie alle Anschriften Ihrer Schülerinnen und Schüler?", erkundigte sich Achim.

Herr Meffert reckte sich. „In meinem Stammkurs ja, natürlich. Wir fühlen uns außerhalb dieses Gebäudes genauso verantwortlich wie innerhalb. Dabei arbeiten wir eng mit den Eltern zusammen. Es gibt regelmäßige Treffen, Einladungen zum Frühstück, Brunch, zum Grillen. Oder zu einer kulturellen Veranstaltung mit Empfang."

Was man alles geboten bekommt, wenn man über ein pralles Konto verfügt!, dachte Achim.

„Vielen Dank, Herr Meffert."

Der Lehrer nickte. Danach sank er auf seinem Stuhl in sich zusammen. Wie ein Ballon, dem die Luft ausgeht.

„Wissen Sie, ob Adrian eine Freundin hatte? Also eine sogenannte feste?", fragte Jana plötzlich aus dem Hintergrund. Eine berechtigte Frage, wie Achim zugeben musste.

Herr Meffert richtete sich abermals auf. „Nein. Wie gesagt, er war mit den Zwillingen zwar befreundet, allerdings nicht beziehungstechnisch." Der Lehrer kratzte sich am Kopf. „Wobei. Nach Isabels Blicken zu schließen, hätte sie nichts dagegen gehabt, wenn da was gelaufen wäre. Aber Adrian hat sie auf Distanz gehalten. Körperlich, meine ich."

Isabel. Schon wieder. Verbunden mit dem ersten kleinen Hinweis auf ein Motiv. Verschmähte Liebe in der Oberprima. Na klasse, dachte Achim.

Lukas saß am Esszimmertisch und stocherte in seinem Rindergeschnetzelten mit Kartoffelgratin herum. Der grüne Salat, appetitlich garniert mit Schnittlauch und Petersilie, stand unberührt neben seinem Teller. Seine Mutter Dorothee bestand darauf, dass er zumindest versuchte, etwas zu essen. Für sie war Kochen die beste Ablenkung. Sie hatte mit einer Art Schockstarre reagiert, als Lukas ihr erzählte, dass Adrian tot war. Ermordet. Nachdem sich ihre Versteifung wieder gelöst hatte, hatte sie ihren Mann angerufen und ihm das Schreckliche berichtet. Danach umklammerte sie ihren eigenen Sohn, murmelte unverständliche Worte, drückte Lukas auf den Stuhl und sagte ihm, dass er etwas essen müsse, bevor sie in der Küche verschwand. Dorothee bereitete immer alles taufrisch zu, vor Konserven und Tiefgefrorenem graute ihr. Die Zeit, während der seine Mutter kochte, verbrachte der Sohn nahezu bewegungslos auf dem zierlichen Rokoko-Stuhl und dachte darüber nach, welche Konsequenzen Adrians Tod für ihn nach sich ziehen würden.

„Probier endlich was", drängte Dorothee ihn zum wiederholten Mal. Sie schob sich eine Gabel voller Gratin in den Mund, kaute und schluckte. „Das isst du doch so gerne. Es schmeckt gut."

„Ich weiß, Mama. Aber ich habe keinen Appetit. Kannst du das nicht verstehen?" Lukas wunderte sich ein wenig, dass ihn das plötzliche Ableben seines Kameraden so mitnahm. Ihm taten die Seiten weh. Ein Stechen, wie nach einem zu schnellen Lauf. Seine Lunge schmerzte. Er bekam kaum Luft. War das Trauer? Fühlte es sich so an, wenn jemand starb, den man anscheinend doch ziemlich gemocht hatte? Mensch, er war schließlich ein cooler Typ. Kein Waschlappen. Gut, er war häufig mit Adrian zusammen gewesen. Die Bewunderung von dem Kleinen hatte ihm gutgetan. Und dann war da noch ihr gemeinsames Projekt, für das sie sich an den Wochenenden getroffen hatten. Wenn rauskam, was dahinter steckte, wäre es vorbei mit seinem schönen Leben, da machte sich Lukas keine Illusionen. Sein Vater würde ausflippen und seinem Sohn das Taschengeld streichen. Dann würde er ihn mit größter Wahrscheinlichkeit von der Schule nehmen und nur mit einem Zelt, einem Klappmesser und einem ebensolchen Spaten ausgestattet im Wald aussetzen.

In dem Moment kam Vater Siegmann ins Esszimmer gestürmt. Zuerst gab er seiner Frau einen Kuss auf die Stirn. Das machte er immer so, wenn er nach Hause kam. Verdammt, dachte Lukas. Selbst an so einem Tag durfte man keinesfalls eine Änderung am gewohnten Bühnenbild vornehmen. Hauptsache, der dahinter liegende Müll war nicht zu sehen. Deshalb wunderte es ihn auch nicht, dass das Lebensmotto seines Vaters „Ordnung ist das ganze Leben", lautete.

Heinz Siegmann setzte sich, legte die perfekt gestärkte Stoffserviette auf seinen Schoß und bediente sich. „Es gehört sich ja nicht mit dem Essen anzufangen, bevor alle da sind."

„Entschuldige bitte." Dorothee sah ihren Mann mit zerknirschter Miene an.

„Es gibt Grundsätze, die sind unbedingt einzuhalten, egal welche äußeren Umstände gerade herrschen."

„Ja, Heinz, verzeih."

Nachdem das geklärt war, beugte sich der Dr. med. dent. über den Tisch und legte seinem Sohn eine Hand auf die Schulter. „Mein armes Kind. Was ist da Furchtbares passiert? Unangenehm und schrecklich, auch für den guten Ruf eurer Schule. Wie geht es den Zwillingen?"

Lukas begann zu essen. Er schmeckte zwar nichts und beim Kauen stellte sich ein Gefühl ein, als würden ihm alte Tapetenreste samt eingetrocknetem Kleister die Zähne verkleben, aber es enthob ihn fürs Erste einer Antwort. Mit vollem Munde schwieg man. Denn nach und nach ging ihm auf, weshalb ihm die Seiten und die Lunge wehtaten: Er hatte Angst. Und wenn er ehrlich zu sich selbst war, dann wusste er auch ziemlich genau, warum.

Während Lukas damit beschäftigt war, sein Mittagessen hinunterzuwürgen, standen Achim und Jana vor dem Wohnhaus der Familie Mundling. Es thronte mit einer riesigen vorgelagerten Terrasse in Blickrichtung auf das darunterliegende Oberlahnstein und auf Schloss Stolzenfels über dem Rhein. In einer begehrten Halbhöhenlage in südwestlicher Aussichtslage, so würde es wohl in der Werbung eines Immobilienmaklers hochtrabend heißen. Jana kam sich langsam wie in einem Schöner Wohnen-Magazin vor. Dieser Fall bot ihnen bisher wahrlich ein paar architektonische Meisterleistungen. Die beiden Ermittler machten sich über eine breite Treppe auf den Weg nach oben. Auf der Terrasse lag eine junge Frau in einem aufregend knappen Badeanzug. Das musste Sofies Zwillingsschwester sein. Auf ihrer hübschen, perfekt geformten Nase trug sie eine Sonnenbrille mit großen Gläsern.

„Guten Tag, wir suchen Isabel Mundling." Achim machte sich bemerkbar.

Die junge Frau schob ihre Brille nach oben in ihr weizenblondes Haar.

„Ja, bitte? Sie haben sie gefunden."

Achim stellte sich und Jana vor und bat darum, die Terrasse betreten zu dürfen.

Isabel machte eine einladende Geste mit ihrem braungebrannten Arm. „Sie sind wegen Adrian hier, nicht wahr?"

„Das ist richtig", bestätigte Achim. „Verzeihen Sie mir meine Direktheit. Wir haben erzählt bekommen, dass Sie von Ihrem Mitschüler mehr wollten, als er Ihnen zu geben bereit war. Stimmt das?"

Isabel räkelte sich aufreizend. „Er war ein niedlicher Junge", erklärte sie mit heller, klarer Stimme. „Aber ein bisschen schüchtern. Ich habe versucht, ihn ein wenig aus der Reserve zu locken. Ist das verboten, Herr Kommissar?"

Sie schob ihren Zeigefinger in den Mund und schaute Achim provozierend an.

„Wie weit hat er sich denn von Ihnen locken lassen, Fräulein Mundling?"

Isabel verzog das Gesicht. „Frau Mundling, bitte. Ich bin davon überzeugt, dass er bald ein wenig aufgetaut wäre. Oder würden Sie dieses Angebot auf Dauer ablehnen, Herr Kommissar?“ Sofies Schwester schob ihre wohlgeformten Brüste in eine Position, die Achim einen guten Ausblick auf die knackige Versuchung gewährte. Wie ein Obst- und Gemüsehändler, der in seinem Geschäft rotwangige Äpfel und reife Melonen werbewirksam zum Kauf anbietet.

Jana traute ihren Augen und ihren Ohren nicht. Die war ja abgebrüht. Sie baggerte Achim an und tat so, als wäre seine Kollegin überhaupt nicht anwesend. Was für eine oscarreife Vorstellung. Jana wartete gespannt, wie ihr Partner auf diese offensichtliche Anmache reagieren würde.

„Ich stehe eher auf ältere Frauen mit kurzen dunklen Haaren und einer gewissen Lebenserfahrung, Fräulein Mundling“, antwortete der. Die ältere Frau mit der gewissen Lebenserfahrung versuchte ihre Mundwinkel unter Kontrolle zu halten, die unbedingt nach oben wollten.

„Ihre Bemühungen, Adrian Melchers nahezukommen, waren also nicht von Erfolg gekrönt?“ Der Ermittler blieb hartnäckig.

Isabel, die die Andeutung offensichtlich sofort verstanden hatte, warf Jana einen vernichtenden Blick zu und sich ihren Bademantel über. Anscheinend war sie zu dem Ergebnis gekommen, dass Achim den Anblick ihres Luxuskörpers nicht länger verdiente. „Nein“, schnaubte sie. Ihr Gesicht nahm einen harten Zug an. „Leider, womöglich war er eben doch nur ein kleiner Junge. Jetzt ist er im Himmel. So schnell kann das gehen.“

„Macht Ihnen sein Tod denn gar nichts aus?“

„Sicher. Ich bin noch dabei, es zu begreifen. Seit ich hier liege, denke ich nur an ihn. Ich habe ihn sehr gemocht. Und ich werde ihn schrecklich vermissen. Aber momentan stehe ich unter Schock. Das verstehen Sie hoffentlich. Deswegen wäre ich jetzt gerne alleine.“ Die junge Frau wischte eine imaginäre Träne von ihrer Wange, bevor sie demonstrativ die Sonnenbrille wieder aufsetzte. Die Audienz bei Prinzessin Isabel war offiziell beendet. Aber so einfach wurde man Achim nicht los.

„Verzeihung, Fräulein Mundling, ich hätte da noch eine Frage, ehe ich Sie Ihrer sicherlich tiefen Trauer überlasse. Es gibt Leute, die vertreten die Meinung, dass Sie schuld sind an Adrians Tod."

„Was?" Das Prinzesschen schniefte leise und gekünstelt. „Von welchen Leuten sprechen Sie? Weshalb soll ich schuld sein? Er wollte schließlich nichts von mir wissen."

„Ich denke, das ist genau der Grund, warum man Ihnen das Geschehene anlastet. Hat Adrian Sie eventuell gekränkt mit seiner Ablehnung? Waren Sie sauer auf ihn?"

„Ich habe mich einfach weiter um ihn bemüht. Ich bin kein kleines Mädchen mehr, das ausflippt, wenn es mal von einem Typen eine Abfuhr bekommt. Glauben Sie mir, Herr Kommissar, es gibt durchaus Männer, die sind verrückt nach mir."

„Das freut mich. Wie lange waren Sie am Samstag denn mit Adrian zusammen?"

„Bis kurz nach zwei. Es war ja relativ warm in der Nacht, aber in der Frühe wurde es doch frisch."

„Wer war noch dabei?"

„Meine Zwillingsschwester. Unsere Freunde Lukas und Daniel sind schon vorher nach Hause."

„Was haben Sie denn bis zwei Uhr morgens gemacht?"

„Wir haben auf dem Görresplatz gesessen und was gegessen und was getrunken."

„Was und wie viel wurde an Getränken in der Nacht verkostet?"

„Ein paar Gläser Bier, drei oder vier. Vielleicht waren es auch fünf. Was ist daran so wichtig?"

„Adrian war sturzbetrunken. Wir fragen uns, wo und mit wem er diese Mengen Alkohol zu sich genommen hat."

„Pah. Wir betrinken uns doch nicht. Wir sind normale", das folgende Wort betonte Isabel ausgesprochen deutlich, „junge Leute, die am Wochenende ein wenig Spaß haben wollen und nicht am nächsten Morgen einen dicken Kopf."

„Ist Ihre Schwester zu Hause, Fräulein Mundling?"

„Nein. Sie ist in der Schule geblieben, um dort mit unserer Schulleiterin, unserem Kunstlehrer und einigen unserer Mitschüler angemessen zu trauern. Ich mache das lieber ohne Publikum. Wenn ich Sie daher bitten dürfte, zu verschwinden."

Jana bemerkte interessiert, dass der Wunsch der jungen Frau Achim offenbar alles andere als ein Befehl war. Unbeeindruckt stellte er weiter seine Fragen. „Sie verstehen sich nicht sonderlich gut mit Ihrer Schwester, oder?"

„Wir sind Schwestern. Was erwarten Sie?", knirschte Isabel mit zusammengebissenen Zähnen und strichschmalen Lippen. „Sie haben sie doch gesehen. Da wird Ihnen sicherlich was aufgefallen sein. Sie ist neidisch auf mich, ist doch klar. Schließlich schaut sie jedes Mal einem Monster ins Gesicht, wenn sie in einen Spiegel sieht."

„Trotzdem sind Sie am Wochenende gemeinsam unterwegs?"

„Der ausdrückliche Wunsch unserer Eltern. Als anständig erzogene Töchter halten wir uns natürlich an das, was Mama und Papa möchten. Alles muss korrekt und ordentlich ablaufen." Isabel schaute Achim mit blitzenden Augen an. „Das gehört sich schließlich so, nicht wahr?"

„Schönen Nachmittag, Fräulein Mundling", sagte der, ohne auf die Aufforderung zur Widerrede einzugehen. „Ich denke, wir begegnen uns bald wieder."

„Na, da freue ich mich drauf", antwortete Isabel rotzig. „Hoffentlich wird das dann etwas entspannter." Sie schloss hinter ihrer Sonnenbrille die Augen.

Jana verzichtete auf jegliche Verabschiedung. Sie konnte Zicken nicht leiden. Wenn sie zu allem Überfluss auch noch mit einer fiesen Mistkröte gekreuzt waren, dreimal nicht.

„Tja", sagte Achim, als sie im Auto saßen, „bis jetzt rennen wir mit unseren Fragen gegen Wände."

„Wie wahr", bestätigte Jana. „Ich würde mich gerne im Präsidium ans Internet klemmen und mich ein wenig intensiver mit der Gothic-Szene befassen."

„Mmmh", murmelte Achim. „Gute Idee. Glaubst du, dort liegt die Lösung?"

Seine Kollegin zog die Schultern an die Ohren. „Das kann ich im Moment nicht beurteilen. Adrians Mutter macht jedenfalls auf mich nicht den Eindruck einer eiskalten Mörderin."

„Mmmh", murmelte Achim wieder. Anschließend schwieg er und schien tief in Gedanken versunken zu sein. Jana hätte interessiert, worüber er so angestrengt nachdachte. Womöglich über das Frischfleisch, das oben zum Sonderangebotspreis auf der Terrasse lag. Nein, dafür war er nicht der Typ. Oder doch? Immerhin waren auch Hauptkommissare letzten Endes nur Männer. Dass die männliche Spezies zum Denken so manches Mal völlig andere Körperteile als das Hirn bemühte, war für Jana eine wissenschaftlich erwiesene Tatsache. Und im passenden Moment durchaus zu begrüßen, wie sie zugeben musste. Achim drehte den Kopf zu ihr und lächelte sie an. Kein Grund zur Besorgnis, dachte sie sofort erleichtert. Fing sie etwa an, Gespenster zu sehen?

Trotzdem schien ihr Partner etwas gemerkt zu haben. „Was ist? Du guckst, als wäre dir ein Vampir über den Weg geflogen und du ohne Knoblauch unterwegs."

Nahe dran an der Wahrheit. Gelegentlich war er erstaunlich feinfühlig. Jana lachte leicht gekünstelt. „Nein, alles in Ordnung. Fährst du mich ins Präsidium?"

„Aber vorher gehen wir was essen", verkündete Achim. „Schließlich sind wir in Lahnstein. Da werden wir uns doch den leckeren Chinesen nicht entgehen lassen, oder?"

„Auf gar keinen Fall", lachte Jana und diesmal war es echt. Henry, der auf der Rückbank gedöst hatte, kläffte zweimal. Anscheinend hielt auch er ein Mittagsmahl beim Asiaten mit den lustigen roten Stofflampen für eine astreine Idee. Seinem Frauchen war klar, warum. Wegen des knusprigen Spanferkels. Ausnahmsweise.

11.

Nach einer üppigen Portion Rindfleisch mit Zwiebeln begleitete Achim seine Oberkommissarin samt Dackel ins Präsidium. Dort brachte er die Adressen von Lukas Siegmann und Daniel Hübner in Erfahrung und machte sich umgehend auf den Weg. Zuerst wollte er den Zahnarztsohn besuchen. Er lenkte das Auto routiniert in den Saarkreisel, um auf die Europa-Brücke zu gelangen und weiter nach Metternich zu fahren. Während er automatisch den Wagen steuerte, segelten seine Gedanken, wie von einem sanften Wind angeschoben, zurück zu Isabel Mundling. Gegen seinen ausdrücklichen Willen. Auch wenn er sich selbst gegenüber eingestehen musste, dass er sich von ihren offenen Annäherungsversuchen durchaus geschmeichelt fühlte. Immerhin könnte er ihr Vater sein. Dennoch zeigte sie eindeutig Interesse an ihm. War das jetzt verletzte weibliche Eitelkeit, weil Adrian sie ständig hatte abblitzen lassen? Oder der Versuch, mit ein wenig Lolita-Sex die Ermittlungen zu beeinflussen? Natürlich stimmte, was er gesagt hatte: Er stand nicht auf kleine Mädchen. Aber dieses kleine Mädchen verfügte ohne Zweifel über ein außerordentlich großes, manipulatives Talent. Da musste man als Mann auf der Hut sein. Sonst fand man sich plötzlich bewegungsunfähig im Netz dieser Spinne wieder, wurde von ihr wie ein Rollbraten eingewickelt und irgendwann genüsslich verspeist.

Achim zwang sich, an etwas anderes zu denken. An die dringend notwendige Erneuerung der Europa-Brücke, über die er gerade fuhr, zum Beispiel. Die Fahrt über das marode Bauwerk dauerte stadtauswärts nur wenige Augenblicke. Die Spuren Richtung Innenstadt wurden zurzeit saniert, weshalb seit Kurzem eine Fahrbahn für den gesamten Verkehr gesperrt war und seit Längerem alle Fahrbahnen für den Schwerlastverkehr. Nach ein paar hundert Metern bog der Ermittler nach Metternich ab. Das Heim der Siegmanns lag nach zirka einem Kilometer ein wenig zurückgesetzt an der Mayener Straße. Linker Hand mit direktem Blick auf die Mosel. Ein Haus aus der Gründerzeit, rot verklinkert, geschmückt mit Türmchen und Erkern. Hübsch. Achim wendete und stellte das Auto ab. Hinter einem gekippten Fenster im Erdgeschoss nahm er eine Bewegung und das Klappern von Geschirr wahr.

„Hallo! Öffnen Sie mir bitte?“

Der Schatten verschwand und tauchte kurz darauf im Rahmen der schweren Holztür wieder auf. Eine Frau, um die fünfzig mit halblangem, aschblondem Haar. Dezent, aber dennoch wirkungsvoll geschminkt und geschmackvoll gekleidet. Sogar ihre Schürze sah teuer und edel aus. „Ja, Sie wünschen?“, fragte sie.

„Mein Name ist Achim Tippel. Ich arbeite bei der Koblenzer Kriminalpolizei und würde gerne Ihren Sohn sprechen.“

„Wir haben schon von diesem“, die Frau hüstelte trocken, „Vorkommnis gehört. Lukas ist oben in seinem Zimmer. Ich hole ihn. Ich bin seine Mutter. Dorothee Siegmann. Bitte, kommen Sie herein.“

„Ich kann zu ihm gehen“, bot Achim an.

„Nein, nicht nötig. Folgen Sie mir. Hätten Sie gerne einen Kaffee oder einen Espresso?“

„Ein Espresso wäre toll.“ Frau Siegmann führte den Ermittler in ein Wohnzimmer, das man ohne jede Übertreibung als großzügig bezeichnen konnte. Achim schätzte den Raum auf ungefähr siebzig Quadratmeter. Die exklusive Einrichtung bestand hauptsächlich aus Antiquitäten. Nichts, auf dem man sich nach einem anstrengenden Arbeitstag gemütlich hinlümmeln konnte, aber auf alle Fälle teuer. Einzig ein paar Grünpflanzen mit riesigen Blättern verbreiteten ein wenig Behaglichkeit. Dorothee Siegmann wies auf einen Tisch, der in einem Erker stand. „Wenn Sie Platz nehmen möchten.“

Während der Kommissar auf den Espresso und auf Lukas wartete, bewunderte er die grandiose Aussicht, die der Blick aus dem Erkerfenster bot. Der terrassenförmig hinter dem Haus angelegte Garten endete erst an dem Fuß- und Radweg, der direkt an der Mosel entlangführte. Auf dem Fluss fuhren Segel- und Motorboote scheinbar ungeordnet durcheinander. Die Wassersportler nutzten den herrlichen Tag. Wer konnte schon sagen, wie lange das sonnige, warme Wetter anhalten würde. Auf der gegenüberliegenden Seite der Mosel ließen ein paar Sportler vor dem Clubhaus des Rudervereins *Rhenania* ihr Boot zu Wasser. Wenige Momente später pflügten sie mit erst langsamen, dann immer kräftigeren, harmonischen Schlägen durch den Fluss. Wasserskifahrer bevölkerten ebenfalls das Gewässer. Einige machten sportliche Faxen, versuchten Grätschen in der Luft oder drehten sich um ihre eigene Achse. Einer landete gerade auf dem Bauch und verursachte eine nasse Fontäne. Lachend rappelte er sich auf.

Mal wieder ausgiebig Sport treiben, das wäre was, dachte Achim. Zwei, drei Stunden an einem der beiden Flüsse entlangjoggen oder endlich wieder regelmäßig zum Fußballtraining gehen. Klar betrieb er Fitness. Jeder Tag fing mit hundert Liegestützen an. In seinem Beruf war es wichtig, vielleicht sogar irgendwann einmal überlebenswichtig, körperlich topfit zu sein. Schon als er noch ein kleiner Junge war, war sein Bewegungsdrang kaum zu stoppen gewesen. Zum Leidwesen seiner Eltern am allerwenigsten von Hausaufgaben jedweder Art. Er hatte alles Mögliche ausprobiert: Laufen, Ringen, Judo, Boxen. Letzteres hatte ihm sein Vater hinter dem Rücken der Mutter still und leise bezahlt. Seine Mama wäre vor lauter Angst, ihr Sohn könnte eines Tages mit einem zerbeulten Gesicht nach Hause kommen, einem Herzanfall erlegen. Was ein Glück, dass sein Papa ihm heimlich das Boxtraining ermöglicht hatte. Denn diesem verdankte er seine schnelle Reaktionsfähigkeit, davon war Achim überzeugt. Aber hängen geblieben war er am Ende beim Fußball. Mannschaftssport entsprach seinem Charakter mehr als Individualsportarten. Er mochte es, Teil eines Teams zu sein. Außerdem kam es seiner geselligen Ader entgegen. Mit seinen Kameraden hatte er nach den Spielen so manche Kiste Bier in der Kabine geleert. Die Balltreterei hatte Achim auch einige gute Freunde beschert. Höchste Zeit, die Jungs mal wieder auf dem Platz aufzumischen und dann eine gepflegte dritte Halbzeit miteinander zu verbringen. Diesen Samstag, das nahm er sich fest vor, würde er die Alten Herren beehren.

Gerade als er diesen Entschluss gefasst hatte, kam Lukas zu ihm an den Tisch. Begleitet von seiner Mutter, die Espresso in einem kleinen, goldenen Tässchen, kaum größer als ein Fingerhut, servierte. Achim wunderte sich nicht, dass der Junge ausgerechnet Podolski genannt wurde. Die Ähnlichkeit war wirklich auffällig. Einzig die Augen waren deutlich anders.

„Danke“, sagte der Kommissar. Er wandte sich an Podolski zwei. „Seien Sie so nett und setzen Sie sich zu mir.“

Der war so nett und nahm Achim gegenüber Platz. Dorothee Siegmann ließ sich wie selbstverständlich neben Lukas nieder.

„Frau Siegmann, ich würde gerne alleine mit Ihrem Sohn sprechen."

Dorothee legte ihrem Spross die Hand auf den Arm. „Wir haben keine Geheimnisse voreinander. Ich bleibe. Das möchtest du doch auch. Nicht wahr, mein Junge?"

Der Nachwuchs war sichtlich unangenehm berührt. Im doppelten Sinn. Erst einmal schob er die Hand seiner Mutter beiseite. „Mama, geh", verlangte er dann.

Frau Siegmann schnappte nach Luft. „Was soll das? Ich lasse dich nicht im Stich, wenn die Kriminalpolizei im Haus ist."

„Befürchten Sie etwa, Ihr Sohn hat etwas mit dem Todesfall zu tun?", erkundigte Achim sich scheinheilig.

„Aber nein, natürlich nicht. Was fällt Ihnen ein. Unverschämtheit." Jetzt schnappte Dorothee Siegmann eindeutig nach dem Kommissar.

„Ihr Verhalten lässt dies vermuten", säuselte der zuckersüß.

„Reden Sie nicht so einen Quatsch. Da siehst du, Lukas, wie wichtig es ist, dass ich bleibe. Sonst wird dir noch das Wort im Munde herumgedreht."

„Mama! Ich schaffe das schon. Behandele mich nicht wie ein kleines Kind."

„Aber das bist du doch, mein Kind. Deshalb denke ich gar nicht daran zu gehen. Außerdem ist das hier mein Wohnzimmer."

„Wegen mir kann sie bleiben, wenn es ihr so viel bedeutet", teilte Achim mit und nahm Adrians Mitschüler ins Visier. Tatsächlich flatterten die dichten, erstaunlich dunklen, langen Wimpern des jungen Mannes unruhig auf und ab. Der Ermittler beobachtete ihn gespannt. Fast glaubte er, sehen zu können, wie Lukas seinen ganzen Mut zusammenraffte.

„Aber ich möchte, dass sie geht", teilte er unmissverständlich mit.

Dorothee Siegmann atmete röchelnd. Das war eindeutig zu viel für ein eingefleischtes Muttertier, das nichts anderes im Sinn hatte, als seine Brut zu schützen. Vor was auch immer.

„Für den Fall, dass ich nicht will, dass sie dabei bleibt. Danach muss sie sich doch richten, oder?“ Lukas schielte vorsichtig in Richtung seiner kurzatmigen Mutter.

„Es ist Ihre Entscheidung, Herr Siegmann. Sie sind volljährig. Einundzwanzig, wenn unser Polizei-Computer recht hat.“

„Ich möchte, dass sie uns alleine lässt“, verkündete Lukas entschlossen.

„Wir können natürlich auch ein Stück spazieren gehen“, schlug Achim vor.

„Das wird nicht nötig sein.“ Dorothee Siegmann sprang so heftig auf, dass der grazile, originale Rokoko-Stuhl gegen die rot-goldene Textiltapete knallte. „Ich rufe deinen Vater an. Dann werden wir ja sehen, wer hier geht.“ Sie warf dem verbeamteten Eindringling einen äußerst unfreundlichen Blick zu, bevor sie in der Diele verschwand.

„Entschuldigung.“ Lukas war zweifelsohne erleichtert über den Abgang seiner Mutter, die draußen im Flur flüsterte, wahrscheinlich in den Telefonhörer. „Darf ich Sie was fragen?“

„Klar, Herr Siegmann. Nur zu.“

„Nennen Sie mich bitte beim Vornamen, ich komme mir sonst so uralt vor.“

„Gerne“, erwiderte Achim und kam sich mit einem Mal uralt vor.

„Wenn ich Ihnen was erzähle, können Sie das vertraulich behandeln? Meine Eltern müssen das doch nicht unbedingt erfahren?“ Lukas unterhielt sich mehr mit einem impressionistischen Gemälde an der Wand, das er mit starrem Blick fixierte, als mit Achim.

„Das kommt darauf an, ob Ihre Eltern dabei irgendeine Rolle spielen. Im Übrigen müssen Sie keine Auskunft geben, wenn diese Sie selbst belastet.“

„Bi…bin ich etwa, wie heißt das noch schnell, … verdächtig?“, stotterte Lukas.

„Bis jetzt nicht. Im Moment sind Sie jemand, der mit dem Opfer in eine Jahrgangsstufe gegangen ist.“

Der junge Mann legte die Unterarme und seine gefalteten Hände auf dem Tisch ab. Er atmete hörbar durch den Mund aus. „Okay, ich werde Ihnen was erzählen.“

Zur selben Zeit saß Jana vor ihrem Rechner im Büro und beschäftigte sich mit der sogenannten Schwarzen Szene. Natürlich hatte sie sich für ihre Recherche einer Suchmaschine bedient. Kaum verwunderlich, dass der erste Treffer zum Internetlexikon *Wikipedia* führte. Was stand denn da Interessantes? Zum Beispiel, dass die Schwarzen aufgrund ihrer dunklen Kleidung und wegen ihrer Lebensansichten so genannt wurden, dass es sich aber um keine homogene Gruppe handelte. Dass die Schwarze Szene eine alternative Bewegung junger – und nicht mehr ganz so junger – Menschen wäre. Na also, dachte Jana, Seniorinnen wie sie und Adrians Mutter waren auch dabei. Angeblich gab es in Deutschland aktuell 50.000 bis 100.000 Anhänger der Schwarzen Szene. Das kam ihr relativ unkonkret und relativ wenig vor. Auf der anderen Seite begegneten einem in Koblenz äußerst selten Schwarze. Selbst in Berlin, das sie vor zwei Jahren im Herbst besucht hatte, waren ihr kaum welche über den Weg gelaufen. Mischkulturen gebe es ebenfalls, lernte Jana. Gab es die nicht bei allem? In der Szene spielte außerdem Musik eine entscheidende Rolle. Die Kommissarin hatte keine Ahnung von Musikhistorie, aber in der Schwarzen Szene war es über die Musik Ende der Neunzigerjahre des letzten Jahrhunderts zu einer Kommerzialisierung gekommen. Was nicht allen Mitgliedern behagte. Die vielen verschiedenen Musikrichtungen verwirrten Jana. Außerdem sagten ihr Begriffe wie „Mittelalter-Sleaze“, „Synth-Rock“ oder „Aggrotech“ null. Sie hoffte, ein wenig mehr über die Philosophie der Gothics zu erfahren und nicht nur etwas über deren bevorzugte Klangwelten.

Sie rief das nächste Suchergebnis auf. Die Seite berichtete, dass die Gothic-Szene sich Ende der Siebziger-, Anfang der Achtzigerjahre aus der britischen Punk-Bewegung entwickelt hatte. Der Begriff Gothic, gleichbedeutend für Schwarze Szene, deren Mitglieder auch Grufties genannt wurden, wurde demnach von englischen Musikjournalisten etabliert. Der Artikel bestätigte, dass es sich bei dieser Bewegung nicht um ein reines Jugendphänomen handelte. Die Szene hatte demzufolge mehrere Schwerpunkte: Kleidung, Musik und Mythologie, Religiosität und Vergangenheit unter besonderer

Beachtung der Todes-Thematik. Häufig fanden christliche oder okkulte Symbole Verwendung.

Ah, da stand es doch: Die Gothic-Szene war vor allem geprägt durch Individualität, Gewaltlosigkeit und Toleranz gegenüber anderen. Das Lebensgefühl wurde als nachdenklich und melancholisch beschrieben, ebenso wie als offen und lebensfroh, auch im sexuellen Bereich. Also nix mit irgendwelchen blutrünstigen Ritualen oder den Teufel anbetenden dunklen Gestalten in düsteren Friedhofsecken. Diese Strömung gab es zwar ebenfalls, aber die echten Gothics lehnten solche Praktiken ab. Das deckte sich genau mit dem, was Jana in der Fernsehsendung erfahren hatte. Sie las konzentriert weiter. Die Farbe Schwarz deutete demnach zum einen darauf hin, dass man sich von den Normalsterblichen abgrenzen wollte, zum anderen stand sie für Stärke und Selbstbewusstsein. Außerdem distanzierte man sich dadurch von den gängigen Mode- und Schönheitsidealen der Bevölkerungsmehrheit. Nebenbei protestierte man gegen die oberflächliche Spaßgesellschaft und die Tabuisierung wichtiger Themen, wie zum Beispiel des Todes, mit dem die Gothics sich eingehend beschäftigten. Aber nicht, weil sie besonders todessehnsüchtig oder suizidal veranlagt waren, sondern um der Verdrängung durch die Gesellschaft entgegenzuwirken und um das Leben mit dem Wissen um die Endlichkeit bewusster und intensiver zu genießen.

Der Artikel verdeutlichte, dass die Szene zu Unrecht mit vielen Vorurteilen zu kämpfen hatte und man keine Angst vor den Schwarzen haben musste. Auf der anderen Seite kämpften allerdings die Gothics mit Schwierigkeiten. Für die meisten Arbeitgeber war es unvorstellbar, Mitarbeiter aus der Szene einzustellen. Am ehesten würden die Schwarzen dort unterkommen, wo liberalere Einstellungen in Bezug auf das äußere Erscheinungsbild zu finden seien, besonders häufig in sozialen Berufen. Aufgrund des Drucks der sogenannten normalen Menschen verließen viele Mitglieder die Szene im dritten Lebensjahrzehnt, also als Twens.

Mmmh, ob Frau Melchers wegen Anfeindungen ihrer Umgebung erst „ausgestiegen“ und nach der Trennung von ihrem Mann wieder „eingestiegen“ war? Oder hatte sie die Sympathie für die

Szene während ihrer Ehe entwickelt? Warum war sie von dieser Art zu leben so angetan? Jana notierte die Fragen auf einem Blatt Papier. Außerdem legte sie auf ihrem Rechner einen Ordner an, den sie *Schwarze Szene* taufte. Die ihrer Meinung nach wichtigsten Erkenntnisse kopierte sie und schob sie hinein. Dann konnte sie Achim den Text nachher ausdrucken und musste ihm nicht alles erzählen. Sie vertiefte sich einmal mehr in die Ergebnisliste, die ihr Computer zu ihrem Suchbegriff ausgespuckt hatte. Es handelte sich ja lediglich um 1.520.576 Treffer.

12.

Lukas hatte einige stumme Phasen der Verzweiflung durchlaufen, bevor er endlich mit dem Reden begonnen hatte. Er hatte sich etwas zu trinken geholt, seine Haare durchwühlt, sich wieder und wieder geräuspert, während das Muttertier in der Diele mit seinem Gewisper in den Hörer für die Hintergrundbegleitung sorgte. Zum Glück war Achim ein geduldiger Mensch. Eine Eigenschaft, die in seinem Beruf völlig unterschätzt wurde. Wenn man den gängigen Klischees folgte, hatten Kommissare und ihre Kolleginnen vor allem temperamentvoll und durchsetzungsfähig zu sein und vor lauter Ungeduld ständig mit dem Kopf gegen die Wand zu donnern. Dagegen kam es meistens darauf an, dass man abwarten konnte. Oder jemanden nervös machen. Achim beschloss, diese Taktik bei Podolski auszuprobieren.

„Lukas, wir wollen doch weiterkommen. Haben Sie eine Ahnung, wo sich Adrians Laptop befindet?"

„Nein, woher soll ich das wissen?", fragte der junge Mann mit entsetzter Stimme. Hui. Bei Siegmann junior brauchte es erstaunlich wenig, um ihn kribbelig zu machen. Wie Achim es erhofft hatte, fing er an zu erzählen. Am Anfang alles andere als flüssig.

„Also, Herr Kommissar", begann er und verknotete die Finger ineinander. „Wir dachten, wir hätten da eine coole Idee."

„Entschuldigung, dass ich Sie sofort was frage", unterbrach Achim. „Wer versteckt sich hinter dem ‚wir'?"

„Die Zwillinge, Daniel, Adrian und ich. Na ja, eigentlich war es meine Idee. Und sie war dusselig." Lukas schluckte. „So im Nachhinein betrachtet."

„Aus was bestand denn Ihre Idee?"

„Sie kennen bestimmt diese Hahnenkämpfe, wo die Zuschauer auf den Hahn wetten, der ihrer Meinung nach gewinnt. Da kam uns der Einfall, dass wir mit anderen für Geld um die Wette saufen könnten."

„Saufwetten?!"

„Ja. Da wird auf den gewettet, der als Letzter unter den Tisch rutscht. Beziehungsweise auf das Team …", Lukas trank hastig einen Schluck und verschluckte sich prompt. Es dauerte, bis der Hustenreiz nachließ.

„Beziehungsweise", half Achim nach.

„Ach so, ja. Auf die Mannschaft, die mehr Siege erringt als die andere. Dafür haben wir am Wochenende geübt. Das heißt, wir waren …"

Der Kommissar fiel ihm ins Wort. „Sie waren Probesaufen? Deshalb hatte Adrian so viel Alkohol im Blut?"

„Genau. Wir haben es ‚Trainingslager' genannt. Unseren Eltern haben wir erzählt, wir würden Sport treiben und danach noch zusammen was unternehmen." Lukas griff wieder nach seinem Glas und trank es aus. „Meine Alten machen mich alle, wenn sie erfahren, was wir in Wahrheit gemacht haben."

Teamsprit statt Teamspirit. Das war ja mal eine kreative neue Definition von Mannschaftsgeist. Achim war trotzdem weit davon entfernt, sich dafür erwärmen zu können. „Wie sollte das ablaufen mit Ihren Saufwetten?"

Der Gymnasiast wackelte auf dem Stuhl herum. Er erinnerte den Kommissar auffallend an einen sich windenden Regenwurm. „Ehrlich gesagt, haben wir es schon ausprobiert."

„Na, erzählen Sie mal." Achim lehnte sich zurück. „Meinen Sie, Ihre Mutter könnte mir noch einen Espresso machen?"

Der junge Mann riss die Augen auf.

„Entschuldigen Sie. War ein Scherz", wurde er vom Kommissar beruhigt.

„Das will ich auch hoffen", dröhnte es da von der Tür her. Dort stand der Herr Erzeuger, in eindeutiger Kampflaune und ebensolcher Haltung wie der vor Kurzem von seinem Sohn ins Spiel gebrachte Kampfgockel. Ein Abbild seines Sprösslings, nur eben ungefähr dreißig Jahre älter und einen halben Kopf größer. „Setzen Sie sich gefälligst anständig hin. In diesem Haus liegt man im Bett und nicht am Tisch."

Och nö, dachte Achim, nicht auch noch das Vatertier. So fix kann es vorbei sein mit der interessanten Entwicklung. Er entschied sich, den Stier sofort bei den Hörnern zu packen. „Herr Doktor Siegmann, ich grüße Sie. Wären Sie so freundlich, mir einen Espresso zu machen? Ich würde mich gerne weiter mit Ihrem Sohn unterhalten."

Der Zahnarzt starrte Achim mit offenem Mund an. Mit so viel polizeilicher Frechheit hatte er nicht gerechnet. Wahrscheinlich war er sie auch in seinem sonstigen Leben nicht gewohnt. „Dorothee", rief er schließlich. „Bitte mach uns zwei Espresso."

„Espressi", tönte es aus Richtung Küche.

„Von mir aus Espressi, Herrgott noch eins", fuhr der Doktor seine Frau an. Er ging auf den Esstisch zu und setzte sich. „Dein Vater wird dir zur Seite stehen, Lukas", verkündete er, während sein Sohn immer kleiner wurde und Achim mit bettelnden Blicken förmlich bombardierte.

„So, Herr Kommissar", sagte Heinz Siegmann, „jetzt können Sie gerne weitermachen. Glauben Sie nicht, dass Sie mich so leicht loswerden wie meine Frau."

Jana wühlte sich immer mehr in die Geheimnisse der Schwarzen Szene hinein. Sie erfuhr, dass die Gothics weitgehend unpolitisch waren. Diejenigen, die sich für eine Richtung erwärmten, standen auf der linksalternativen Seite, nicht auf der rechtsradikalen, wie ein häufiger Vorwurf lautete. Die Mitglieder der Szene verfolgten keine bestimmten Ziele. Außer denen, in Ruhe gelassen zu werden und so leben zu dürfen, wie sie gerne wollten. Stets wurde betont, dass die Schwarzen durchweg friedliche Menschen waren, die sich lediglich über Themen Gedanken machten, die vom Rest der Bevölkerung tabuisiert wurden. Vor allem daraus würden sie die Erkenntnis ziehen, wie wertvoll das Leben war. Auch unter den Gothic-Anhängern gab es genügend, die sich vor dem eigenen Tod fürchteten. Aber sie verdrängten ihn nicht, sondern setzten sich damit auseinander. Zumindest versuchten sie es. Was war nun besser, fragte sich Jana, so zu tun, als wäre man unsterblich oder das permanente Beschäftigen mit dem Unausweichlichen? Sie wusste keine Antwort. Zudem begegnete sie als Mitarbeiterin der Mordkommission häufig dem Tod. Zugegeben, nicht so, wie er kommen sollte, nämlich in einem warmen, weichen Bett, das von den Liebsten umstanden war, sondern mit all der Gewalt, zu der Menschen fähig waren. Ihre Aufgabe bestand darin, das Wer und das Warum aufzuklären. Waren sie damit fertig, das Leben des Opfers auf links zu krempeln, wussten sie von ihm oftmals mehr als die vermeintlich besten Freunde, die Ehemänner und Ehefrauen, die Geschwister, Mütter und Väter. Streng gehütete Geheimnisse inbegriffen. Das hinterließ häufig ein seltsames Gefühl. Eine Zeit lang ging man sprichwörtlich abends mit dem Opfer zu Bett und stand morgens mit ihm auf. Beim Einschlafen galt ihm der letzte Gedanke. Sobald man erwachte, der erste. Man lebte mit und für einen toten Menschen, den man mit großer Wahrscheinlichkeit bei einem normalen Verlauf der Dinge lebend nie kennengelernt hätte. Die Kommissarin rief die Kriminalitätsstatistik auf und suchte nach Straftaten, die durch Szene-Mitglieder begangen worden waren. Ihr Computer spuckte als Ergebnis eine fette Null aus.

Henry, der zu Janas Füßen geschlummert hatte, regte sich. Fiepend machte er darauf aufmerksam, dass es höchste Zeit für einen kleinen Spaziergang war. Sein Frauchen schaute auf die Uhr, fast halb vier, dann auf den Dackel. „Einverstanden, wir gehen eine kurze Runde. Aber wir müssen noch mal zurück. Gerade als sie dem Hund die Leine über den Kopf ziehen wollte, klopfte es an der Tür.

„Herein.“

Der Chef der Spurensicherer schob seine erstaunlich lange Nase hinein, dann seinen ganzen Körper. Henry sprang auf ihn zu und schnüffelte an seinen Schuhen. „Hallo Hund. Wolltet ihr gerade Gassi gehen?“

Der Dackel bellte.

„Also ja. Ich mache es kurz. Fällt mir nicht schwer. Die größte Schwierigkeit bestand darin, an Melchers Hausdrachen vorbei zu kommen. Selbst mit unserem Durchsuchungsbefehl hat es all meinen Charme gebraucht, bis er aufgehört hat, uns anzufauchen.“ Der Kriminaltechniker strich sich mit einer aufgesetzt affektierten Geste übers Haar. „Ständig wollte er wissen, was wir in Adrians Zimmer zu suchen hätten.“

„Ach was. Du hast alleine einen Drachen besiegt? Wie seinerzeit der“, Jana schnalzte mit der Zunge, „der, Mensch wie hieß er doch gleich? Der immer so gerne mit dem Speer in der Hand und mit den Füßen auf einem Lindwurm in Kirchen rumsteht.“ Dass sie eine Zeit lang in einem Klosterpensionat Extra-Unterricht in Heiligengeschichte gehabt hatte, merkte man ihr nicht mehr an. Worüber sie außerordentlich froh war, wie sie in diesem Augenblick feststellte.

„Der Gute hieß Georg“, antwortete der Spurensicherer, „so wie ich. Ich bitte dich, kann das ein Zufall sein?“

„Was frage ich überhaupt. Was Interessantes gefunden in Adrians Zimmer?“

„Wenig. Genau genommen gar nichts. Bis auf einen Aktenordner. Auf dem ersten Blatt steht ‚Die Welt trägt schwarz und weiß‘ und darin sind …, na, Jana, hast du eine Ahnung?“

„Nicht die geringste. Sag schon, sonst vergisst mein Hund, dass er stubenrein ist.“

„Dann will ich deinen Henry mal erlösen. In dem Ordner sind Gedichte abgeheftet. Über Liebe und Tod, schwarz und weiß. Zweiunddreißig Stück. Ansonsten waren das Zimmer und der Schreibtisch in etwa so blank wie eine gründlich gesäuberte Bahre bei unserem Doc.“

„Wie? Das ist alles? Wie sieht es aus mit einem Computer oder einem Laptop? Ein Handy?“

Georg verneinte.

„Das gibt's doch nicht. Ein Junge in seinem Alter ohne Mobiltelefon. Absolut undenkbar. Habt ihr Schulsachen gefunden?"

„Klar, Schulbücher, Taschenrechner, Schreibblock, Füller, Bleistift. Total unaufregend. Kein Tagebuch oder so was. Hätte ich ihm zugetraut. Ein junger Mann, der Gedichte sammelt oder selbst schreibt, führt vielleicht auch ein Tagebuch."

„Waren es handschriftliche Gedichte oder ausgedruckte?"

„Letzteres."

Jana klemmte ihre Nase zwischen Daumen und Zeigefinger ihrer linken Hand. Sie begann sie zu massieren. Bis hin zur Nasenwurzel. Das verstand sie nicht. In der Schule war kein Rechner und in Adrians Zimmer ebenfalls nicht.

Sie sah den Kriminaltechniker fragend an. „Habt ihr einen Drucker gefunden?"

„Treffer. Ein solches Gerät stand auf dem Schreibtisch. Ich habe dafür nur eine Erklärung. Nämlich, dass der Computer oder der Laptop woanders sein muss."

„Na toll. Darauf wäre ich alleine nie gekommen. Wo könnte der sein?"

„Das weiß ich nicht, liebe Jana. Wir haben Adrians Zimmer Millimeter für Millimeter durchforstet. Das Aufregendste war ein Kerzenständer, zusammengebaut aus einem Dutzend kleiner Totenköpfe. Er stand auf seinem Schreibtisch. In der Halterung steckte eine halb abgebrannte Kerze. Rot übrigens."

„Auch kein Handy, sagst du?"

„Nein, tut mir leid. Obwohl wir natürlich darauf eine Extraportion Aufmerksamkeit gelegt haben, weil wir ja wissen, dass er im Brunnen keines bei sich hatte."

Jana schüttelte den Kopf. „Seltsam. Ich werde an der frischen Luft ein wenig nachdenken. Bringst du mir bitte nachher eure Fotomappe."

„Mache ich. Geht besser spazieren, bevor Henry anfängt zu trippeln. Bis gleich."

„Wir sehen uns. Danke, Heiliger Georg."

„Immer wieder gerne, Frau Oberkommissarin."

Jana steckte die dienstliche Digitalkamera in ihren Rucksack, dann machte sie sich gemeinsam mit ihrem Vierbeiner auf den Weg.

Sie beschloss, einen etwas ausgiebigeren Spaziergang zu unternehmen. Sie lief mit Henry erst an der nördlichen Front des *Löhr-Centers* vorbei, dann über die große Kreuzung am Wöllershof immer Richtung Altstadt. Vor dem Zentralplatz nahm sie die oberirdische Querung. In wenigen Minuten erreichte sie den Görresplatz. Den Ort des Verbrechens. Die Stufen zur Historiensäule waren in einer Art vierblättrigem Kleeblatt angeordnet. Zumindest Adrian hatte dieses Kleeblatt kein Glück gebracht. Auf den Treppen saßen Menschen jeder Altersgruppe in der Nachmittagssonne. Die meisten schleckten oder löffelten ein Eis. Am Brunnenrand hielt eine zierliche, junge Frau einen kräftigen Rottweiler an seinem Hinterteil hoch, damit er etwas von dem Wasser saufen konnte. Alles war so friedlich, so normal, so wie es sein sollte.

Jana ging zu der Basaltsäule, auf der erklärt wurde, was die insgesamt zehn Bilder des Denkmals darstellten. Henry beobachtete derweil interessiert den Rottweiler, der seine Pfoten auf den Brunnenrand gelegt hatte, während sein Frauchen ihn verlässlich stützte. Sein Schlabbern war bis zu Jana und ihrem Dackel zu hören. Die Kommissarin betrachtete die Idylle. Sie drehte sich langsam um die eigene Achse. Rasterte die Szenerie mit Hilfe einer 360-Grad-Wende. Sie entdeckte nichts Auffälliges. Auf den Bänken saßen verliebte Paare eng beieinander, vor den Restaurants genossen die Gäste ihren Nachmittagskaffee oder -tee. Auch das *Highlight* hatte einige Stühle vor die Tür gestellt, aber es war kein einziger besetzt. Was war hier in der Nacht zum Sonntag passiert? Im Moment war dieser Ort für sie leider nur die Stätte eines furchtbaren Verbrechens. War es möglich, in einem der zehn Bilder eine Antwort zu finden? Die Ermittlerin begann die Erläuterungen zum Aufbau der Historiensäule zu lesen.

Das unterste Motiv zeigte die Geburtsstunde von „Confluentes", den „Zusammenfließenden", womit natürlich Rhein und Mosel gemeint waren. Alles fing mit der Besiedelung durch die Römer an, die hier ein Kastell gründeten und mit dem Weinanbau begannen. Ein Umstand, von dem Koblenz bis in die Jetztzeit profitierte. Das mit Weinfässern bestückte Boot mit den tüchtigen Ruderern, das Jana sich bereits in der Tatnacht angeschaut hatte, symbolisierte diese Epoche, die bis zum fünften Jahrhundert nach Christus dauerte.

Das zweite Bild zeigte den fränkischen Königshof, dem Koblenz zwischen dem sechsten und neunten Jahrhundert als Sitz diente.

Es folgte die Zugehörigkeit zum Erzbistum Trier.

Bei Bild Nummer vier spürte Jana ein erstes Kribbeln im Bauch. Es zeigte ihre Heimatstadt zur Zeit der Kreuzzüge und des Sklavenhandels. Lag ein Teil der Antwort auf ihre Fragen vor ihr? Führte hier jemand seinen persönlichen Kreuzzug? Gegen Menschen, von denen er oder sie dachte, dass sie an das Falsche glaubten? Jana trat näher an die Historiensäule heran und fotografierte rundherum die Details der vierten Epoche.

Danach ging sie zurück zur Erklärung. Demnach zeigte das fünfte Motiv die blühende städtische Gemeinde mit ihren Kaufleuten, Handwerkern und kirchlichen Würdenträgern vom dreizehnten bis zum sechzehnten Jahrhundert.

Bild sechs beschäftigte sich mit einer mehr als düsteren Epoche, nämlich mit dem Dreißigjährigen Krieg und der Hexenverfolgung. Der Künstler hatte hierfür die Silhouette von Koblenz zur damaligen Zeit gewählt. Wieder spürte Jana ein Prickeln rund um ihren Nabel. Hexenverfolgung? Unwillkürlich dachte sie an Astrid Melchers, musste aber sofort zugeben, dass sich diese Assoziation aufgrund ihrer frisch gewonnenen Erkenntnisse über die Schwarze Szene verbot. Wie schwierig es war, alte Denkstrukturen aufzubrechen. Dagegen schien das immer stärker werdende Prickeln in der Magengegend die Klischees zu bestätigen. Die Kommissarin betätigte den Zoom und nahm gewissenhaft jede Einzelheit auf.

Die nächste Epoche der Stadtgeschichte war auch nicht erfreulicher als die vorherige. Es ging um die Geschehnisse während und nach der Französischen Revolution um das Jahr 1800 herum, durch martialische Szenen veranschaulicht.

Bild acht zeigte das mächtige preußische Koblenz im neunzehnten und zwanzigsten Jahrhundert, dargestellt als wehrhafte Festung. Das Prickeln war wie weggewischt.

Wie schnell diese Macht vorbei sein konnte, symbolisierte die zerstörte Stadt von 1944, nach den furchtbaren Luftangriffen im Zweiten Weltkrieg, ausgebrannt und in Trümmern liegend.

Den Abschluss, sozusagen die Krönung der Historiensäule, bildete das wiederaufgebaute Koblenz, das hoffnungsvoll in die Zukunft schaute. Jana konnte nicht umhin, voller Bewunderung auf das Kunstwerk zu schauen, mit dem sie sich noch nie so intensiv beschäftigt hatte. So viele Details, so eine großartige, in Stein gehauene Kreativität. Jürgen Weber hieß der Künstler, der für das Denkmal verantwortlich zeichnete. Toll. Die Kommissarin knipste der Vollständigkeit halber die Einzelheiten der anderen Epochen. Eventuell meldete ihr Bauch noch mal ein Kribbeln, wenn sie sich die Aufnahmen im Büro an die Wand hängte. Jana schaute nach ihrem Dackel, der zu ihrer großen Verwunderung Freundschaft mit dem kräftigen Rottweiler geschlossen hatte. Zumindest lagen die beiden friedlich nebeneinander auf den Stufen. Die Erklärung ließ nicht lange auf sich warten. Bei dem anderen Hund handelte es sich um eine Dame, wie die Besitzerin erläuterte. Henry schätzte Damen sehr, im Gegensatz zu Rüden. Wenn ihm eine attraktive Frau begegnete, kam er sich manchmal dreimal so groß vor, wie er in Wirklichkeit war. Typisch Mann.

„Ein schöner Anblick", sagte Jana zu dem Rottweiler-Frauchen.

„Sympathischer Bursche, den Sie da haben. Normalerweise lässt meine Angela einen unbekannten Hund nicht so nahe an sich heran."

„Oh ja", lachte die Kommissarin, „mein Dackel ist ein echter Charmeur auf vier Pfoten. Leider müssen wir gehen. Komm, Henry."

Henry hob den Kopf und ließ ihn sofort wieder sinken. Eine deutliche Demonstration, dass er das völlig anders sah. Seine Besitzerin nahm die Leine und zog daran. Der Hund machte sich steif. „Er kann furchtbar widerspenstig sein", teilte sie überflüssigerweise mit, denn das war nicht zu übersehen. „Komm endlich."

Der zweiten mündlichen Aufforderung leistete der Vierbeiner ohne weiteren Widerstand Folge. Wenn Jana zwei Mal etwas sagte, wusste ihr Hund genau, was gebacken war. Ein Verdienst der Hundeschule. Aber selbst die hatte dem Dackel nicht beibringen können, dass er sofort zu hören hatte, ob es ihm passte oder nicht.

„Tschüss."

„Tschüss", sagte die andere Frau. „Oder vielmehr. Auf Wiedersehen."

„Das würde uns freuen, nicht wahr, Henry?" Jana lächelte. „Es ist so wunderschön hier."

Die Ermittlerin schlenderte mit dem Hund an der Leine über den Plan zurück zum Präsidium. Dieser Platz, um den herum sich hauptsächlich Gastronomie aus aller Herren Länder, einschließlich gutbürgerlicher deutscher Küche, angesiedelt hatte, spielte in der Geschichte der Stadt einmal eine blutrünstige Rolle. Als Gerichts- und Hinrichtungsstätte. Jana schoss wieder der Begriff Hexenverfolgung durch den Kopf. Ein Wahn in den Köpfen der Männer. Getrieben von der Angst vor klugen, heilkundigen, selbständigen Frauen, die ihren eigenen Weg gingen. Die sich nicht von ihren Gatten, ihren Vätern, ihren Brüdern, vorschreiben lassen wollten, wie sie zu leben hatten. Womit die wenig holde Männlichkeit nicht zurechtkam und zur Abwehr böser Zauber Scheiterhaufen errichten und abbrennen ließ. Reizend. Erneut galoppierten ihre Gedanken zu Astrid Melchers. War sie auch so eine unabhängige Frau, zumindest, was ihren Geist betraf? Finanziell gesehen war Jana sich nicht so sicher. Eins war für sie klar: Sie musste sich Gewissheit verschaffen und das ging nur, wenn sie Adrians Mutter noch einmal besuchte. Sie würde das mit Achim absprechen. Bestimmt wartete er im Büro auf sie. Es war schließlich schon Viertel vor fünf.

In Wirklichkeit saß besagter Achim seit über einer Stunde am Siegmannschen Esszimmertisch und hoffte, die abrupt unterbrochene Unterhaltung mit Lukas fortführen zu können. Dr. Heinz Siegmann hockte wie ein Wachhund auf seinem Stuhl. Einzig die Kette und das Blaffen fehlten. Der Hauptkommissar verzichtete nach kurzem

Überlegen darauf, Siegmann junior mitzuteilen, dass sein Vater gerne bleiben dürfe, wenn es dem Sohn nichts ausmache. Er befürchtete, dass der junge Mann in diesem Fall zu feige sein würde, das Angebot abzulehnen. Seitdem herrschte mehr oder weniger Schweigen. Lediglich Dorothee kam ab und zu vorbei, um nach weiteren Getränkewünschen zu fragen und diese zu erfüllen. Auch Achim gegenüber hatte sie ihre höfliche Haltung wiedergefunden und spielte die perfekte Gastgeberin.

Der mittlerweile leicht gelangweilte Kommissar konnte sich nicht erinnern, jemals so viel Espresso verkonsumiert zu haben. Allmählich mochte er keinen mehr. „So, die Herren Siegmann. Wie soll das denn nun weitergehen? Lukas, wollen Sie mir noch etwas mitteilen? Oder kommen Sie lieber morgen früh ins Präsidium?"

„Mein Sohn kommt nirgendwo hin", bellte der Zahnarzt.

„Herr Doktor, was machen eigentlich Ihre Patienten so ohne Sie? Oder laufen die Geschäfte nicht so gut?"

„Meine Praxis läuft hervorragend. Meine Helferin hat die Termine für heute Nachmittag abgesagt. Auf meinen Befehl hin."

Befehl, klar. „Lukas, was ist jetzt?"

Der junge Mann stand auf. „Ich komme mit Ihnen ins Präsidium", verkündete er zu Achims großer Verwunderung. „Versuch nicht, mich zurückzuhalten, Papa, es ist …"

„Es ist was?", unterbrach Heinz seinen Sohn scharf. „Was soll denn das, Lukas? Wieso bist du so stur?"

„Papa, darüber würde ich lieber alleine mit dir reden. Du weißt, warum."

„Nein, weiß ich nicht. Dein Verhalten ist mir ein Rätsel. Aber bitte. Wenn du dir nicht helfen lassen willst, geh ruhig mit diesem Polizisten mit. Beschwer dich bloß nicht, wenn das Kind in den Brunnen gefallen ist."

„Wie meinen Sie das, Herr Doktor? Haben Sie Angst, dass Ihr Kind bei uns in den Brunnen fällt?", erkundigte sich Achim, während Lukas seinem Vater einen Blick zuwarf, von dem der Ermittler zu gerne gewusst hätte, was er zu bedeuten hatte.

Siegmann senior kreuzte die Arme vor der Brust. „So ein ausgemachter Nonsens", zischte er mit zusammengebissenen Zähnen. Ziemlich ungesund für das Gebiss. Achims Zahnarzt verordnete in solchen Fällen Beißschienen. Aber die konnte der Herr Doktor sich ja selbst verschreiben.

„Seien Sie unbesorgt, bei uns ist noch niemand in einen Brunnen gefallen. Wir haben überhaupt keinen. Ich verspreche Ihnen, wir werden auf Ihren Sohn aufpassen. Auf Wiedersehen, Herr Doktor."

„Hauen Sie ab", presste Lukas Vater mühsam zwischen den Lippen hervor. Achim konnte deutlich sehen, wie schwer es ihm fiel, sich zu beherrschen. Aber das ließ ihn im Moment völlig kalt. Zusammen mit Podolski ging er zu seinem Dienstauto.

„Haben Sie das ernst gemeint?", fragte der junge Mann, kaum dass der Kommissar den Wagen angelassen hatte und losgefahren war.

„Was genau?"

„Dass Sie auf mich aufpassen werden?"

Achim betrachtete das Profil des Zahnarztsohnes. Lukas Unterlippe zitterte. Der arme Kerl war total durch den Wind.

„Das habe ich ernst gemeint. Solange Sie bei uns sind, passiert Ihnen nichts."

„Und wenn ich nicht mehr bei Ihnen bin? Was ist dann?"

Achim lenkte den Wagen an den Straßenrand, kurz bevor er Richtung Europabrücke abgebogen wäre. Egal, durch die teilweise Sperrung hätte er um diese Uhrzeit sowieso nur im Feierabendstau gestanden.

Er hielt an, stellte den Motor ab und legte seinem Beifahrer die rechte Hand auf die Schulter. „Lukas, sag mir bitte endlich, was geschehen ist. Erzähl doch einfach an dem Punkt weiter, an dem du eben aufgehört hast. Wo habt ihr eure Saufwetten veranstaltet und wie sind die abgelaufen?"

Der Junge atmete tief ein. „Wir haben es erst einmal gemacht. Wir waren uns einig, dass wir das nächste Mal woanders hingehen und danach den Ort auch wieder wechseln. Damit uns niemand ausspionieren kann und irgendwann mit unseren Eltern oder den Bullen …" Lukas schlug die Hände vor den Mund. „Entschuldigung."

„Kein Thema", beruhigte ihn Achim. „Das rutscht selbst Zahnarztsöhnen mit hervorragenden Manieren mal raus."

Podolski grinste schief. Der Ermittler sah es mit Genugtuung. Es war von grundlegender Bedeutung, dass der Junge Vertrauen zu ihm fasste.

„Jedenfalls wollen wir nicht, dass uns jemand erwischt, weil wir so blöd sind, immer dieselbe Location zu benutzen."

„Eure Saufwette war demnach ein, nun ja, Erfolg?"

„Für unser Team nicht so. Am Ende ist ausgerechnet Isabel vom Stuhl gekippt. Wir hätten gewonnen, wenn sie durchgehalten hätte. Es ist nämlich so, dass Mädels, die gegen Typen antreten, die dreifache Punktzahl bekommen, wenn sie sie unter den Tisch saufen. Junge gegen Junge: hundert Punkte für den Gewinner, Mädchen gegen Mädchen: hundert Punkte für die Gewinnerin. Junge gegen Mädchen: hundert Punkte, wenn er gewinnt, dreihundert Punkte, wenn sie gewinnt. Stutenbonus."

„Ihr habt also verloren. Was bedeutet das?"

„Die Zuschauer sollten hoch wetten. Deshalb hat jeder und jede von den Saufteams tausend Euro eingesetzt. Als Startgeld. Die waren futsch. Hätten wir gewonnen, hätte jeder von uns sein Startgeld zurückbekommen und zweitausend Euro obendrauf. Ist das strafbar?" Lukas blickte Achim verstohlen von der Seite an.

Der Kommissar setzte ein strenges Gesicht auf. Wie gut, dass ich aus dem Alter raus bin, in dem einem solch blödsinnige Ideen kommen, dachte er, während er ernst nickte. „Ja, das ist es. Illegales Glücksspiel. Mindestens. Woher hattet ihr in drei Teufels Namen so viel Zaster?"

„Keine Ahnung, woher die anderen es hatten." Lukas zwinkerte, als hätte er etwas in den Augen. Dann kniff er sie zusammen und betrachtete eingehend den Fußraum. „Ich hatte es am einfachsten. Für jede gute Note bekomme ich reichlich Kies. So wie Daniel. Seine Eltern sind schließlich beide Professoren. Auf der anderen Seite ist er von uns allen der Vorsichtigste. Bei Adrian und den Zwillingen bin ich überfragt. Hauptsache, sie haben die Knete beigebracht." Lukas schaute Achim unsicher an. „Glauben Sie mir?"

Vor mir sitzt ein verwöhnter kleiner Junge in der Tinte, dachte der Ermittler. Der es nicht gewohnt war, im Schlamm zu stecken. Und der gerade gelogen hat. Irgendwas wusste er über die Geldbeschaffungsmethoden seiner „Team-Mitglieder". So weit war es doch nicht her mit dem Vertrauen. Schade. Was verbarg er vor der Polizei? Was hielt ihn davon ab, die Wahrheit zu sagen?

„Wie habt ihr eure Gegner gefunden?"

„Im Internet."

„Wo habt ihr euch getroffen?"

Lukas druckste ein wenig herum, ehe er sich ein Herz fasste. „Bei uns im Keller in unserer Bar. Meine Eltern waren übers Wochenende verreist. Am Schluss haben die Gewinner sogar eine Flasche vom besten Whiskey meines Vaters ausgesoffen. Zum Glück stehen bei uns reichlich davon rum. Er hat es bis heute nicht gemerkt."

Wenn die Bar die Ausmaße des Wohnzimmers hatte, was man bei den Siegmanns durchaus annehmen durfte, dachte Achim, dann gehen da massenweise Leute rein. „Wie viele Zuschauer waren bei diesem Event anwesend?"

„Zwanzig. Mit den beiden Fünfer-Teams waren wir dreißig. Verstehen Sie jetzt, warum meine Eltern auf keinen Fall was davon erfahren dürfen? Die machen mich alle. Mein Vater würde mir eine Ausbildungsstelle besorgen, auf die ich unter Garantie null Bock hätte. Als erzieherische Maßnahme. Er würde meine Mutter zwingen, mir meine Sachen ungebügelt aufs Bett zu legen. Mein Essen könnte ich mir wahrscheinlich auch selber kochen."

„Lukas, das mag ja alles schrecklich für dich sein. Aber das geht doch noch als Jugendsünde durch. Was mich wirklich interessiert: Vor wem oder was hast du eine solche Angst?"

Statt einer Antwort zwinkerte der junge Mann wieder mit den Augen, bevor er begann, sie kräftig zu reiben. „Entschuldigung", sagte er, „ich habe da was drin."

13.

Sofie war hin und her gerissen. Sollte sie zu ihrer Schwester gehen und mit ihr über das reden, was passiert war? Oder besser nicht? Sie selbst war in einem Maße bestürzt, wie sie es bisher nicht erlebt hatte. Die Geschichte mit ihrer Nase ausgenommen. Adrian war tot. Adrian. Der sich um das hässliche Entchen gekümmert hatte, nicht um die schöne Isabel. Dem Intelligenz mehr bedeutete als Aussehen. Und dem Vertrauen und echte Freundschaft wichtiger waren als Makellosigkeit. Der sich in allen Kursen in der Schule, die er mit Sofie gemeinsam besuchte, neben sie gesetzt hatte, ohne Ausnahme. Der sie eingeladen hatte, mit ihm seine Mutter zu besuchen, nachdem sie aus der Villa am Rhein ausgezogen war. Der ihr erzählt hatte, wie sehr er seine Mama dafür bewunderte, dass sie nun das machen würde, wovon sie träumte. Sich kleiden, wohnen, mit den Leuten zusammen sein, mit denen sie wollte. Und dass er seinen Vater dafür liebte, dass er sie hatte gehen lassen.

Adrian. In ihren Tagträumereien waren sie seit Langem ein Paar. Auch für ihn wollte sie sich einer Operation unterziehen. Damit von seiner Seite ein bisschen mehr hätte entstehen können als freundschaftliche Gespräche über Gott und die Welt. Sofie holte ihre Geldbörse und nahm das Foto von Adrian heraus, das sie immer bei sich trug. Sie schaute es an, streichelte sein lachendes Gesicht. Sie hatte ihn fotografiert, als sie sich einmal in der Stadt getroffen hatten. Manchmal, unter der Woche, waren sie miteinander verabredet gewesen. Wenn Sofie keine Angst haben musste, dass Isabel ihr auf die Schliche kam, schickte sie Adrian eine SMS und sie trafen sich auf dem Görresplatz an der Historiensäule. Dort hatte sie ihn auch gebeten, eine Aufnahme von ihm machen zu dürfen. Dort war er jetzt gestorben. War das wirklich ein Zufall? Oder steckte eine Botschaft dahinter? Womöglich für sie selbst? Sofie merkte, wie ein eisiger Schauer ihre Wirbelsäule hinunterrieselte und sie frösteln ließ.

Langsam, aber sicher ertrug Achim es nicht mehr, von Podolski so treuherzig angeschaut zu werden. Was führte der Knabe im Schilde? Die Wahrheit zu sagen war es jedenfalls nicht. „Lukas, soll ich dich zurück nach Hause bringen? Oder möchtest du die paar Meter zu Fuß gehen? Das hier hat keinen Sinn und es hindert mich daran, in andere Richtungen zu ermitteln“, teilte er Siegmann junior mit.

Lukas krallte seine Finger in den weichen Stoff des Beifahrersitzes. „In welche andere Richtungen denn?“

„Jetzt mal Butter bei die Fische. Ziehst du das mit mir ab, damit ich beschäftigt bin, oder was soll das?“ Achim zog sich am Lenkrad hoch und drehte den Kopf zu dem jungen Mann herum. „Es geht dich zwar überhaupt nichts an, trotzdem sage ich dir, was andere Richtungen bedeutet: zum Beispiel ein Gespräch mit Daniel. Du bist doch ein intelligentes Kerlchen. Das hast du dir sicher schon gedacht.“

„Ja, klar.“ Lukas starrte wieder auf den Fußboden. „Haben Sie mit den Zwillingen gesprochen?“

„Das haben wir.“

„Was hat“, Lukas Stimme klang gepresst, „Isabel gesagt?“

Isabel. Klappe, die x-te. Welche Rolle spielte das Blondchen bloß? Natürlich eine Hauptrolle, alles andere hätte sie zweifelsohne als unangemessen empfunden. Lag bei ihr der Schlüssel, fragte sich Achim.

Er hatte noch keine Antwort gefunden, als sein Handy klingelte. „Jana, hallo, was gibt es?“

„Hi. In meinem Büro hüpft ein wildgewordener Anwalt herum. Herr Dr. Siegmann hat ihn gebeten, uns einen Besuch abzustatten. Der Beste erinnert ein wenig an eine Rakete kurz vor der Zündung. Es steigt bereits Rauch auf. Er behauptet, du hättest den Zahnarztsohn entführt und verlangt seine sofortige Herausgabe. Was hast du denn wieder angestellt?“

„Sag dem Herrn Anwalt, dass ich meine Geisel zurück zu ihren Eltern bringen werde. Ich komme ins Präsidium, um das weitere Vorgehen mit dir zu besprechen. Bis gleich.“ Achim beobachtete den jungen Mann, der neben ihm saß, als er das sagte. Unauffällig, wie er hoffte. Podolski krampfte seine Hände zu Fäusten zusammen.

„So, Lukas, ich bringe dich nach Hause. Du weißt ja, wie du mich erreichen kannst, wenn du ernsthaft mit mir reden möchtest.“

Der junge Mann öffnete den Mund, machte ihn aber sofort wieder zu. Es hätte Achim auch sehr gewundert, wenn etwas Hörbares herausgekommen wäre. Dem Zahnarztsohn stand eine unruhige Nacht bevor, darauf hätte Achim wetten mögen. Und vorher ein ungemütlicher Abend zusammen mit Mama und Papa. Fast tat ihm der arme Kerl ein bisschen leid.

Nachdem er Lukas vor dem ehrenwerten Haus abgesetzt und sich davon überzeugt hatte, dass der Junge auch tatsächlich hineingegangen war, machte er sich auf den Weg ins Präsidium. Als er dort ankam, schulterte Jana gerade ihren Rucksack.

„Hat der Herr Anwalt unser Haus verlassen?“, erkundigte er sich.

„Oh ja“, antwortete seine Partnerin. „Inmitten eines Kondensstreifens.“

Achim lachte. „Es ist höchste Zeit, dass wir uns mit Daniel unterhalten.“

„Ich würde gerne noch einmal zu Frau Melchers. Und zu ihrem Mann. Ich war heute Nachmittag auf dem Görresplatz, an der Historiensäule. Mir ist da was aufgefallen.“ Jana schloss die Digitalkamera an ihren Computer an und zeigte Achim ihre Aufnahmen. Sie wies besonders auf die Epoche der Kreuzzüge und die der Hexenverfolgung hin.

„Was, wenn Adrian nur das Mittel war, um einen bestimmten Zweck zu erreichen?“, mutmaßte sie. „Wenn entweder jemand seine Mutter, die moderne Hexe, im Visier hatte oder seinen Vater, der seinen persönlichen juristischen Kreuzzug gegen eine ignorante Gesellschaft führt? Wir sollten uns ansehen, welche Prozesse er in letzter Zeit geführt hat. Welche er gewonnen hat, welche verloren und wem er dabei auf die Füße gestiegen ist.“

Achim nickte anerkennend. „Da könnte was dran sein. Man will die vermeintliche Hexe oder den gerissenen Anwalt treffen und bringt den Sohn um. Ein radikaler Denkzettel.“ Er schaute intensiv auf Janas Aufnahme von den Kreuzzügen. „Wenn du mich fragst, ich tippe eher auf ein Motiv im beruflichen Bereich von Melchers. Ein Verhandlungsausgang, der irgendeiner Seite nicht gepasst hat. Wir sollten deinen Geistesblitz im Auge behalten.“

„Ich hänge mich morgen ins Archiv der *Rhein-Zeitung* und suche nach den Prozessen, die im letzten Jahr das Interesse der schreibenden Zunft geweckt haben. Immerhin führt unser Staranwalt im Moment wieder ein Verfahren gegen drei Polizisten. Unter Umständen hat es damit zu tun. Ich überprüfe das. Was hast du denn rausgefunden?"

Achim berichtete von seinem zähen Gespräch mit Lukas unter der zumindest zeitweisen Beobachtung seiner Nicht-mehr-Erziehungsberechtigten. Und von der tollen Idee mit der Saufwette.

Jana pfiff durch die Zähne. „Kreativer Einfall. Nach deinen Erzählungen ist es allerdings unwahrscheinlich, dass seine Eltern das genauso sehen. So, Katerchen, was hältst du von ein wenig Feierabend?"

„Gute Idee", freute sich Achim. „Kommt, meine zwei liebsten Begleitungen."

Henry schoss unter Janas Schreibtisch hervor und schwanzwedelnd zur Tür. Anscheinend hatte auch der Dackel einen arbeitsreichen Tag hinter sich und sehnte sich nach seiner Decke, seinem Fressen und einem ausgiebigen Schläfchen.

Seinem Stiefherrchen ging es ähnlich. Achim freute sich auf dieselben Dinge, nur in einer leicht veränderten Reihenfolge: erst das Fressen, dann die Decke, allerdings untendrunter auf dem Sofa zusammen mit Jana. Schmusend, wie es sich für einen Kater gehörte. Anschließend ein ausgiebiges Schläfchen. Neue Energie tanken für den Fall. Was für ihn bedeutete, für ein Gespräch mit Isabel. Auch mit der wollte er unbedingt sprechen. Lukas Verhalten war dafür Anlass genug.

Als Achim am nächsten Morgen sein Müsli löffelte, war er zwar todmüde, hatte aber trotzdem allen Grund, dies sehr zufrieden zu tun. Er hatte gestern mit Jana zusammen einen schönen Abend verbracht. Sie hatten nicht den Fall besprochen, sondern einfach nur über dies und das geplaudert. Unter anderem über einen Urlaub an der Nordsee. Wegen des Reizklimas. Achim hatte dann unter der Sofadecke für ein anderes Reizklima gesorgt. Bei schummriger

Beleuchtung und leisen Klängen von Janas Lieblingsmusiker, Rod Stewart, hatte er seiner Freundin so lange den Kater gemacht, bis sie zufrieden schnurrte, sich in seinen Armen zusammenrollte und einschlief. Während seiner Single-Zeit hatte Achim fast vergessen, wie schön es sein konnte, mit einer Frau zusammenzuwohnen. Zugegeben, seine verflossenen Beziehungen, wenn die manchmal nur wenige Tage dauernden Verbindungen überhaupt diese Bezeichnung verdient hatten, waren teilweise ziemlich verzickt gewesen. Das fanden Männer komischerweise anfangs recht amüsant. Es war witzig, die Freundin so lange zu necken, bis sie anfing zu meckern. Aber irgendwann ging einem das ständige Gemecker nur noch auf die Nerven und die Ziege musste zurück in den Stall.

Mittlerweile wusste Achim ehrlich zu schätzen, wie wohltuend es war, eine Frau an seiner Seite zu haben, die kein bisschen zickig war. Gut, nur selten und dann nur ein klein wenig. Sich auf einen anderen Menschen wirklich einzulassen, hatte so viele Facetten. Jede Menge mehr, als er das bei seinen bisherigen Partnerschaften erlebt hatte. Er hatte das Gefühl, seine persönliche Oase gefunden zu haben.

Er hielt seiner Oase, die ihm gegenüber ihr Schwarzbrot kaute, seine Tasse hin. „Gib mir bitte noch einen Schluck Tee, Liebste."

Jana lächelte ihn an und schenkte ihm ein. „Gerne, Liebster."

Henry hatte sich damit abfinden müssen, dass seine Spürnase heute bei Janas Nachbarin Martina bleiben musste. Die beiden Ermittler fuhren ohne ihn zur Rechtsmedizin. Sie fanden den Doc im Obduktionsraum über eine Leiche gebeugt vor. Bei näherem Hinsehen erkannte Jana, dass es sich nicht um Adrian handelte.

„Hi, Doc. Hast du was Neues für uns?"

„Hallo ihr zwei. Mit eurem Anwaltssohn bin ich fertig. Die Tests haben außer dem hohen Alkoholkonsum keine weiteren Anhaltspunkte geliefert. Drogenmäßig war er total clean. Tablettenmäßig auch. Er war kerngesund. Da kann ich mich nur wiederholen. Das einzig ungewöhnliche waren Spuren von schwarzem Kajal in seinen Augen. Wie die Schminke dahin kam, fragt mich nicht. Fragt die Mutter. Von mir aus kann er für die Beisetzung freigegeben werden."

„Mmh", grummelte Achim. Es klang irgendwie unzufrieden.

Jana merkte, dass ihr Partner enttäuscht war. Schon manches Mal hatte der Doc ihnen zu völlig neuen Ermittlungsansätzen verholfen. Diesmal eben nicht. Kam vor.

„Menschenskinder, Herr Kollege. Mach doch nicht so ein Gesicht, als hätte dir jemand deine Lakritzschnecken geklaut." Dem Doc waren Achims hängende Mundwinkel ebenfalls aufgefallen. „Bei eurer nächsten Leiche werde ich mir mehr Mühe geben. Versprochen. Lach mal mit dem Onkel Doktor."

Der Ermittler verzog folgsam die Lippen. „Alles muss man selber machen. Komm, Jana, wir lassen ihn mit seinem neuen Kunden allein. Wann können wir mit deinem Bericht rechnen?"

„Ist schon diktiert, ihr Lieben. Morgen früh habt ihr meine Ergebnisse auf dem Schreibtisch."

Achim hatte noch eine Frage. „Hatte Adrian vor seinem Tod Sex?"

„Na, das hoffe ich doch für ihn. Aber nicht unmittelbar davor. Wir haben keine entsprechenden Hinweise gefunden. Und das Brunnenwasser wäre in der kurzen Zeit zwischen der Tat und meinem Eintreffen nicht in der Lage, alle Spuren wegzuwaschen. Ich bin mir absolut sicher, dass er Samstagabend lediglich vom Alkohol verführt worden ist."

Die beiden Ermittler bedankten und verabschiedeten sich. Auf dem Weg zum Auto grummelte Achim weiter vor sich hin.

Jana stupste ihn mit dem Ellenbogen an. „Eh, was ist denn los?"

Achim zuckte mit den Schultern. „Keine Ahnung. Irgendwie hatte ich die Hoffnung, der Doc hätte was entdeckt, was unsere Untersuchungen erleichtern würde. Stattdessen findet er Kajal. Was soll das? Wir müssen mit Daniel sprechen. Mit Adrians Eltern. Denen müssen wir sagen, dass sie ihren Sohn bestatten können. Irgendwie müssen wir an Lukas rankommen. Isabel müssten wir uns noch mal vorknöpfen. Außerdem müssen wir Adrians Computer und sein Handy finden. Das kann ja kein Zufall sein, dass beides weg ist."

„Wow, Herr Hauptkommissar. Was für eine brillante Analyse. Der Kajal könnte bedeuten, dass Adrian sich doch mehr für die

Schwarze Szene interessiert hat, als wir bis jetzt wissen. Dunkel umrandete Augen sind ein eindeutiges Indiz." Jana schielte Achim über den grün-blau-türkisen Rand ihrer Brille an. „Was folgern wir daraus?"

„Wir sollten uns teilen. Du stattest Frau Melchers einen Besuch ab. Ich übernehme ihren Mann und frage nach seinen aktuellen oder besonders aufsehenerregenden Fällen. Wenn wir das erledigt haben, treffen wir uns im Präsidium und machen eine Bestandsaufnahme. Heute Nachmittag kümmern wir uns um Daniel und Isabel."

„Okay, du begnadeter Kriminalist. Fährst du mich zu Frau Melchers?"

Kurze Zeit später saß Jana in Astrid Melchers Wohnzimmer auf dem Boden, unter sich ein Sitzkissen. Adrians Mutter befand sich in der Küche, um einen Tee aufzubrühen. Dadurch ergab sich für die Kommissarin die Gelegenheit, sich sorgfältig im Raum umzusehen. In jeder Ecke brannten Kerzen, genauer gesagt, Teelichter, die von ausschließlich weiblichen Figuren gehalten wurden. Figuren mit Flügeln und ausgesprochen spitzen Ohren. So wie *Mister Spock* in *Raumschiff Enterprise*. Jana musste grinsen. Waren das Engel? Ihre Flügel waren schwarz oder bunt, niemals weiß. Die Engel, oder wie man sie sonst nennen mochte, wirkten weder bedrohlich noch bösartig, eher ein wenig naiv. Außerdem gab es außergewöhnliche Flaschenhalter aus Messing zu bestaunen. Schwarze Drachen, aus deren Rücken Weinflaschen herauszuwachsen schienen. Die Drachen hatten ihre Mäuler weit geöffnet und vermittelten damit den Eindruck, dass der Wein bei ihnen sicher aufgehoben war. Sie waren äußerst detailreich gearbeitet. Man konnte ihre schuppige Haut genauso deutlich erkennen wie ihre kräftigen, hornigen Füße und Zehen. Kleine Kunstwerke, zumindest in Janas Augen. An den Wänden standen Regale voller Bücher. Der Kommissarin fiel auf, dass es im Wohnzimmer keinen Fernseher gab. Jana horchte in sich hinein und fragte sich, wie das alles auf sie wirkte. Sie kam zu dem Ergebnis, dass sie sich wohlfühlte. Ruhig und warm und seltsam geborgen. Auch wenn sie immer noch nach einer stabilen

Sitzposition suchte. Kurzerhand rutschte sie von dem Kissen und setzte sich auf den Teppichboden.

In diesem Moment trat Astrid Melchers herein, in den Händen ein großes Tablett mit einer Teekanne, Tassen, einem Glas mit Honig und einer Zuckerdose. Sie trug ein schwarzes Kleid aus weichem Samt, hochgeschlossen, mit langen, eng anliegenden Ärmeln, durchwirkt von zarter Spitze. Eine elegante, anmutige und würdevolle Persönlichkeit. Astrid Melchers stellte das Tablett auf dem Teppichboden ab und setzte sich neben Jana. Sie goss die beiden Becher voll.

„Bitte, Frau Reber. Bedienen Sie sich."

„Danke." Die Kommissarin tauchte ihren Löffel in das Glas mit dem hellen, fast durchsichtigen Honig. Sie schnupperte daran, bevor sie ihn in ihrer Tasse umrührte.

Frau Melchers beobachtete ihren Gast. „Akazienhonig. Sehr aromatisch. Aber deswegen werden Sie nicht bei mir sein. Haben sich neue Erkenntnisse ergeben?"

„Der Rechtsmediziner ist mit seinen Untersuchungen fertig. Er hat keinerlei Hinweise auf Tabletten- oder Drogenmissbrauch bei Ihrem Sohn gefunden. Lediglich Spuren von Kajal in seinen Augen. Wissen Sie, wie die da hinkommen? Hat er sich geschminkt?"

Adrians Mutter lächelte wehmütig. „Wir haben uns Freitagabend einen Spaß erlaubt. Er wollte mal so aussehen wie ein echter Gothic. Ich habe ihn zurechtgemacht, aber bevor er nach Hause gegangen ist, haben wir alles wieder abgewaschen."

„In Ordnung. Von uns aus können Sie Ihren Sohn bestatten."

Astrid Melchers schloss die Augen und atmete tief durch. „Dann können wir Abschied nehmen. Hoffentlich kommt mein Mann dadurch etwas zur Ruhe. Er leidet unsäglich, ist aber zu dickköpfig, es zuzugeben. Er ist ein schrecklich sturer Charakter. Dabei würde ich ihm helfen, er müsste es nur zulassen." Astrid Melchers fasste ihre langen Haare zu einem Pferdeschwanz zusammen und band sie mit einem Gummi fest. Sie fuhr sich mit der Hand über die Augen. Sie wirkte müde.

„Es tut mir leid, aber ich habe noch Fragen an Sie. Wenn es Ihnen zu viel wird, sagen Sie bitte Bescheid“, tastete Jana sich vor.

Adrians Mutter nahm einen Schluck Tee. Sie zog den Pferdeschwanz über ihre rechte Schulter nach vorne und begann an den Haarspitzen zu zupfen. „Stellen Sie Ihre Fragen, es wird mir bestimmt nicht zu viel. Sie mögen mich für ein bisschen abgedreht halten, aber ich werde alles unterstützen, was den Mord an meinem Sohn aufklärt.“

Jana zog die Augenbrauen hoch. „Ich halte Sie nicht für abgedreht. Obwohl ich auch einiges über Ihre Art zu leben wissen möchte. Ich habe recherchiert über die Schwarze Szene.“

„Und?“

„Ich bin meinen eigenen Vorurteilen begegnet. Dann wurde ich neugierig. Seit wann gehören Sie dieser Szene an?“

„Ich bin eine Ur-Gothic. Die Bewegung war für mich eine wundervolle Gelegenheit, meine Eltern zu provozieren, mich von ihnen abzugrenzen. Hat prima funktioniert.“ Adrians Mutter lächelte weich. „Als ich zum ersten Mal von oben bis unten in schwarz in unserem Wohnzimmer auftauchte, waren meine Eltern augenblicklich schockgefrostet. Die Armen. Es gab Diskussionen über Diskussionen. Sie haben mir nicht geglaubt, dass wir eine friedliche Bewegung waren. Ohne jegliches aggressive Potenzial. Die Leute würden sich vor mir erschrecken, haben sie mir vorgeworfen. Ich würde die Familie unmöglich machen. Aus mir würde niemals was Anständiges werden. Sie drohten mir abwechselnd mit Enterbung und Einweisung in eine psychiatrische Klinik. Sie waren der festen Überzeugung, dass ich eine satanische Persönlichkeit entwickeln würde. Offen gesagt wurde es zwar nie, trotzdem habe ich es gespürt. Aber dieser Strömung habe ich nie angehört und sie ist und war mir immer zutiefst zuwider.“

„Offensichtlich ist ja doch was Ordentliches aus Ihnen geworden. Wie kam es dazu?“, erkundigte sich Jana.

„Ich habe angefangen zu studieren. Jura. Diese Entscheidung war für die Nerven meiner Eltern ausgesprochen entspannend. Erraten Sie den weiteren Ablauf?“

„Ich glaube. Klaus Melchers hat dasselbe studiert. War es so?"

„Im Endergebnis schon. Er war ein abgebrochener Historiker."

„Er war ein …, bitte was?"

Astrid Melchers lachte. „Das hat nichts mit seiner eher geringen Körpergröße zu tun. Er hat sein Geschichtsstudium abgebrochen. Er war zu der Erkenntnis gelangt, dass er dazu berufen war, die Menschheit zu retten. Jura schien ihm da genau das Richtige zu sein."

„Warum wollten Sie Juristin werden? Haben Sie sich da immer noch schwarz gekleidet?"

„Tiefschwarz. Wir waren eine kleine, feine Gothic-Gruppe innerhalb unserer juristischen Fakultät. Am Anfang schaute man uns etwas schräg an, aber bald waren wir voll akzeptiert. Mich hat Jura schon immer interessiert, deshalb habe ich es studiert. Klaus schlich eine Weile um uns herum, ehe er sich traute, mich anzusprechen. Er war charmant, ehrgeizig, witzig, unglaublich neugierig auf das Leben. So wie ich. Das passte perfekt." Astrid Melchers lächelte wehmütig. „Eine Zeit lang."

„Wie ging es weiter, nachdem diese Zeit vorbei war?" Jana nippte an ihrem Tee. Er schmeckte köstlich. Fruchtig und durch den Honig angenehm süß.

„Tja, als wir unseren Abschluss in der Tasche hatten und Klaus anfing, in einer renommierten Kanzlei zu arbeiten, wurde ich schwanger. Wir waren glücklich. Wir haben geheiratet. Wir glaubten beide, die richtige Entscheidung getroffen zu haben. Seine Großmutter hat uns die Villa überschrieben. Wir sind dort eingezogen. Adrian kam auf die Welt. Die ersten Jahre nach seiner Geburt waren die schönsten meines Lebens. Ich glaube, mein Mann sieht das ähnlich."

„Warum hat sich das geändert?"

„Mit Klaus Karriere ging es rasant bergauf. Er war der Shooting-Star unter den jungen Anwälten. Eines Tages kam er heim und hat mir mitgeteilt, dass ich mich seriöser anzuziehen hätte. Wir müssten in Zukunft repräsentieren. Das wäre er seinem Ruf schuldig. Zu Empfängen gehen, selber zu Abendessen einladen. In einem grauen *Chanel*-Kostüm würde ich bestimmt entzückend aussehen. Zufällig hatte er in einer glänzenden Boutique-Tüte bereits ein Kostümchen dabei. Das Kleidungsstück war der Auslöser für unseren ersten großen Krach. Um ehrlich zu sein, er dauert bis heute an."

„Na, das nenne ich Durchhaltevermögen." Jana fing an zu lachen. Astrid Melchers stimmte ein. Danach kam es der Kommissarin vor, als ob es im Wohnzimmer um ein paar Grad wärmer geworden wäre. „Aber Sie entsprachen irgendwann dem, nun, sagen wir mal, Wunsch, Ihres Mannes?", erkundigte sie sich.

„Wenn Sie es so nennen wollen, ja. Ich habe es allerdings eher für meinen Sohn gemacht. Ich wollte ihm nicht zumuten, sich von den anderen Kindern im Kindergarten oder in der Schule hänseln lassen zu müssen, weil seine Mama eine durchgeknallte Gothic-Braut ist."

„Nach Adrians achtzehntem Geburtstag sind Sie in die Szene zurückgekehrt?"

„Ach was. Frau Reber, ich bitte Sie. Das hier ist ein bisschen Schauspielerei für die Galerie. Ein wenig Revolte gegen meinen selbstgefälligen Gatten. Ein Zeichen für Adrian, dass er tun darf, was er möchte und sich nicht verbiegen lassen soll. Die ursprüngliche Gothic-Szene hat sich schon lange aufgelöst, es gibt sie gar nicht mehr." Astrid Melchers legte ihre rechte Hand auf ihr Herz. „Vor Ihnen sitzt eine echte Bürgerliche. Die sich gemütlich eingerichtet hat in ihrem privilegierten Dasein. Genau wie die meisten meiner Freunde aus der Szene. Wir machen uns einfach ein Vergnügen daraus, ein wenig in unseren nostalgischen Idealen zu baden. Am nächsten Morgen brühen wir den Kaffee wieder in unseren Vollholzküchen auf. Trotzdem bin ich der Meinung, dass mein Mann einen Denkzettel verdient hat. Hätte ich das *Chanel*-Kostümchen ohne Widerspruch angezogen, würde er mich heute noch auf Händen tragen. Dabei ist es total egal, ob schwarzer Samt mit Spitze oder *Chanel*. In den Klamotten steckt dieselbe Frau. Mit der sowohl der Jurastudent als auch der Herr Anwalt tonnenweise Spaß hatte. Aber plötzlich sieht er ausschließlich die Kleider und ignoriert den Menschen, der sie trägt."

„Sie haben nie aufgehört Ihren Mann zu lieben, oder?"

Frau Melchers schaute Jana an. Ihre beiden Hände umklammerten ihre langen Haare. „Da haben Sie recht. Wissen Sie, was ich daran so erstaunlich finde? Sie kennen mich erst kurz und haben das schon gemerkt. Mein Mann und ich haben neunzehn Jahre zusammengelebt und er ist seit langer Zeit davon überzeugt, dass ich ihn kein bisschen leiden kann." Adrians Mutter schüttelte den Kopf. „Dabei brauchen wir einander im Moment so nötig."

„Wie finanzieren Sie sich?"

„Klaus ist so freundlich, mir monatlich einen großzügigen Betrag zu überweisen. Er behandelt seine Untertanen gut."

„Haben Sie Feinde? Menschen, die Ihnen so böse sind, dass Sie Ihren Sohn umbringen würden, um Sie zu treffen? Vielleicht jemand aus der Schwarzen Szene?", erkundigte sich die Ermittlerin, ehe es zu spöttisch wurde. „Dem Sie zu bürgerlich geworden sind?"

Astrid Melchers riss Augen und Mund auf. „Was? Sie meinen, es geht um mich? Und dafür lässt man mein Kind büßen? Wer sollte das denn sein?"

„Keine Ahnung. Deshalb frage ich Sie. Gibt es jemanden, mit dem Sie Probleme haben oder hatten?"

Adrians Mutter runzelte die Stirn. Jana ließ ihr einen Augenblick Zeit um nachzudenken.

„Nein", sagte sie dann mit Nachdruck. „Ich kenne niemanden, der mich so hassen würde, dass er seine Wut an Adrian auslassen müsste. Meine Freunde aus der Szene mochten meinen Sohn. Das beruhte übrigens auf Gegenseitigkeit."

„Verzeihen Sie bitte die Frage: Gibt es vielleicht einen abgelegten Liebhaber?"

„Nein, Frau Reber. Auch keinen nicht abgelegten. Und niemand bedauert das mehr als ich. Denn dann hätte ich gute Chancen, endlich über meinen Ehemann hinwegzukommen."

14.

An der Villa am Rhein angekommen, hatte der Kommissar feststellen müssen, dass wieder nur die Haushälterin da war. Anders als bei ihren bisherigen Begegnungen war sie zu seinem großen Erstaunen kein bisschen knurrig. Man sah ihr an, dass sie geweint hatte. Fast befürchtete Achim, sie würde ihm in die Arme kippen, als sie ihm am Tor entgegenkam und es ohne Widerstand öffnete. Ihre Blässe zusammen mit den roten Augen verliehen ihr das Aussehen eines weiblichen Draculas.

„Guten Tag, Herr Kommissar“, grüßte sie ungewohnt freundlich.

„Hallo“, erwiderte Achim vorsichtig. „Ist Herr Melchers zu sprechen?“

„Nein, er ist in seiner Kanzlei. Unbegreiflich, das alles. Adrian war ein solch toller Junge. Seine armen Eltern. Darf ich Ihnen einen Kaffee anbieten?“ Nach diesem ungewöhnlichen Angebot versagte ihre Stimme endgültig.

„Nein, vielen Dank. Ich vertrage Kaffee nicht so gut und außerdem muss ich mit Adrians Vater sprechen.“

Achim verschwand eilig, bevor die Dame auf den Gedanken kam, ihm einen Tee zu offerieren. Seiner gestrigen Espresso-Orgie war ein großer Teil seiner Nachtruhe zum Opfer gefallen. Zu viel Koffein war in seinem Alter überhaupt nicht mehr gut. Er war so aufgedreht gewesen, dass er Jana noch ein paar Mal den Kater hätte machen können, aber seine Kätzin hatte es vorgezogen, auf dem Sofa durchzuschlafen. Achim war zwischen Bett und Fernseher hin und her gependelt und hatte sich gewundert, wie viel Schund des Nachts über den Bildschirm flimmerte. Zum Glück hatte Henry auch nicht schlafen können und ihm auf Janas Sessel Gesellschaft geleistet. Gemeinsam hatten sie dort ein wenig vor sich hin gedöst, aber erholsam war es nicht gewesen.

Wenigstens wartete direkt vor der Kanzlei ein freier Parkplatz auf ihn, was Achim hocherfreut zur Kenntnis nahm. Zwei Stufen auf einmal nehmend, sprang er die Treppen zum Büro hinauf und stürmte in das Sekretariat. Offensichtlich war er immer noch auf Koffein. Hinter einem Schreibtisch, der ausschließlich aus durchsichtigem Material bestand, saß eine Frau, die genauso aussah wie die Haushälterin des Anwalts. Klaus Melchers schien ein etwas seltsames Beuteschema zu haben, zumindest, was sein Personal anging. Vermutlich wollte er sich nicht durch weibliche Schönheit in seiner Konzentration stören lassen.

Achim legte der Sekretärin seinen Dienstausweis vor. „Ich würde gerne Ihren Chef sprechen."

Melchers Mitarbeiterin erhob sich und klopfte an eine schwere, aus massivem Holz gearbeitete Tür. Sie verschwand für einige Augenblicke in dem Zimmer dahinter, bevor sie wieder auftauchte. „Herr Melchers lässt bitten. Darf ich Ihnen einen Kaffee anbieten?"

„Äh, wie bitte? Nein. Vielen Dank." Achim betrat das Büro des Rechtsanwalts und zog die Tür fest hinter sich zu.

„Hallo." Klaus Melchers stand auf und streckte seine rechte Hand aus.

Der Kommissar ergriff sie. „Guten Tag."

„Wird es ein guter Tag, Herr Tippel? Haben Sie Adrians Mörder gefunden?"

„Nein, so weit sind wir noch nicht. Sie können Ihren Sohn beisetzen. Die Rechtsmedizin hat seinen Leichnam freigegeben. Meine Kollegin informiert gerade Ihre Frau."

Der Anwalt starrte auf die blankgewienerte Platte seines Mahagoni-Schreibtisches. Achim nutzte die Zeit, die Melchers offenbar brauchte, um die Nachricht zu verarbeiten und nahm das Büro in Augenschein. Der Ausdruck gediegen beschrieb die Einrichtung seiner Meinung nach am treffendsten. Auf dem Parkettfußboden lag ein dicker, mit blauen und goldenen Mustern gewebter Teppich, der jedes Schrittgeräusch schluckte. An den Wänden standen hohe Regale, ebenfalls aus Mahagoni maßgeschreinert, voll mit Büchern, Zeitschriften und Zeitungen. Dagegen war der Schreibtisch des Anwalts erstaunlich leer. Eine einzige, zugeklappte Akte lag vor Melchers. Achim konnte die dicken, schwarzen Buchstaben, die auf dem Deckel standen, von seiner Position aus nicht entziffern. Neben dem Schriftstück lagen ein Füller und ein Kugelschreiber, beide in grün-blauer Marmoroptik. Edel! Eine Tasse mit Milchkaffee vollendete das Stillleben. Das weiße Porzellan mit dem zierlichen Henkel sah schlicht aus, was es nach Achims Lebenserfahrung mit hundertprozentiger Sicherheit besonders teuer gemacht hatte. Vor dem Schreibtisch standen zwei schwere Stühle mit breiten Armlehnen. Alles blitzte vor Sauberkeit, wirkte gepflegt und aufgeräumt.

„Verzeihen Sie, Herr Tippel."

Achim richtete seine Aufmerksamkeit auf Adrians Vater, der aus seiner Lethargie aufgewacht war.

„Ich lasse Sie da einfach rumstehen. Bitte setzen Sie sich."

Der Ermittler nahm auf einem der schweren Sitzmöbel Platz. Es war weitaus gemütlicher, als es seine hölzerne Natur vermuten ließ.

„Danke. Wie geht es Ihnen?"

„Ach, Herr Kommissar. Sie besuchen mich doch nicht, um Smalltalk mit mir zu halten."

„Natürlich nicht. Deshalb möchte ich gerne wissen, wie Sie sich fühlen."

Adrians Vater sah Achim forschend an. „Spielen Sie den guten Cop, Herr Tippel? Ich mache Sie darauf aufmerksam, dass Sie alleine sind. Oder besetzen Sie eine Doppelrolle und wechseln gleich zum bösen Cop?" Die Worte des Anwalts trieften vor Sarkasmus.

„Sie hegen einen tiefen Argwohn gegenüber der Polizei. Sehe ich das richtig?"

„Völlig. Nehmen Sie es nicht persönlich. Ich misstraue Ihrer Funktion und der Position, die Sie dadurch in unserer Gesellschaft einnehmen, nicht Ihnen", erklärte Adrians Vater bissig.

„Beide dienen dazu, den Mörder oder die Mörderin Ihres Sohnes zu finden. Ich bin der Meinung, das ist Grund genug, Ihr Misstrauen zu überwinden. Meine Kollegin und ich fragen uns, ob Adrian getötet wurde, weil jemand sich an Ihnen oder Ihrer Frau rächen wollte. Würden Sie mir zu dieser Theorie ein paar Auskünfte geben?"

„Wie bitte? Sie vermuten, dass mein Sohn nur Mittel zum Zweck war? Und in Wirklichkeit Astrid oder ich die Adressaten waren?" Melchers Stimme klang plötzlich so klirrend, als wäre sie aus Glas und würde jeden Moment zerspringen. „Fragen Sie. Na los, fangen Sie endlich an."

Achim atmete tief durch. Jetzt bloß keinen Fehler machen. Anscheinend war der Jurist noch nicht auf eine solche Idee gekommen. Er wirkte geschockt.

„Herr Melchers", der Ermittler wählte seine Worte mit Bedacht, „gibt es unter Umständen eine Prozessentscheidung, an der Sie als

Anwalt beteiligt waren, in deren Folge es denkbar wäre, dass die Ihnen unterlegene Partei Rachegelüste gegen Sie entwickelt haben könnte?“

Zu Achims großer Verwunderung, begann sein Gegenüber hysterisch zu lachen. Was war denn das für eine merkwürdige Reaktion? Der Ermittler fand seine Frage nicht im Mindesten witzig. Melchers lachte, bis ihm die Tränen über die Wangen liefen. Er fingerte ein Stofftaschentuch aus seiner Anzugjacke und trocknete Gesicht und Augen. „Schauen Sie nicht so konsterniert, Herr Tippel.“

Leider sah Achim sich nicht in der Lage, dieser Aufforderung nachzukommen. Wurde sein Gesprächspartner gerade völlig gaga?

Es dauerte einige Momente, bis Klaus Melchers sich wieder beruhigt hatte. „Wissen Sie, Herr Kommissar, das ist für einen Anwalt eine komische Frage. In fast jedem Prozess gibt es eine Seite, die gewinnt, und eine, die verliert. Natürlich ist ständig irgendjemand sauer auf mich. Selbst wenn es zu einem Vergleich kommt, ist das meistens kein Quell reiner Freude.“

Bravo, dachte Achim. Was ein Glück, dass er mit so viel Überlegung gefragt hatte. Wie kam er da wieder raus? Das schien auch den Anwalt zu interessieren, denn er schaute den Kommissar gespannt an.

„Herr Melchers, wer könnte einen solchen Brass auf Sie haben, dass er Ihren Sohn umbringt, um Ihnen eins auszuwischen?“

„Kompliment. Das ist eine klare Frage. Nicht so verklausuliert wie Ihr erster Versuch.“

„Danke. Bekomme ich darauf auch eine klare Antwort?“

„Ich werde mich bemühen. Ich hoffe, Sie haben ein wenig Zeit mitgebracht. Denn es gibt in der Tat jemanden, der mir unverblümt mitgeteilt hat, dass er mir die Hölle heiß machen wird.“

Lukas lag auf seinem Bett und starrte vor sich hin. Er hatte sich heute vom Unterricht befreit. Und gedachte, dies auch für die nächsten zwei Tage zu tun. Ein unbestreitbarer Vorteil der Volljährigkeit. Man brauchte keine Eltern mehr, die Entschuldigungen unterschrieben. Nachdem der Kommissar ihn am vergangenen Abend zurückgefahren hatte, hatte er geräuschlos die Haustür geöffnet und war auf Zehenspitzen die Treppe nach oben geschlichen, ohne dass die alten Eichenholzstufen knarrten. Selbst seine Zimmertür tat ihm den Gefallen, nicht zu quietschen, als er sie vorsichtig aufdrückte. Aufatmend hatte er sie wieder geschlossen und sich an sie gelehnt. Aber als er das Licht einschaltete, verflog seine Erleichterung augenblicklich und er musste einsehen, dass sein Versuch, unbemerkt in sein Zimmer zu gelangen, kläglich gescheitert war. Denn auf seinem Bett saßen seine Eltern in schönster Eintracht und mit vorwurfsvollen Mienen. Was dann folgte, konnte ohne Übertreibung als hochnotpeinliches Verhör bezeichnet werden. Ein Tribunal, wie es im Buche stand. Sein Vater spielte den Chefankläger, Dorothee die Prozessbeobachterin.

„Mein Sohn", begann sein Erzeuger, „würdest du deiner Mutter und mir bitte sagen, was das eben sollte?"

„Ich denke nicht", erwiderte Lukas.

„Darf man erfahren, warum nicht?" Die Worte von Siegmann senior wirbelten durch den Raum wie ein Schneesturm, der ohne Vorwarnung über das Land zog.

„Nein. Findet euch endlich damit ab, dass ich erwachsen bin. Lasst mich in Ruhe. Das hier ist mein Zimmer. Geht bitte."

„Du verlangst von uns, dass wir dabei zusehen, wie du in dein Unglück rennst? Niemals. Nebenbei bemerkt befindet sich dein Zimmer in meinem und deiner Mutter Haus. Was hast du dem Kommissar erzählt, was du uns verheimlichen willst?"

Lukas seufzte. „Ihr werdet mir das jetzt unter Garantie nicht glauben. Ich habe ihm gar nichts erzählt. Ich wollte einfach nur weg von hier."

„Weg von uns? Wir würden es begrüßen, die Wahrheit zu erfahren. Du weißt doch: Wir können alles regeln. Ich verfüge über Verbindungen zu sämtlichen wichtigen Stellen."

„Weißt du was, Papa? Du kannst dir deine Verbindungen in deinen wichtigen Hintern schieben!", schrie Lukas.

Seine Eltern versteinerten. „Wer hat dir das denn beigebracht? Mit welchen Leuten bist du in Kontakt? Mit Schlägern, mit Säufern, mit Dealern?", brüllte sein Vater, kaum dass er seine Bewegungsfähigkeit wiedererlangt hatte.

„Entschuldigt, bitte." Der Sohn ruderte zurück. Bloß nicht seine Alten durch eigene Dusseligkeit auf die richtige Fährte führen. „Ich muss mich erst daran gewöhnen, dass mich alle wie einen Verbrecher behandeln. Du auch, Papa. Welche Fragen du mir stellst. Ich dachte, du würdest mir vertrauen. Stattdessen schickst du sofort einen Anwalt zur Polizei. Was sollen die jetzt denken? Natürlich, dass selbst du glaubst, ich hätte Dreck am Stecken. Dann muss doch was dran sein, oder?"

Der Zahnarzt stutzte. Seine Frau flüsterte ihm etwas ins Ohr. Das war selbstverständlich keine Geheimniskrämerei, dachte Lukas genervt. Die beiden durften tuscheln, aber der Filius musste sein Innerstes nach außen kehren, sonst machte er sich direkt verdächtig.

„Nun gut", hatte sein Vater gesagt und seinen Spross in Erstaunen versetzt, „an deiner Argumentation ist etwas dran. Eventuell haben wir ein wenig überreagiert. Aus purer Sorge um dich, mein Sohn. Ich werde den Kommissar anrufen und mich entschuldigen, falls unser Verhalten ein falsches Licht auf dich geworfen haben sollte. Aber versprich uns eines, Lukas: Egal, was ist, du kannst alles, wirklich alles, mit deiner Mutter oder mir besprechen. In Ordnung, Junior? Wirst du das tun?"

„Ja, Paps. Danke. Würdet ihr mich bitte allein lassen, ich bin einfach nur fertig. Das mit Adrian geht mir ziemlich an die Nieren." Was der reinen Wahrheit entsprach. Der Tod seines Kameraden machte Lukas wesentlich trauriger, als er anfangs hatte wahrhaben wollen. Außerdem erzeugten die Konsequenzen, die ihm drohten, eine fürchterliche Nervosität. Er fühlte sich schon wie ein Zitteraal. Zum Glück standen seine Eltern auf und machten sich daran, sein Zimmer zu verlassen. Das war im Moment alles, was er sich wünschte.

Sein Vater packte ihn fest an den Schultern und zog ihn an sich. „Das verstehen wir. Versuch, dich ein wenig zu erholen. Wir sind für dich da, immer." Während er dies sagte, klopfte er unentwegt auf den Rücken seines Sohnes.

Endlich zogen seine Eltern die Tür von außen zu. Lukas lehnte sich von innen dagegen und rutschte langsam nach unten. Er gönnte sich einige Minuten, in denen er einfach nur bewegungslos mit geschlossenen Augen sitzen blieb. Dann kam abrupt Bewegung in den jungen Mann. Er sprang auf die Füße und erreichte mit einem Satz seinen Kleiderschrank. Er riss die mittlere Tür auf und wühlte in dem Stapel der ordentlich aufeinandergeschichteten T-Shirts. Puh, zum Glück bestätigten sich seine Befürchtungen, die ihn beim Anblick seiner Eltern überfallen hatten, nicht. Hinter der frisch gewaschenen und gebügelten Kleidung lag der Laptop. Genau dort, wo Lukas ihn versteckt hatte. Diese Entdeckung balsamierte seine aufgerauten Nerven und entfaltete sofort eine wohltuende, glättende Wirkung.

Nach Astrid Melchers Aussage, dass sie mit keinem Liebhaber aufwarten konnte, war Janas Taktik etwas aus dem Rhythmus geraten. Einer Frau wie dieser mussten die Männer doch in Scharen nachlaufen. Gut, wahrscheinlich war sie zu blockiert durch ihren Gatten. Jana machte sich daran, die weiteren Fragen abzuarbeiten, die ihrer Meinung nach zu klären waren.

„Frau Melchers, wir sind da auf etwas aufmerksam geworden, an der Säule, an der Adrian gefunden wurde."

„Auf was denn?"

„Die Historiensäule stellt einige bedeutende Geschehnisse in der Geschichte der Stadt Koblenz dar. Ein Bild beschäftigt sich mit der Hexenverfolgung, ein anderes mit der Zeit der Kreuzzüge. Der Tatort könnte ein Symbol sein. Gibt es Menschen, die Sie als Hexe bezeichnen, Frau Melchers? Die ihren eigenen Kreuzzug gegen Sie führen? Gegen Ihre Überzeugung, die Sie nun wieder offen nach außen tragen? Es weiß ja keiner, dass Sie es nicht so ernst meinen."

„Was?" Adrians Mutter griff erneut nach ihrem Pferdeschwanz, der ihr offensichtlich als Halt diente. Wie beim ersten Besuch der Ermittler wippte Astrid Melchers vor und zurück.

Jana legte ihr die Hand auf die schaukelnden Knie. „Haben Sie meine Frage verstanden?"

Die Frau des Rechtsanwalts stellte die Bewegung ein. „Ja. Glauben Sie wirklich, dass die Historiensäule mit Absicht als Ort für den Mord an meinem Sohn ausgewählt wurde? Dass ihr eine besondere Bedeutung zukommt?“

„Die Frage hat sich mir gestellt, als ich mir alles noch einmal genau angeschaut habe. Gibt es Menschen, die Sie eine Hexe nennen?“

Adrians Mutter zog kräftig an ihrem Zopf. „Manche Leute glauben nach wie vor, wir würden auf offenen Gräbern tanzen und Tierblut trinken. Oder lachen uns wegen unseres Engel- und Elfenglaubens aus. Das ist doch kein Grund, meinem Sohn etwas anzutun. Oh, mein Gott.“

„Frau Melchers, sind Sie in letzter Zeit als Hexe beschimpft worden?“

„Das bin ich.“ Adrians Mutter ließ ihre Haare los und presste die Hände auf ihre Ohren. Auf Jana wirkte die Geste, als wolle sie ihre eigene Antwort nicht hören.

„Von wem?“, fragte die Kommissarin.

„Von meinem Mann, um des Himmels willen.“ Astrid Melchers gab ihre Ohren frei und vergrub stattdessen ihr Gesicht in ihren Händen.

„Gut. Es gibt da also jemand, der Ihnen die Hölle heiß machen will. Wer denn?“

„Jemand aus Ihrem Stall, Herr Kommissar.“

„Was soll das heißen, aus meinem Stall?“, fragte Achim scharf.

„Aus Ihrem beruflichen Stall, Mensch“, lautete die gereizte Antwort. „Herr Tippel, ich verlange jetzt etwas von Ihnen. Sollten Sie sich nicht daran halten, werde ich Sie auf Teufel komm raus verklagen.“

„Sagen Sie mir doch erst mal, um was es sich handelt.“

„Verwenden Sie das, was ich Ihnen gleich erzählen werde, nur dann, wenn sich herausstellt, dass es mit dem Tod meines Sohnes in unmittelbarem Zusammenhang steht.“

„Versprochen, Sie können sich auf mich verlassen.“Achim beugte sich gespannt nach vorne.

„In Ihrem Stall gibt es Tiere, die besonders große Haufen Mist machen. Wussten Sie das?"

„Ich wäre Ihnen dankbar, wenn Sie sich etwas weniger kryptisch ausdrücken würden. Von wem sprechen Sie?"

„Von dem Leiter Ihres Betrugsdezernats, dem Seeliger."

Seeliger? Die Namensnennung rief bei Achim einen fragenden Gesichtsausdruck hervor. Der war doch ganz in Ordnung. Ab und zu hatte Mord und Totschlag auch etwas mit Betrug zu tun. Bei diesen Gelegenheiten hatten sie bestens mit ihrem Kollegen zusammengearbeitet. „Herr Melchers, was für einen Mist hat er gemacht?"

„Sein Sohn war als Räuber und Erpresser unterwegs. Er hat kleinere, schwächere, jüngere Menschen bedroht und beklaut. Ihnen Geld, Klamotten und Handys abgenommen. Mit einer richtigen Bande. Er war der Boss. Abends haben sie ihren Opfern aufgelauert. Kam ein Kind oder Jugendlicher oder eine Oma alleine um die Ecke, schlugen sie zu. Brutal und hemmungslos." Der Anwalt schob die einsame Akte auf die rechte Schreibtischseite. „Aber dann passierte den Nachwuchsverbrechern Unvorhergesehenes. Eins ihrer jungen Opfer konnte Karate. Ein Mädchen. Fünfundfünfzig Kilo schwer und einen Meter sechzig groß. Ruck-zuck lag das Polizistensöhnchen mit zertrümmertem Schlüsselbein auf dem Boden und wusste nicht, wie ihm geschah. Die Mitglieder seiner Bande zogen es vor, sich im Laufschritt zu verabschieden, prima Kumpel."

Der Anwalt stand auf und ging zu einem Schrank. Er ließ die Klappe nach vorne kippen und suchte in der Hängeregistratur nach einer Akte. Als er fündig geworden war, schlug er die Klappe wieder zu und kehrte zu seinem Sessel zurück. Mit einem klatschenden Geräusch landete der Vorgang vor Achim auf dem Schreibtisch.

„Riskieren Sie ruhig einen Blick, Herr Kommissar. Dem Karatemädchen verdankt die Gesellschaft, dass der junge Seeliger brav auf das Eintreffen der Polizei wartete. Vor lauter Furcht, dass sie ihm noch was anderes bricht."

Achim vertiefte sich in das Schriftstück. „Aber hier wird doch das Mädchen angeklagt", stellte er fest.

„Das haben Sie gut erkannt", bemerkte der Anwalt süffisant. „Der Täter hat versucht, zum Opfer zu werden. Er hat behauptet, die Kleine hätte ihn grundlos angegriffen. Blöd nur, dass die Vorgehensweise von anderen Vergehen bekannt war. Die Eltern des Mädchens beauftragten mich mit der Verteidigung ihrer Tochter. Ich habe natürlich Gegenanzeige gestellt. Was glauben Sie, wie lange es gedauert hat, bis ich Akteneinsicht nehmen konnte?"

Achim zuckte die Achseln. Er fühlte sich unwohl. Er mochte es nicht, wenn jemand sein berufliches Nest beschmutzte. Wobei er zugeben musste, dass Melchers allen Grund dafür zu haben schien.

„Fast ein halbes Jahr. Ich war gezwungen, ein Gericht zu bemühen, um die Anzeigen lesen zu dürfen, die gegen die Bande eingegangen waren. Was, glauben Sie, passierte danach?"

„Keine Ahnung."

„Der Papa des Räubers bot mir Geld an, damit ich meine Mandanten davon überzeuge, die Anklage zurückzuziehen. Er war eindeutig der Meinung, dass man für seinen Sohn die Grundsätze dieses Rechtsstaates ein bisschen lockerer auslegen darf."

Achim warf die Akte auf den Schreibtisch und ballte unter dem Tisch seine Hände zu Fäusten.

„Starker Tobak, nicht wahr, Herr Tippel. Leider kann ich den Inhalt des Gespräches nicht beweisen. Weil natürlich kein Dritter dabei war. Aber meine Rache bestand darin, dass ich es geschafft habe, dass der junge Seeliger verknackt worden ist. Verurteilung, drei Jahre Bau. Bumm! Außerdem musste er sich mit denen treffen, die er ausgeraubt hatte. Wie peinlich für seinen Polizisten-Vater. Der hat mich fast gefressen. Nach der Verhandlung, bei der Papi übrigens durch Abwesenheit glänzte, hat er mir überdeutlich zu verstehen gegeben, dass ich das noch bereuen würde."

Achims graue Zellen arbeiteten auf Hochtouren. Solche Begebenheiten funkte doch das Flurradio normalerweise in Sekundenschnelle in jede Besenkammer des Präsidiums. „Wann war das?"

Melchers nahm die Unterlagen und blätterte in der Akte. „Vor einem Jahr wurde das Urteil gesprochen. Sechs Monate später beendete das Bullensöhnchen seine Tournee bei den Geschädigten.

Unter meiner Kontrolle übrigens. Ihr Kollege Seeliger hat mich gefragt, ob mir dabei einer abgehen würde. Aber so leicht bin ich nicht zu befriedigen. Da müssen schon schärfere Geschütze her." Melchers lief ungesund rot an, seine grauen Augen verdunkelten sich. Er fuhr mit der Hand unkoordiniert über seinen Schreibtisch. Die Kaffeetasse geriet aus dem Gleichgewicht und ins Kullern. Der zierliche Henkel war dieser Attacke nicht gewachsen und brach in einem Stück sauber ab. Die milchkaffeebraune Brühe machte sich auf den Weg in Achims Richtung und hinterließ ein feuchtes Rinnsal auf dem kostbaren Holz. Der Anwalt nahm sein Taschentuch und wischte das Malheur auf.

Der Kommissar tat es ihm mit einem Papiertaschentuch gleich und rettete den Teppich vor Kaffeeflecken. Die kleine Unterbrechung kam ihm durchaus gelegen. Die Entwicklung, die die Befragung nahm, schmeckte Achim überhaupt nicht. Aber was nutzte es. Wenn es so gelaufen war, wie der Anwalt sagte, war es eine Riesensauerei. Von dem erstklassigen Motiv ganz abgesehen. Der Kommissar erinnerte sich, dass der Leiter des Betrugsdezernats lange krank gewesen war. Burnout, hatte es geheißen. Diese Diagnose, die früher nur hinter vorgehaltener Hand und immer mit ein wenig Verachtung geäußert wurde, war heute ein anerkanntes Krankheitsbild, Realität in allen Behörden und Betrieben. In Kur war Seeliger doch auch gefahren, oder? Achim seufzte.

„Das passt Ihnen nicht, was?", fragte Melchers scharf. „Was wollen Sie denn nach diesen sensationellen Enthüllungen unternehmen?"

„Ihre Aggressivität ist fehl am Platz. Mit Ihrer Erlaubnis werde ich die Situation mit meiner Kollegin besprechen und mit ihr beratschlagen, wie wir weiter vorgehen. Wir sollten auf keinen Fall etwas überstürzen. Geben Sie mir da recht?"

Der Anwalt nickte. Seine knallrote Gesichtsfarbe hatte sich in ein fahles Grau gewandelt. Sah auch nicht gesünder aus, harmonierte aber wenigstens mit der Augenfarbe.

„Gibt es noch weitere Personen, denen Sie auf den Schlips getreten sind? Wenn ich mich nicht täusche, führen Sie doch im Moment wieder einen Prozess gegen einige meiner Kollegen."

„Richtig. Ich vertrete drei Jugendliche, die zu Unrecht zwischen die Mühlen der Freunde und Helfer dieser Republik geraten sind. Weil sie zur falschen Zeit am falschen Ort waren. Da nimmt die Polizei endlich mal welche fest und dann sind es die verkehrten. Schon frustrierend."

„Was ist passiert?"

„Vor dem *McDonalds* in der Schlossstraße kam es in letzter Zeit wiederholt zu Prügeleien und Übergriffen. Die Verursacher waren monatelang nicht zu erwischen. Die Staatsmacht wurde nervös. Bis meine Mandanten ihr in die offenen Arme gelaufen sind und reif waren. Oh, eins muss ich noch erwähnen. Die Jungs sind unschuldig. Aber statt, dass die Polizei ihren Fehler einsieht, macht sie stur weiter. Mit dem Kopf durch die Wand. Hauptsache, jemand zur Vernehmung geschleppt."

„Herr Melchers. Ich weiß nicht, ob unsere Arbeit wirklich so schlecht ist. Sie wissen doch, wo gehobelt wird, da fallen Späne."

„Ohne Zweifel. Aber wenn man merkt, man hat zu viel gehobelt, rettet man sich nicht dadurch, dass man fleißig weiterhobelt."

Achim musste grinsen. „Sie haben recht. Ich möchte Sie nicht weiter belästigen. Darf ich die Akten der beiden Verfahren mitnehmen?"

„Klar, ich suche Ihnen die anderen raus. Aber die mit den drei Jugendlichen brauche ich bis spätestens morgen zurück. Ich warte auf eine neue Terminierung."

„Ich beeile mich. Morgen Nachmittag liegen sie wieder auf Ihrem Schreibtisch. Die mit dem Sohn meines Kollegen darf ich ein wenig länger behalten?"

„Ja, der Prozess ist ja erledigt. Sie denken an Ihr Versprechen? Sie benutzen diese Information nur, wenn es sich als absolut notwendig herausstellen sollte?"

„Keine Angst, ich halte mich daran. Aber für ein Gespräch mit meiner Kollegin geben Sie mir Ihren Segen?"

„Reden Sie mit ihr. Frauen besitzen oftmals ein anderes, weitaus besseres Gespür für die Untiefen des Lebens." Melchers machte ein Gesicht wie eine tieftraurige Bulldogge. „Falls noch Fragen bestehen sollten, melden Sie sich. Ich mache alles, wenn es der Aufklärung dient."

„Versuchen Sie, ein wenig zur Ruhe zu kommen."

„Sie haben gut reden."

Ja, dachte Achim, das habe ich in der Tat. Plötzlich fand er den Anblick des traurigen Anwalts und seines Büros unerträglich. „Wir melden uns."

„Tun Sie das." Melchers sah ihn an.

Der Kommissar bemerkte in diesem Moment, wie auffällig Adrians Vater sich seit ihrer ersten Begegnung auf dem Flur des Gerichts verändert hatte. Von dem vor Selbstbewusstsein strotzenden Gewinnertyp war kaum etwas übrig geblieben. Er beeilte sich zur Tür zu kommen.

„Aber nehmen Sie die Akten mit", ertönte Melchers Stimme hinter ihm. Der Ermittler drehte sich um und raffte die Mappen vom Tisch. Dann floh er aus der Kanzlei. Hoffentlich verflüchtigte sich das flaue Gefühl in der Magengegend, sobald er an der frischen Luft war.

15.

„Ihr Mann hat was?" Janas Frage hallte durchdringend durch das Wohnzimmer von Astrid Melchers.

„Während eines Streits, es ging um Adrian, hat er gebrüllt, dass Frauen wie ich im Mittelalter auf dem Scheiterhaufen verbrannt worden wären. Als Hexen. Und dass er das nur unterstützen könnte."

Jana blieb die Spucke weg. Sie brauchte ein paar Sekunden, um ihre Sprache wiederzufinden. Sollte an ihrem Gefühl, das sie an der Historiensäule überkommen hatte, wirklich etwas dran sein?

„Wie lange ist das her, Frau Melchers?"

Adrians Mutter ließ langsam ihre Hände sinken und legte sie auf ihrem Nabel übereinander. „Es war einige Tage nach dem achtzehnten Geburtstag meines Sohnes. Adrian fragte mir Löcher in den

Bauch über die Schwarze Szene. Er begann, sich für Gegensätze zu interessieren. Polaritäten. Schwarz und weiß, hart und weich, kalt und heiß. Er war dabei zu erkennen, dass scheinbare Widersprüche oftmals zwei Seiten ein und derselben Medaille sind. Ich habe ihn bei diesem Erkenntnisgewinn gerne unterstützt. Ich fand es bereichernd für seine Kreativität. Er hat damit angefangen Gedichte zu schreiben."

„Wurde Adrians Neugier dadurch ausgelöst, dass Sie sich wieder wie eine Gothic gekleidet haben?"

„Vielleicht. Seine Mutter war plötzlich etwas Besonderes. Kein Heimchen am Herd mehr."

„Ihr Mann war deutlich weniger begeistert?"

„Ha. So zurückhaltend würde ich es nicht formulieren. Er ist ausgeflippt. In den letzten Monaten unseres Zusammenlebens hat er mich zunehmend an eine tickende Bombe erinnert. Ständig war er kurz davor hochzugehen. Als er mitbekommen hat, dass sein Sohn seine Mutter über die schwarze Szene ausquetscht, ist er explodiert."

„Hat er Sie bedroht? Ist er handgreiflich geworden?", hakte Jana nach. „Hat er Sie geschlagen?"

Frau Melchers riss erschrocken die Augen auf. „Nein. Dazu würde Klaus sich niemals hinreißen lassen. Seine Waffen sind seine Worte. Er kann mit der Sprache fechten wie andere mit einem Säbel. Er wusste, dass mich die Bemerkung mit der Hexenverbrennung tief treffen würde. Danach habe ich mich schleunigst aus der Villa verabschiedet."

„Sie sind ausgezogen."

„Genau. Zum Glück ging das sehr zügig ohne großartige Vorbereitungen. Diese Wohnung gehört einer Freundin von mir. Mein Mann hat mir zum Abschied netterweise hinterhergerufen, dass ich nun endlich Adrians Leben nicht mehr mit meinen spinnerten Ideen und meinem abgedrehten Aussehen versauen könnte. Dass unser Sohn klug genug wäre zu merken, was gut für ihn ist und wer es gut mit ihm meint."

„Aber er hat anders reagiert, als sein Vater es erwartet hatte? Er hat Sie von Anfang an häufig besucht und bei Ihnen übernachtet, nicht wahr?“

„Mein Sohn hat sich nicht von meinem Mann beeinflussen lassen. Er wollte seinen eigenen Weg gehen, seine eigenen Erfahrungen machen. Klaus musste das irgendwann einsehen. Er hat gemerkt, dass er Adrian verlieren wird, wenn er ihn weiter festhält.“

„Ihr Mann war demnach damit einverstanden, dass Ihr Sohn sich bei Ihnen aufgehalten hat?“

„Na ja, er wusste, er kann es sowieso nicht ändern. Adrian wollte seine Freiheit. Also ließ Klaus ihn gewähren. Aber in seinem Inneren brodelte es heftig, glauben Sie mir.“

„Trauen Sie Ihrem Mann zu, dass er seinen eigenen Sohn getötet hat? Dass er ihn lieber tot sieht als unter Ihrem Einfluss?“

„Das kann ich mir nicht vorstellen. Klaus verabscheut körperliche Gewalt. Er würde Adrian niemals etwas antun. Er liebt unseren Sohn.“

Achim stand an einem Bistrotisch in einer der zahlreichen Bäckereien in Moselweiß. Er schlürfte einen Kakao mit einem extra Schlag Sahne darauf. Nachdem die frische Luft sein Unwohlsein nicht hatte verscheuchen können, hatte er beschlossen, es mit einer heißen Schokolade zu versuchen. Begleitet von einem Puddingteilchen. Nach dem ersten Kakao und dem ersten Teilchen fühlte er sich nach wie vor unpässlich. Also bestellte er noch einmal dasselbe. Und tatsächlich verschwand das flaue Gefühl im Magen allmählich. In dem Moment, in dem er die letzten Zuckerreste von seinen Fingern schleckte, klingelte sein Handy. Jana war dran. Achim grinste. Das hatte er sich gedacht. Deshalb war er auch Richtung Moselweiß gefahren, nachdem er die Anwaltskanzlei verlassen hatte. Damit er sie geschwind mit dem Wagen abholen konnte, wenn sie sich meldete. Wie vorausschauend von ihm.

„Hi, Jana. Bist du fertig mit Astrid?“ Während Achim lauschte, trank er seinen Kakao aus.

„Da kann ich dir nur zustimmen, Liebste. Wir müssen uns Gedanken darüber machen, wie es weitergeht. Ich bin gespannt, was du sagst, wenn du hörst, was Melchers zu erzählen hatte. Sollen wir was zu Mittag essen beim Griechen?“ Achim stellte sein Geschirr aufeinander und brachte es zum Tresen. Er hob die Hand und winkte der Bedienung zu. Anschließend nahm sein Gesicht einen verblüfften Ausdruck an. „Woher weißt du, dass ich Teilchen gegessen und Kakao getrunken habe?“

Die Tür der Bäckerei öffnete sich und gab ein melodisches Palim-Palim von sich, während Jana lachend den Laden betrat. „Weil ich lange genug draußen stehe und dir zuschaue. An was denkst du eigentlich, während du mit geschlossenen Augen ein Teilchen aufisst? Wie es wäre, wenn dir ein großer Betrieb gehören würde, der alles nur erdenkliche Backwerk herstellt?“

„Das wäre in der Tat mein Traumberuf. Ich würde von morgens bis abends, und wahrscheinlich auch noch nachts zwischen den Regalen herumschleichen und die Qualitätskontrolle höchstselbst übernehmen.“

Jana seufzte. „Manchmal erinnerst du mich an Daryl van Horne, alias Jack Nicholson in den ‚Hexen von Eastwick‘. Wie sagt er noch? ‚Zucker, Schokolade, Coca-Cola. Darauf habe ich einen unbändigen Appetit.‘ Oder so ähnlich. Genau wie du. Du hattest nur Augen für deine Puddingteilchen. Beneidenswert. In meinem nächsten Leben werde ich auch eins. Ach nein, geht ja nicht, ich werde ja schon mein Dackel.“

Wenig später saßen die beiden Polizeibeamten beim Griechen in der Gymnasialstraße. Jana wunderte das schon lange nicht mehr. Für Achim war das süße Gebäck praktisch die Vorspeise gewesen. Selbst wenn er erst um Viertel nach zwölf frühstückte, war das kein Grund, auf ein Mittagessen um halb zwei zu verzichten.

Dumpfe Baustellengeräusche drangen bis in das Restaurant hinein. Der Abbruch des alten Quellehauses auf dem Zentralplatz, der dem griechischen Lokal schräg gegenüberlag, hatte vor kurzer Zeit begonnen. Ein Riesenbagger knabberte mit seinem breiten Maul geduldig Betonbrocken für Betonbrocken ab. Um ihn herum transportierte eine Armada von Baufahrzeugen den Schutt unermüdlich weg. Das Geschehen erinnerte auffallend an einen Ameisenhaufen. Nur dass nichts in die Höhe wuchs, sondern in die Tiefe. Auch die Tiefgarage, die unter dem Quellehaus zu finden gewesen war, bröckelte schon. Kurz vor der Neuwahl des Stadtrats im letzten Jahr waren eiligst die Verträge zur Bebauung des Zentralplatzes mit einem Einkaufscenter unterschrieben worden, obwohl viele Bürgerinnen und Bürger dort keine Shopping-Mall wollten. Daraufhin hatte es die Koblenzer Bevölkerung gewagt und den Befürwortern des Großprojektes und ihren Parteien eine schallende, demokratische Ohrfeige verpasst. Eine Initiative, die sich gegen ein Einkaufscenter auf dem Platz in der Mitte der Stadt ausgesprochen hatte, kam auf Anhieb auf knapp zehn Prozent der Wählerstimmen. Die Befürworter hatten allesamt an Zustimmung verloren. Höchst unangenehm und peinlich. Die Zeit der politischen Basta-Entscheidungen war eben vorbei. Das sah man ja auch an Stuttgart 21. Jana fand diese Entwicklung absolut in Ordnung. Sie fragte sich ohnehin oft, aus welchen Motiven heraus sich einige sogenannte Volksvertreter zur Wahl stellten. Zum Wohl der Bürger oder für ihr eigenes? Laut dem Klimaatlas für Rheinland-Pfalz war der Zentralplatz der Bereich in der Stadt, der sich im Sommer am meisten aufheizte und am wenigsten abkühlte. Ausgerechnet der wurde nach dem mehrheitlichen Willen der Mandatsträger zubetoniert und vollgebaut, statt dass eine grüne Oase für Frische und Kühle sorgte. Die Entscheidung war superschädlich fürs Stadtklima und Jana konnte sie nach wie vor weder verstehen noch gutheißen. Trotzdem musste sie zugeben, dass die gigantische Baustelle im Herzen der Stadt sie faszinierte. Obwohl die Aktivitäten in der Grube total chaotisch aussahen, folgte alles einer ausgeklügelten Ordnung. Wie viel Organisation hinter einem solchen Großvorhaben steckte, konnte sie nur ahnen. Im Moment bestand das Ganze jedenfalls aus einem Riesenloch und jeder Menge Müll, vermischt mit Altmetall.

Jana und Achim widmeten sich der Speisekarte. Kurz darauf servierte die Bedienung die Schnapsgläschen mit dem Gratis-Ouzo zur Anregung des Appetits. Die beiden Ermittler bestellten, bevor sie sich zuprosteten. Nach dem eiskalten Aperitif berichtete Achim von seiner Unterhaltung mit Klaus Melchers. Zum zweiten Mal an diesem Tag fehlten Jana die Worte. Sie war froh, dass die freundliche Kellnerin ihre Spieße brachte.

Während sie mit dem Essen begann und ihr Partner darauf wartete, dass seine im Ofen geschmorte Lammhaxe in der kochend heiß blubbernden Soße etwas abkühlte, fuhr er mit seinem Bericht fort. „Das heißt, wir müssen uns wahrscheinlich Seeliger vorknöpfen", schloss er schließlich.

„Glaubst du Melchers, dass unser Kollege einen Bestechungsversuch in seine Richtung gestartet hat?" Jana schob ein Stück Fleisch von ihrem Spieß auf den Teller. „Ich schlage vor, wir schauen uns erst einmal die Akten an, bevor wir irgendwelche Pferde im Präsidium scheu machen. Wenn das stimmt, wäre es für Seeliger von Vorteil, er hätte ein wasserdichtes Alibi für Samstagnacht. Vor so was habe ich mich immer gefürchtet. Gegen eigene Kollegen ermitteln zu müssen."

„Seeliger war doch wegen Burnout ewig lange krankgeschrieben."

„Der war auch ewig lange in Kur. Kam mir jedenfalls so vor. Aber als er wieder im Dienst war, war er ganz der Alte."

Achim begann, das geschmorte Fleisch vom Knochen zu lösen. „Hmmm, butterzart. Wie immer. Hier bekommt man die beste Lammhaxe der Stadt. Köstlich."

Jana tunkte ein Stück Brot in das Tsatsiki. Als sie es in den Mund stecken wollte, fing ihr Handy an zu vibrieren. „Bille", teilte sie Achim mit. Sibylle, kurz Bille genannt, war Janas beste Freundin, seitdem die beiden als Kinder eine Zeit lang in demselben Klosterpensionat gelebt hatten. Trotz der daraus entstandenen Freundschaft fürs Leben war es für Jana der schlimmste Abschnitt ihres Lebens gewesen. Bille hatte sie damals getröstet und sich für sie eingesetzt.

Seither standen sie sich so nahe wie Schwestern. Solange sie nicht Sofie und Isabel hießen.

„Hallo“, meldete sich Jana. „Wir sind beim Essen.“ Die Ermittlerin horchte konzentriert, während sie es sich weiter schmecken ließ. „Momentchen, ich frage meinen Hausfreund. Bille fragt, ob wir heute Abend Zeit haben.“

„Klar“, Achim nickte. „Wann denn?“

„So gegen halb acht? … Nee, du, früher schaffen wir es nicht. Auf unserer Agenda stehen noch jede Menge unerledigte Punkte. Bis später. Ich freue mich. Tschau.“ Jana legte ihr Handy zur Seite.

„Ob uns deine Freundin was zu dem Phänomen ‚Ich sauf mich voll, bis der Arzt kommt‘ in Bezug auf unsere Jungerwachsenen erzählen kann? Schließlich ist sie Psychotherapeutin“, überlegte Achim.

„Das macht sie sicher gerne. Wie gehen wir weiter vor? Ich könnte erst Daniel und anschließend unsere Heimatzeitung befragen.“

„Ich glaube, Letzteres kannst du dir schenken. Wir wissen ja mittlerweile, mit wem Melchers Stress hat. Wichtiger wäre, die Unterlagen zum Fall Seeliger zu sichten. Wenn wir zu der Erkenntnis kommen sollten, dass wir mit ihm reden müssen, können wir uns auf einen hübschen Tanz auf der Rasierklinge einstellen.“ Achim schubste eine grüne Bohne in die Soße und schaute zu, wie sie unterging. Dann fischte er sie mit der Gabel heraus und schob sie zwischen seine Zähne. „Wir müssen außerdem noch mal mit Isabel sprechen. Aber wir sollten vorerst darauf verzichten, unser Wissen über die Sauforgien einzusetzen.“

„Ganz deiner Meinung. Ich mache mich auf den Weg zu Daniel“, schlug Jana vor.

„Super, ich übernehme Isabel“, antwortete Achim prompt.

Für Janas Geschmack ein wenig zu prompt und ein bisschen zu freudig. Sie schaute ihren Partner irritiert an. Der beschäftigte sich mit gesenktem Kopf auffällig intensiv mit den Brotwürfeln, die die Soße aufsaugten. Ob er gemerkt hatte, dass sein Vorschlag etwas übereifrig rübergekommen war? Jana beschloss, erst einmal auf eine Reaktion zu verzichten. Abwarten, was Achim berichtete, wenn er von Isabel zurückkam. Sie winkte nach der Bedienung. „Bringen Sie mir bitte noch einen Espresso. Für dich auch einen?“

Der Kommissar brummelte irgendwas in die blank geputzte Auflaufform. Sie wertete es als ein Nein.

Als Achim Richtung Lahnstein fuhr, fragte er sich, warum er sich so darüber freute, dass Jana Daniel übernahm. Damit sich für ihn ein freies Schussfeld bei Isabel auftat? Unruhe breitete sich in ihm aus. Das erstaunte ihn. Er fühlte sich wie vor seinem allerersten Verhör. Damals hatte er schwer mit seiner Nervosität zu kämpfen gehabt. Aber das lag so lange zurück, dass es fast nicht mehr wahr war. Er hatte sich zu einem souveränen Befrager weiterentwickelt, gestaltete Vernehmungen neutral und unvoreingenommen. Warum bloß diese Angespanntheit? Nachdem er seinen Wagen vor dem mundlingschen Terrassenhaus geparkt hatte und die Treppen hinaufrannte, bot sich ihm ein bekanntes Bild. Isabel aalte sich auf einer Liege in der Sonne. Diesmal nicht in einem Badeanzug, sondern in einem knappen Bikini. Das Höschen war ein String. Ein Hauch von rein gar nichts in Pastellgrün. Die junge Frau nahm ihre Sonnenbrille ab und schaute ihn mit einem ironischen Ausdruck in den Augen an. „Herr Kommissar, so sportlich heute? Wo ist denn Ihre kleine Polizistenfreundin?“

„Bei Ihrem Freund Daniel, Fräulein Mundling.“

„Wie schön, das wird ihn sicherlich freuen.“ Isabel setzte die Brille auf und schob sie lässig mit ihrem rechten Zeigefinger in die richtige Position auf ihrer Nase.

„Ich habe noch ein paar Fragen an Sie“, teilte Achim mit.

„Ach was“, konterte die Lady in Pastellgrün. „Da wäre ich niemals draufgekommen. Ich dachte, Sie sind hier, um nett mit mir zu plaudern. Was brennt Ihnen denn so heiß auf der Seele, Herr Tippel?“

Dem Kommissar ging der spöttische Ton der jungen Frau zunehmend auf die Nerven. Was bildete sich diese blonde Schönheit eigentlich ein? Dass er sich ohne Widerstand von ihr um den Finger wickeln lassen würde? Weil eine seiner Eigenschaften darin bestand, ein Mann zu sein? Zugegeben, die Waffen der Weiblichkeit waren oftmals scharf genug, die Herren der Schöpfung zu schlagen. Aber noch nicht bei diesem Kind. Das Kind drehte sich, als hätte er seine Gedanken laut ausgesprochen, auf den Bauch. Ohne dass die Sicht von störendem Stoff behindert wurde, präsentierten sich zwei gebräunte, muskulöse Pobacken. In der Ritze dazwischen lag eine dünne, grüne Schnur. Ein durchaus angenehmer Anblick, wie er zugeben musste. Isabel öffnete ihr Oberteil, damit auch ihr Rücken streifenfrei bräunte. Der Kommissar hörte, wie jemand auf die Terrasse trat, starrte aber weiterhin wie hypnotisiert auf die grüne Schnur. Oder vielmehr auf die beiden Hügel rechts und links des Tales, in dem sie klemmte.

„Na, Herr Tippel, macht Sie das an?“

Achim drehte sich herum. Sofie stand vor ihm und fixierte ihn. Mit einem merkwürdig verzerrten Gesicht, das ihre verkrüppelte Nase unvorteilhaft betonte. „Erstaunlich, wie wenig Kerle es gibt, auf die ein Knackarsch keinen Eindruck macht.“

„Sofie. Ich würde mich gerne mit Isabel alleine unterhalten.“

„Natürlich. Das wollen immer alle. Aber passen Sie auf, für meine Schwester bedeutet eine gelungene Unterhaltung, dass sie sich eine neue Trophäe an die Wand hängen kann.“ Sofie verschwand im Haus.

Achim atmete tief ein. „Fräulein Mundling, würden Sie sich bitte umdrehen.“

„Gerne.“ Isabel tat wie geheißen und gönnte dem Ermittler einen Blick auf ihre nackten Brüste und ihren straffen, flachen Bauch. Seine Hände wurden feucht. „Ziehen Sie sich sofort etwas an.“

„Ja, was denn nun? Erst umdrehen, dann was anziehen.“

„Ziehen Sie sich sofort etwas an“, wiederholte der Kommissar schroff.

„Ist ja schon gut.“ Isabel griff nach einem dünnen Bademantel, der auf einem Stuhl neben ihr lag und der aufgrund des transparenten Stoffes mehr zeigte, als verhüllte.

„Das meine ich nicht“, fuhr Achim sie an. „Ich meine, ziehen Sie sich so an, dass Sie mich ins Präsidium begleiten können.“

„Warum denn das?

„Ich möchte Ihre Aussage gerne auf Tonband aufnehmen.“

„Wieso?“

„Weil ich merke, dass ich mit Ihnen offensichtlich anders nicht weiterkomme. Sie sind ausgesprochen unkooperativ.“ Achim hoffte, dass die Atmosphäre im Vernehmungszimmer die junge Frau beeindrucken würde.

„Wollen Sie mich festnehmen?“ Isabels Stimme gellte schrill über Oberlahnstein.

„Gibt es einen Grund dafür, Fräulein Mundling?“

„Nein, das müssen Sie mir glauben.“

„Ich muss Ihnen überhaupt nichts glauben. Ich merke, dass ich ständig gegen Mauern renne. Ihr Freund Lukas fürchtet sich. Mich interessiert brennend, vor was. Wenn Sie sich bitte fertig machen würden. Ich möchte Sie lediglich befragen, nicht als Verdächtige verhören.“

Endlich stand Isabel auf. „Ich bin sofort wieder da.“

„Ich warte auf Sie. Beeilen Sie sich.“

Nach wenigen Minuten befand Achim sich bereits zusammen mit der jungen Frau auf dem Weg zum Präsidium. Erstaunlich, wie fix sie sich umgezogen hatte. Er hatte damit gerechnet, dass sie erst eine ausgiebige Toilette vornehmen würde. Hatte sie nicht und trotzdem sah sie toll aus. Sie war eine wahre Naturschönheit. Das musste man ihr lassen. Der Kommissar ließ den Hauptbahnhof rechts liegen und fuhr Richtung Saarkreisel. Plötzlich spürte er, wie Isabels Hand sich auf seinen Oberschenkel legte.

„Herr Tippel“, schnurrte sie. „Das können wir doch anders regeln. Ich verspreche Ihnen ein Erlebnis, das Sie nie mehr vergessen werden.“ Ihre Finger wanderten zielstrebig zu seiner Körpermitte.

Bevor sie seinen Schritt erreichen konnte, packte er zu. „Was soll das?“ Sein Ton war leise und beherrscht. „Sie sind gerade dabei, sich außerordentlich verdächtig zu machen. Ist Ihnen das klar?“

Isabel zog ihre Hand so heftig zurück, als würde Achims Hose in Flammen stehen. Der freute sich, dass genau das Gegenteil der

Fall war. Auf so eine plumpe Anmache konnte er verzichten. Er stand da mehr auf weibliche Raffinesse denn auf solche Flittchen.

„Warum nur verfestigt sich bei mir der Eindruck, Sie wollen etwas vor uns verbergen? Halten Sie bloß die Finger bei sich."

Offensichtlich hatten seine Hinweise gefruchtet. Isabel verhielt sich den Rest der Fahrt, die allerdings auch nur noch wenige Minuten dauerte, still.

Als Achim mit der jungen Frau sein Büro betrat, stand zu seiner großen Überraschung eine ihm bestens bekannte Gestalt am Fenster und schaute verträumt auf die Europabrücke.

„Jana. Was machst du denn hier?"

„Ich meditiere über unseren aktuellen Fall. Leider fließen meine Gedanken genauso wenig wie der Verkehr auf der Brücke. Oh. Hallo, Frau Mundling." Die Kommissarin sah ihren Partner fragend an.

„Ich möchte Isabel Mundling befragen und ihre Antworten auf Tonband aufzeichnen. Fräulein Mundling, warten Sie bitte draußen auf mich."

„Mit Vergnügen, Herr Kommissar." Das Blondchen klimperte mit den Wimpern. „Ich freue mich auf unsere Unterhaltung." Mit wackelnden Hüften trat die junge Frau auf den Flur.

„Was war das denn?", erkundigte sich Jana.

„Oh, das hier war harmlos. Im Auto hat sie versucht, mich richtig heiß zu machen."

„Sie hat was?" Der träumerische Ausdruck verschwand mit einem Schlag von Janas Gesicht.

„Sie hat an meiner Hose herumgefummelt."

„Und, war's schön?" Eine Stimme, so schneidend, dass man damit Diamanten hätte zerkleinern können und Augen, die Funken sprühten.

Achim zog den Kopf ein. „Kein bisschen. Isabel ist eine kleine Schlampe, die denkt, mit einem Angebot zum Sex und nackter Haut lassen sich alle ihre Probleme lösen. Aber da hat sie sich geschnitten. Ich dachte, sie hätte es begriffen. War scheinbar ein Trugschluss.

Weißt du, was mir an diesem Fall am allermeisten auf die Nüsse geht?“

„Isabel?“, fragte seine Oberkommissarin mit einem Unterton, der Achim reichlich drohend vorkam.

„Nö, Süße, die wollte mir an die Nüsse. Aber die sind für dich reserviert.“

„Na, das möchte ich doch auch schwer hoffen.“ Jana trommelte mit den Fingern auf ihren Unterarmen herum. „Also, was ist es?“

„Dass wir es mit total verzogenen Kindern der sogenannten besseren Gesellschaft zu tun haben. Die sich in der Tat für was Besseres halten und denken, sie sind aufgrund ihrer Herkunft unantastbar. Was hat Daniel gesagt?“

„Dass er schon um kurz nach Mitternacht zu Hause war. Lange vor der Tatzeit. Das behauptet auch sein Bruder. Obwohl die zwei auf mich nicht den Eindruck machen, als könnten sie sich besonders gut leiden. Daniel scheint ein ausgesprochen vorsichtiger Junge zu sein. Das mit der Sauferei traut man ihm nicht zu. Ich glaube, er ist ein Angsthase, feige bis in die Ohrenspitzen. Und dabei nahezu unsichtbar. Selbst wenn man ihm direkt gegenüber sitzt, nimmt man ihn kaum wahr. Aber manchmal sind es eben doch die Unauffälligen, die zu Tätern werden. Ich bin mir noch nicht sicher, was ich von ihm halten soll.“

In Achim zündete eine Idee. „Jana, fahr zu Siegmann junior und bring ihn her. Wir befragen die beiden parallel.“

„Zu Lukas fahren? Ich? Mit dem Auto?“, rief seine Partnerin entsetzt, was ihn nicht überraschte. Jeder in ihrem Verwandten-, Freundes- und Kollegenkreis wusste, dass sie keine Autos mochte und dass die Autos sie nicht mochten. Zumindest, wenn sie am Steuer saß. Denn in diesem Fall entwickelten die fahrbaren Untersätze eigene Vorstellungen. War sie als Beifahrerin unterwegs, gab es dagegen nie Probleme.

Achim lachte herzhaft. „Aber nein, meine Schöne. Es war ein Scherz.“

„Ein ausgesprochen schlechter“, knurrte Jana.

„Ich dachte, du holst ihn zu Fuß ab.“

„Das wird ja immer besser“, seufzte die Kommissarin. „Weißt du was? Ich nehme ein Taxi. Bin gespannt, wie du unserer Finanzabteilung diese Ausgabe erklärst.“

„Okay. Überredet. Ich schaffe Lukas her und du unterhältst dich mit Isabel. Von Frau zu Frau, wie es so treffend heißt.“

„Mit Vergnügen, Herr Kommissar.“ Jana klimperte mit den Wimpern. „Ich freue mich auf dieses Gespräch.“ Die Ermittlerin wackelte übertrieben mit ihren Hüften. „Ich hoffe, die kleine Mundling auch.“

„Davon bin ich überzeugt“, lachte Achim. „Viel Spaß und viel Erfolg.“

Jana drehte sich an der Tür noch einmal um. „Ich bin der Meinung, diesmal sollten wir unser Wissen über die Alkoholwetten ohne Skrupel einsetzen.“

„Jawohl, mein kluges Weib. Mach das, ich bin gespannt, wie Isabel reagiert.“

Achim hörte, wie Jana die junge Frau aufforderte, sie in ein Vernehmungszimmer zu begleiten.

„Wieso plötzlich Sie und nicht Herr Tippel?“, erkundigte sich Isabel laut. „Er hat mich doch schließlich hierher geschleppt.“

„Das stimmt, aber an einer weiteren Schlepperei mit Ihnen ist er nicht interessiert“, antwortete Jana.

16.

Lukas starrte gebannt auf das Video, das über den Schirm des Laptops flimmerte. Er hatte lange auf reine Luft warten müssen. Gereinigt von seinen Eltern, um genau zu sein. Sein Vater hatte sich, wie jeden Morgen, gegen halb acht auf den Weg in seine Praxis begeben. Doch Dorothee schneite ständig in sein Zimmer, um zu fragen, ob sie etwas für ihn tun könnte. Selbst das rote Ampelmännchen hielt sie heute nicht davon ab. Sogar auf ihren allwöchentlichen Kosmetiktermin wollte sie verzichten, um sich um ihren Sohn zu kümmern. Als ob Lukas ein Säugling wäre, der noch gestillt werden musste und ohne die mütterliche Milch kläglich eingehen würde. Die plötzliche elterliche Fürsorge ging dem Stammhalter gehörig auf den Keks. Einer der größten Vorteile seines bisherigen Lebens war, dass er tun und lassen konnte, was er wollte, ohne sich vor übertriebener Anhänglichkeit seiner Altvorderen fürchten zu müssen. Vorausgesetzt, seine schulischen Leistungen und sein sonstiges Benehmen erfüllten deren Vorstellungen. Er vertiefte sich in das Video. Es zeigte, wie Isabel mit einem Kollegen ihres Vaters nachts im Freibad Oberwerth im Dunkeln planschte. Lukas wunderte sich immer noch, dass es der alte Sack, ohne sich zu verletzen, über den Zaun geschafft hatte. Danach war es im Wasser heftig zur Sache gegangen.

Am Ende des Filmchens sehnte sich auch Podolski nach einer Erfrischung. Er genehmigte sich einen Schluck eiskalte Cola, bevor er sich weiter durch das Videoprogramm klickte und die nächste Filmsequenz startete. Die Bilder ähnelten sich ungemein. Die weibliche Hauptdarstellerin war dieselbe, aber Mann und Ort waren andere. Isabel hatte sich ihre Gespielen gründlich ausgesucht, um sie nach der Gewährung ihrer Huld mit den Mitschnitten zu erpressen. Sie achtete sorgfältig darauf, dass jeder Einzelne eine Menge verlieren würde, wenn rauskam, dass er dem Sex-Appeal der jungen Venus erlegen war. Verheiratete Männer, Familienväter, die eine hohe gesellschaftliche Stellung innehatten, die sie für ein bisschen Spaß auf keinen Fall aufgeben wollten. Lukas hatte dafür gesorgt, dass die Schäferstündchen festgehalten wurden und jederzeit wieder abgespielt werden konnten. So kam Isabel an ihr Geld für die Wetten. Für seine Hilfe zahlte sie ihm zwanzig Prozent ihrer Einnahmen. Sagte sie zumindest. Aber ihn ließ sie nicht ran an ihre Kostbarkeiten. Sollte er ihr auch Bares anbieten? Ob er dann endlich bei ihr zum Schuss kommen würde? Anfangs hatte Lukas seine Mitschülerin für ihre Abgebrühtheit bewundert. Mittlerweile sah er das etwas anders. Isabel genoss das Gefühl, Macht über die Männer zu besitzen. Es bereitete ihr einen Heidenspaß. Bis jetzt hatte jeder gezahlt, unverzüglich und in der verlangten Höhe. Die Videos hatten wahre Wunder gewirkt. Dabei waren die Hosen der Geldgeber, mit deren potentem Inhalt sie vorher noch den Dicken gemacht hatten, voller Schiss. Vor lauter Angst, ihre Familien könnten was erfahren.

Das nächste Video zeigte seine Schulkameradin und seinen Vater in einer eindeutigen Situation in einem geliehenen Mercedes. Sein

Erzeuger saß mit verzücktem Gesichtsausdruck auf dem Rücksitz, Isabel rittlings auf ihm. In der Folge packte sie den Kopf von Heinz Siegmann und drückte ihn zwischen ihre Brüste. Schade, dass kein Ton mit aufgezeichnet war. Aber sein Vater war wahrscheinlich ohnehin kaum mehr in der Lage gewesen, ein Geräusch von sich zu geben, so fest waren sein Mund und seine Nase zwischen Isabels Titten eingeklemmt. Am Anfang hatte sein Sohn überhaupt nicht realisiert, mit wem seine Schulkameradin sich da bei Nacht und Dunkel vergnügte. Lukas war erst auf dem abgelegenen Parkplatz aufgetaucht, als das Geschehen bereits in vollem Gange war. Er hatte sofort die Kamera draufgehalten und gefilmt.

Als er begriff, dass sogar sein Alter zu diesem Spaß nicht nein sagen konnte, wurde er furchtbar sauer. Die Erkenntnis, dass Heinz Siegmann, der so viel auf Ordnung und die Einhaltung von Regeln hielt, auch nur ein geiler Bock war, hatte ihn schwer getroffen. Für seine Mutter empfand er plötzlich heftiges Mitleid. Aber der Polizei davon berichten? Das konnte er nicht. Seinen Vater lächerlich machen und Dorothee unglücklich. Und sich selbst. Erpressung, oder Beihilfe dazu, oder wie immer man seine Filmerei juristisch korrekt bezeichnete, war alles andere als ein Kavaliersdelikt. Das hatte Adrian gesagt, als er ihn ins Vertrauen gezogen und nach den strafrechtlichen Konsequenzen gefragt hatte. Der hatte aber zu seiner großen Verwunderung ohnehin genauestens Bescheid gewusst. Zum Beweis führte er Lukas sämtliche Videos vor, die unter dessen eigener Regie entstanden waren. Auch das Video, auf dem man Isabels Techtelmechtel mit Heinz Siegmann bewundern konnte. Wusste der Kuckuck, wie er an die Aufnahmen gekommen war. Dieses Geheimnis würde Adrian mit ins Grab nehmen. Dadurch hatte er den Alltag des Zahnarztsohnes, der doch nichts weiter wollte, als ein gemütliches Leben ohne große Anstrengung zu führen, gehörig durcheinandergewirbelt. Statt sich weiterhin bequem zurücklehnen zu können, fand er sich mit einem Mal metertief im Schlamassel sitzend wieder. Zum Teufel.

„So, Frau Mundling", Jana machte das Aufnahmegerät einsatzbereit. Sie streckte ihre zugegeben nicht allzu langen Beine unter dem Tisch aus. „Dann wollen wir mal."

„Mit Ihnen will ich überhaupt nichts", fauchte Isabel.

„Das interessiert mich kein bisschen", erwiderte Jana.

„Ich habe nichts gemacht, ich möchte sofort nach Hause", keifte die junge Frau.

„So würde ich das nicht unterschreiben. Wir wissen, dass Sie versucht haben, mit ein wenig illegalem Glücksspiel ihr Taschengeld aufzubessern."

Isabel glotzte die Kommissarin dümmlich an. Ihre gepflegte Bräune nahm einen käsigen Unterton an.

„Sie müssen Ihre Mimik etwas besser in den Griff bekommen, Frau Mundling. Ihre Augen verraten Sie. Sie haben zusammen mit Ihren Freunden Saufwetten mit ausgesprochen hohen Einsätzen veranstaltet. Leider sind ausgerechnet Sie vom Stuhl gefallen. Wurde mir erzählt. Woher hatten Sie das Geld?"

„Von wem wissen Sie das?" Zwischen Isabels Lippen zerplatzten kleine Spuckebläschen.

„Frau Mundling, ich erkläre Ihnen mal, wie das hier läuft. Ich frage. Sie antworten, soweit Sie das können. Wenn Sie keine Antwort haben, teilen Sie mir das mit. Und jetzt kommt was besonders Wichtiges. Falls Sie sich selbst belasten würden, müssen Sie auch nichts sagen. Wo wir gerade dabei sind: Möchten Sie jemand anrufen? Ihre Eltern vielleicht?"

Isabel wischte sich wenig damenhaft mit dem Handrücken die Spucke von den Lippen und streifte sie an ihrer Hose ab. „Nein. Ich habe nichts gemacht."

„Ich wiederhole mich gerne. Sie haben um einen Gesamteinsatz von Tausenden von Euro um die Wette gesoffen. Sie haben andere dazu animiert, Geld zu setzen, haben selber welches gesetzt. Die Hälfte der Zocker, Ihre Kumpane und Sie haben ihren Einsatz verloren. Woher hatten Sie die Penunzen?"

„Sie haben es von Lukas, nicht wahr?", schrie Isabel anstelle einer Antwort. „Dieser Idiot. Kann einfach sein blödes Maul nicht halten. Ich wusste es. Es gibt Leute, die sind zu beschränkt für alles."

„Es ist höchst unterhaltsam Ihnen zuzuhören, Frau Mundling. Trotzdem fände ich es entzückend, wenn Sie mich in den nächsten Sekunden darüber aufklären würden, wie Sie an das Großgeld gekommen sind."

„Ich habe es von meinen Eltern. Wir schwimmen in Geld. Sie haben doch gesehen, wie wir leben. Nicht eben ärmlich, oder?" Isabel schaute die Ermittlerin herausfordernd an und schürzte die Lippen.

Da schau her, dachte die Kommissarin, schon ist sie wieder ganz die Alte. Überheblich, arrogant und unerträglich. „Sehen Sie, Frau Mundling, das war doch gar nicht so schwer. Ihre Schwester wird auch in dieser Weise von Ihren Eltern unterstützt?"

„Natürlich. Wir werden absolut gleichbehandelt." Jana bemerkte, dass es Isabel schwerfiel, ein triumphierendes Lächeln zu unterdrücken, so fest war sie davon überzeugt, die Kommissarin an der Nase herumgeführt zu haben.

„Warum haben Sie dieses Geld nicht einfach ausgegeben und sich ein bisschen Luxus gegönnt? Wieso mussten Sie versuchen, es zu vermehren? Noch dazu auf eine solch, nun ja, ungewöhnliche Art und Weise?", erkundigte sich Jana.

„Ach, sehen Sie, Frau Reber", Isabel strich mit einer gekünstelten Geste eine nach vorn gerutschte Haarsträhne hinters Ohr, „manchmal braucht man eben einen besonderen Kick. Das werden Sie doch noch wissen?"

Ohne eine Reaktion zu zeigen, stand Jana auf und verließ den Raum. Mal schauen, wie das verhätschelte Prinzesslein damit umgehen würde. Als die Ermittlerin von außen nach der Türklinke griff, sah sie in ein verunsichertes Gesicht. Derart ignoriert zu werden, irritierte die junge Frau offensichtlich. Jana bedankte sich bei ihrem Bauchgefühl. Sie war überzeugt, dass Isabel mit dieser Art der Nichtbeachtung nur schwer fertig werden würde. Wie eine Schauspielerin, die nach einer ihrer Meinung nach grandiosen Leistung ohne Applaus die Bühne verlassen muss. Was fing sie jetzt mit der Zeit an, in der das Blondchen im Verhörraum in seinem eigenen Saft vor sich hin dünstete? Zu lange durfte Jana sie dort nicht sitzen lassen, sonst ging ihr Bauchgefühl nach hinten los und die Kleine wurde stur. Sie musste das schmale Zeitfenster zwischen sich in Szene setzen wollen und störrisch werden genau abpassen. Die Kommissarin beschloss, erst einmal bei Mundlings anzurufen. Sie hatte Glück. Sofie meldete sich, kaum dass es ein Mal getutet hatte.

„Hallo, Reber hier. Sagen Sie, wie viel Taschengeld bekommen Sie denn im Monat so von Ihren Eltern?“

Die Ermittlerin lauschte, dann pfiff sie durch die Zähne. „Danke, Frau Mundling. Sie haben mir geholfen.“ Jana beendete das Gespräch. Es waren erst zwei Minuten vergangen, seit sie Isabel alleine gelassen hatte. Sie beschloss, bis 200 zu zählen. In der Zeit konnte man reichlich nachdenken. Besonders, wenn man in einem Polizeipräsidium vor einem Tonbandgerät saß. Als sie bei 162 war, kam Achim mit Lukas über den Gang. Der Junge sah alles andere als glücklich aus.

„Und?“ Der Kommissar blieb vor seiner Partnerin stehen.

„Nun ja, wir kommen langsam, aber sicher weiter.“

Lukas Blick huschte unruhig zwischen den beiden Polizeibeamten hin und her.

„Weiß er Bescheid?“ Jana schaute Achim fragend an.

„Worüber?“, fragte der unschuldig zurück.

„Dass Isabel hier ist?“

Lukas stieß hörbar die Luft aus, blieb aber ansonsten stumm.

„Ich gehe wieder zu ihr rein. Ich habe einfach ein wenig Erholung gebraucht. Die Befragung Ihrer Kameradin ist ziemlich anstrengend, Herr Siegmann.“

Der Junge scharrte mit den Schuhen über den Boden. Dabei betrachtete er eingehend seine Füße. Janas Bemerkung hatte etwas in ihm ausgelöst. Natürlich gab er nicht preis, um was es sich handelte. Das hatte Jana schon erwartet, aber manchmal brachten kleine Stiche durchaus was. Oft zeigten sie dann Wirkung, wenn man gar nicht mehr damit rechnete. Aber der Zahnarztsohn war eben noch nicht so weit.

„Bis gleich.“ Jana verschwand im Vernehmungszimmer.

Achim öffnete die Tür daneben. „Wenn ich bitten dürfte, Lukas.“

Isabel hatte es offensichtlich nicht mehr auf ihrem Stuhl gehalten. Als Jana den Raum betrat, war sie dabei, vor der hinteren Wand hin und her zu laufen.

„Lukas ist auch hier“, leitete die Kommissarin die weitere Befragung ein.

„Na und?“ Die junge Frau klang zunehmend missgelaunt und aggressiv. Jana hoffte, dass dies kein Zeichen für ein mieses Timing war.

„Könnten Sie sich dazu entschließen, mit uns zusammenzuarbeiten? Das wäre für alle Beteiligten einfacher, meinen Sie nicht?“

Isabel brach nach diesem Vorschlag unvermittelt in Tränen aus und setzte sich wieder hin. Aha, dachte Jana, jetzt kommt die Mitleidsnummer.

„Was glauben Sie, wie schlimm das für mich und meine Familie ist. Schließlich hatten wir noch nie mit einem Mord zu tun.“ Die schöne Bella begann zu wimmern.

Ihr Publikum war nahe daran, Bravo zu rufen, entschied sich aber dann für eine rauere Gangart. „Hören Sie auf damit. Sagen Sie mir lieber, wie Sie auf die Idee mit den Saufwetten gekommen sind.“

Isabel weinte noch ein bisschen exklusiv für die Ein-Frau-Galerie, die vor ihr saß. Ihre Augenkosmetik hatte sich in dunklen Schlieren auf ihrem Gesicht verteilt. „Die Wahrheit ist, dass ich es nicht mehr weiß. Irgendwann war die Idee da und wir fanden sie megacool.“

„Können Sie sich erinnern, wer von Ihnen auf den megacoolen Geistesblitz gekommen ist? Ich nehme an, ‚Wir‘ heißt in diesem Fall die fünf, die bei der Saufwette ein Team gebildet haben?“

Isabels Nase kräuselte sich. „Ja, also, ich glaube, es war Adrians Vorschlag.“

Das war jetzt vom Grundsatz her ein cleverer Einfall, musste Jana zugeben. Dumm nur, dass Lukas Achim gegenüber bereits zugegeben hatte, dass er auf die Idee gekommen war. Da hätte er sich besser mit Isabel abgesprochen und dasselbe ausgesagt. Dann wäre es schwierig geworden, dagegen anzustinken. Die Ermittlerin entschied sich, erst einmal mitzuspielen. „Gut, Ihr Schulkamerad hatte also den Einfall. Wie ging es weiter?“

„Adrian hat ein Match ausgemacht. Wir haben geübt. Samstags in der Koblenzer Altstadt. Schließlich waren wir nicht scharf darauf, uns zu blamieren. Wir haben uns mit unseren Gegnern getroffen. Wir haben verloren. Trotzdem war‘s krass. Wir wollten auf jeden Fall weitermachen. Wegen dem Kick. Das habe ich eben gemeint. Mal was anderes als Schule, Aufgaben, Sport in Vereinen, in denen auch unsere Eltern Mitglied sind und ewig das Gleiche. Eine Herausforderung. Für uns alle. Wir waren total geil darauf zu zeigen, wie gut wir in Form waren.“

„Okay. Ich stelle Ihnen noch einmal die Frage, die mich am meisten interessiert: Woher hatten Sie das Geld?“

Isabel schob ihre Lippen so nahe an das Mikrofon heran, dass es aussah, als wollte sie es aufessen. „Von meinen unglaublich großzügigen Eltern! Wie ich bereits gesagt habe!“ Sie sah Jana arrogant an.

„Sie langweilen mich, Frau Mundling. Draußen vor der Tür habe ich mit Ihrer Schwester ein kurzes, erhellendes Telefongespräch geführt. Sie hat mir ohne darüber nachzudenken mitgeteilt, Ihr monatliches Taschengeld würde sich auf einhundertfünfzig Euro belaufen. Für jede, selbstredend. Trotzdem nicht gerade so üppig, dass Sie und Sofie mal so einfach tausend Euro in die Wettkasse schmeißen können. Selbst, wenn Sie sonst so bescheiden gelebt haben sollten wie die sprichwörtlichen Kirchenmäuse. Was ich nicht wirklich glauben kann. Also: Woher hatten Sie und Ihre Schwester so viel Geld? Sie war doch bei den Wetten ebenfalls mit von der Partie.“

Jana fragte sich, ob Isabel bewusst war, dass sie einen Fehler gemacht hatte.

Die junge Frau verwandelte sich vor ihren Augen in einen Sauertopf. Mürrischer Blick, ein Mund wie ein Strich. Der hochmütige Ausdruck war aus ihrem Gesicht verschwunden. „Das sind alles solche Amateure“, schnaubte sie.

„Es kann ja nicht jeder so helle sein wie Sie", entgegnete Jana, während sie Isabel beobachtete. Deren Lippen entspannten sich wieder. Sie fuhr mit ihrer Zunge darüber. Anschließend glänzten sie voll und verführerisch. Ein Lockmittel par excellence. Eine Falle, die bestimmt regelmäßig zuschnappte. In dem Moment ging der Kommissarin ein Licht auf. Die Zwillingsschwester, die gerade vor ihr saß, verkaufte sich und ihren Körper, um an die Kohle zu kommen, die sie für ihr aufregendes, geheimes Leben benötigte. Es war allerdings kaum zu vermuten, dass bei Sofie dieselbe Methode zum Erfolg geführt hatte. Was also hatte der Zwilling mit der halben Nase in die Waagschale geworfen, um finanziell mithalten zu können?

17.

Jana, Achim und Sibylle hatten es sich im Wohnzimmer bequem gemacht, um endlich mal wieder ausführlich zu quatschen, wie Sibylle sich ausgedrückt hatte, als sie ihre beste Freundin zur Begrüßung umarmte.

„Wie geht es deinem Papa?", war Billes erste Frage gewesen. Als Kind hatte sie ungezählte Stunden bei Jana und ihrem Vater verbracht, nachdem sie ihre Eltern verloren und Jana im Kinderheim getroffen hatte.

„Wie soll es ihm schon gehen?", hatte Jana erwidert. „Seit er Rentner ist, ist er nur noch unterwegs. Im Moment ist er in Ungarn und genießt einen Kururlaub. Massagen, Sauerstoffbehandlungen und Heilwasser. Wenn er zurückkommt, sieht er wahrscheinlich jünger aus als ich."

Bille hatte gelacht. „Grüß ihn bitte ganz lieb von mir, wenn ihr miteinander sprecht. Wenn er wieder da ist, lade ich euch zum Essen ein. Es wird Zeit, dass sich unsere kleine Familie mal wieder trifft."

„Da hast du recht, er wird sich freuen."

Kaum hatten sich alle Zweibeiner im Wohnzimmer niedergelassen, hüpfte Henry zwischen ihnen hin und her und holte sich seine Streicheleinheiten bei allen sechs Händen, die ihm zur Verfügung standen. Die beiden Ermittler hatten der Psychotherapeutin von ihrem aktuellen Fall berichtet. Dass sie aus Lukas nichts Entscheidendes herausbekamen. Auch die nachmittägliche Befragung hatte nichts gebracht. Dem Zahnarztsohn war vor irgendwas so bange, dass Achim sich langsam vorkam wie die Schlange vor dem furchtsamen Kaninchen. Seine Gefährtin erzählte, dass sie sich sicher war, dass Isabel sich prostituierte. Für Summen, die es ordentlich in der Kasse klingeln lassen würden.

„Warum machen intelligente junge Menschen bei so einem Blödsinn wie diesen Saufwetten mit?", erkundigte Jana sich bei Sibylle.

„Hättet ihr gerne die Antwort einer Psychotherapeutin oder eine vom gesunden Menschenverstand?"

„Wie?" Achim spielte den Erstaunten. „Das ist nicht dasselbe?"

Sibylle grinste, warf Achim Henrys Spielzeugplüschkatze an den Kopf und begann dem Dackel, der sich vor ihrem Sessel niedergelassen hatte, mit ihrem bestrumpften, rechten Fuß den Rücken zu kraulen. „Doch", sagte sie mit einer von ironischem Puderzucker überzogenen Stimme, „natürlich ist es dasselbe. Im Ernst, Leute", fuhr sie fort. „Dafür fallen mir in etwa so viele Gründe ein, wie es Schnapsflaschen auf dieser Welt gibt."

„Och, komm", Achim ließ nicht locker, „es wird doch so was wie Hauptmotive geben. Wie bei uns auch. Die meisten Morde werden aus Eifersucht, Geldgier, Neid, Angst vor Entdeckung oder Blamage begangen."

„Schon klar. Es ist in der Tat so, dass diese Saufgeschichten damit zu tun haben, dass man sich und seinen Freunden beweisen will, wie cool und erwachsen man ist. Verstärkt wird das dadurch, dass Alkohol voll akzeptiert ist. Ein Glas Wein ist ein Genuss, ein Joint verboten. Was also soll schlimm daran sein, ein paar Bierchen zu trinken? Eine große Portion Neugier ist auch dabei. Dazu kommt noch die Wirkung der Werbung. Alkohol ist und macht sexy."

„Der Mehrheit wird doch nach dem ersten ernsthaften Ausprobieren höllisch schlecht. Daran kann ich mich lebhaft erinnern. Warum machen sie dann weiter?", gab Achim zu bedenken.

„Und?", erwiderte Sibylle. „Die erste Zigarette schmeckt auch überhaupt nicht. Trotzdem bleiben viele am Glimmstängel hängen. Derselbe Grund: Man will erwachsen sein, den Windeln entwachsen. Glaubt mir eines: Bei diesen Saufgeschichten ist immer einer dabei, der den Alkohol wegsteckt, als würde er Leitungswasser trinken. Es gibt, genetisch bedingt, Menschen, die über eine erhöhte Alkoholtoleranz verfügen. Denen fehlt ein wichtiges natürliches Warnsignal. Die anderen wollen da nicht zurückstehen, sondern genauso viel vertragen."

„Aber diese idiotische Wetterei. Ist dir das schon mal begegnet?", fragte Jana.

„So wie ihr es mir schildert, nein. Ich meine, das mit den Wetten in diesem großen Stil. Die Horrormeldungen über das Komasaufen kennt man ja. Die betreiben das allerdings nicht als Teamsportart, sondern eher gegen sich selbst. Die meisten merken irgendwann von alleine, dass es nicht viel mit Coolness zu tun hat, jedes Wochenende mit Kopfweh im Bett zu liegen. Auch wenn es platt klingt. Bei siebenundneunzig Prozent ist das eine Phase, die vorübergeht. So eine Art Männlichkeitsritual oder Weiblichkeitsritual zur Aufnahme in den Kreis der erwachsenen Welt." Bille wechselte den Fuß, der rechte war mittlerweile einem Krampf nahe, und kraulte Henry weiter. „Ich hatte schon Patientinnen, die gesoffen haben, bis sie gekotzt haben und danach haben sie sich weiter literweise Sekt hinter die Binde gegossen. Für was soll das gut sein, wenn man mit dem leistungsfähigsten Gehirn ausgestattet ist, das die Natur so hergibt? Ich sage es euch. Nur dafür, von der Mitwelt akzeptiert zu werden, dazuzugehören. Zu zeigen, wie locker man drauf ist."

„Worin liegt der Grund, dass die Saufexzesse relativ schnell wieder aufhören?", erkundigte sich Jana.

„Die Lebensplanung. Ein Ausbildungsplatz. Ein Studienplatz. Die Erkenntnis, dass Alkohol und Sport sich nicht vertragen. Dass Alkohol und Beziehung sich nicht vertragen. Alles Mögliche. Versteht mich nicht falsch. Natürlich trinken junge Menschen Alkohol. Aber sie lernen, damit umzugehen. Natürlich sind sie ab und zu voll wie die Haubitzen. Wie jeder von uns. Aber es kommt nicht mehr jedes Wochenende vor, sondern zweimal im Jahr. Wie bei jedem von uns."

Alle drei lachten.

„Klar“, meinte Jana, „ein Glas Wein oder ein Glas Bier zum Essen fallen unter den Begriff Gaumenfreude, nicht Druckbetankung.“

„Du hast es erfasst“, gab Sibylle ihr recht. „Noch mal, alkoholische Getränke sind gesellschaftlich voll akzeptiert.“

„Voll, natürlich“, kicherte Jana. Kurz darauf kicherte auch ihre Freundin.

Achim übte sich in Geduld. Derartige Heiterkeitsattacken war er mittlerweile gewöhnt. Die Damen überkam so etwas öfter, wenn sie beieinander waren.

„Drei Prozent bleiben beim Alkohol? Warum?“, hakte er nach, als die beiden Frauen sich wieder beruhigt hatten.

„Ungefähr drei Prozent, ja“, bestätigte Sibylle. „Die enden als echte Alkoholkranke. Das Warum ist schnell beantwortet. Wobei natürlich jeder Fall für sich betrachtet werden muss. Aber im Grunde geht es immer um fehlende Perspektiven, nach dem Motto: ‚Einiges ist eben nur im Suff zu ertragen.‘ Weshalb soll jemand nüchtern bleiben, wenn aus seiner Sicht ohnehin alles sinnlos ist.“

„Das sind dann die typischen Säuferkarrieren?“, vermutete Achim.

„Absolut richtig. Rein statistisch gesehen übrigens ein Abbild unserer Gesellschaft. Wir haben in allen Altersgruppen in etwa dieselbe Anzahl tief Verzweifelter, die als Folge tief ins Glas schauen. Die einen saufen, weil sie keinen Job haben, die anderen, weil sie einen haben. Irgendwann ist es dann egal, welchen Grund jemand hatte. Man verliert die Kontrolle über sein Trinkverhalten, ist dem Alkohol gegenüber machtlos. Aus eigener Kraft kommt man da nie wieder raus, es sei denn, es geschieht ein Wunder. Oder man nimmt Hilfe an. Und ungefähr fünf Prozent sind sogenannte Alkoholmissbraucher, Quartals- und Wochenendtrinker.“

„Puh“, Jana runzelte die Stirn. „Aber unsere vier Gymnasiasten würdest du als völlig normal bezeichnen?“

„Nun ja, die haben wahrscheinlich auch ihre Probleme. Sofie mit ihrer Nase, Isabel fühlt sich vernachlässigt, bei Lukas ist es das Gegenteil. Zu Daniel wage ich keine Aussage. Gut, das mit den Wetten ist ein bisschen exotisch, geht aber nur, wenn man Geld hat. Und wenn man Leute kennt, die große Summen setzen können. Die vier und der Tote bewegen, beziehungsweise bewegten sich in einem gewissen gesellschaftlichen Umfeld. Das Team, gegen das sie angetreten sind und die anwesenden Zuschauer ebenfalls. Selbst beim Saufen bleibt man lieber unter sich. Die haben sich schlicht gelangweilt und eine Herausforderung gesucht", dozierte Sibylle, „bei der man sich tunlichst nicht erwischen lässt. Das Ereignis hat doch sogar in Papas Bar stattgefunden. Man zeigt in diesen Kreisen gerne, was man hat. Guter Stil gehört unbedingt dazu. Auch wenn man etwas Illegales veranstaltet."

„Meinst du, dass Adrian wegen der Sauferei dran glauben musste?", fragte Jana vorsichtig.

„Hast du ein bisschen Kaffeesatz oder ein paar Gänseknochen? Nee, ehrlich, keine Ahnung. Falls es mit dem Wetten zu tun haben sollte, lautet mein Vorschlag, dass Adrian aussteigen wollte. Vielleicht war bei der Geldbeschafferei Erpressung im Spiel. Habt ihr da schon mal drüber nachgedacht? Dann könnte jemand darauf erpicht gewesen sein, ihn loszuwerden."

„Erpressung", sagte Jana mehr zu sich selbst, als zu den beiden anderen, ehe sie aufsah. „Danke, Sibylle. Sollte eine deiner Theorien zutreffen, finden wir unsere Antworten vermutlich auf Adrians Laptop."

„Ich schätze mal, damit hast du recht", stimmte Achim zu. „Leider haben wir nicht die geringste Ahnung, wo der sich befindet."

Jana dachte laut nach. „Angenommen, Isabel prostituiert sich wirklich und Adrian ist dahintergekommen. Meiner Meinung nach passt es zu ihr wie der Korken in die Flasche. Gleichzeitig beschert uns das ein erstklassiges Motiv, weil sie super darauf verzichten kann, dass es, zum Beispiel, ihren Eltern zu Ohren kommt."

„Klingt logisch. Leider reichen deine bisher unbewiesenen Vermutungen für einen Durchsuchungsbefehl für Prinzesschens Gemächer nicht aus", warf Achim ein.

„Stimmt."

„Lasst uns von was anderem als mutmaßlichen Mördern reden“, bat Sibylle. „So oft sehen wir uns ja auch nicht. Habt ihr euren nächsten Urlaub schon geplant?“

„Ah“, sagte Achim. „Was für ein Glück. Endlich sind wir beim gemütlichen Teil angelangt. Was möchtet ihr denn trinken, ihr beiden Hübschen?“

„Wasser“, riefen Jana und ihre beste Freundin wie aus einem Mund.

Drei Tage später, an einem Freitag, traten die Ermittlungen ohne jeglichen Raumgewinn ausdauernd auf der Stelle. Adrians Laptop und Handy blieben verschwunden. Die jungen Leute waren wenig hilfreich, alle bisherigen Befragungen endeten unausweichlich im Nirwana. Ein neuer Ermittlungsansatz war weit und breit nicht in Sicht. Selbst die Chance auf einen Durchsuchungsbefehl, von was auch immer, leuchtete nirgendwo am Horizont. Genauso wenig wie ein Geständnis, von wem auch immer. Es war ihnen offensichtlich nicht gelungen, jemanden so kribbelig zu machen, dass der anfing, Fehler zu machen. Achims heißgeliebte Zähneklapper-Theorie lautete, dass es nur eine Frage der Zeit war, bis Nervosität einsetzte. Der folgte dann die Unachtsamkeit, vorausgesetzt, man erhöhte beständig den Druck. Das Dumme war bloß, er hatte im Moment keine Ahnung auf wen. Außerdem war ihnen vorgestern ein Suizid dazwischengekommen, der sich erst nach mühsamen Recherchen als solcher herausgestellt hatte. Achim war noch nicht einmal dazu gekommen, die Akten, die ihm Melchers überlassen hatte, zu studieren. Sie lagen kopiert, aber ungelesen auf seinem Schreibtisch.

Die Kripobeamten beschlossen deshalb, gemeinsam an Adrians Beisetzung teilzunehmen, die am Vormittag auf dem Koblenzer Hauptfriedhof stattfand. Aufgrund der vielen Baustellen zogen die beiden Ermittler es vor, zu Fuß zum Friedhof zu gehen. Sie marschierten über den Überflieger am Moselring und staunten einmal mehr über den verkehrstechnischen Wahnsinn, der seit Wochen in ihrer Stadt tobte. Besserung war nicht in Sicht. Stattdessen tauchte jeden Tag eine neue Baustelle auf. So steckte manches Auto plötzlich in einer Absperrung fest, die sich am vorangegangenen Tag noch nicht einmal leise angekündigt hatte.

Da der Friedhof in unmittelbarer Nähe von Achims Wohnung lag, nutzte der die Gelegenheit, seine einzige schwarze Krawatte aus dem Schrank zu kramen und umzubinden, obwohl er den Kulturbändel von Herzen verabscheute. Die Ermittler gingen durch das Haupttor an der Beatusstraße. Jana liebte diesen Ort. Er war ein Refugium für ruhesuchende Städter, für Liebhaber großer, alter Bäume und für ganze Horden von Eichhörnchen, die hier hausten. Sie machten sich auf den Weg zur Aussegnungshalle, die in der Nähe des Eingangs am Hüberlingsweg lag. Das bedeutete einen Fußweg von einigen Minuten. Sie liefen durch die Grabreihen. Auch prominente Koblenzer hatten auf dem Hauptfriedhof ihre letzte Ruhe gefunden. Peter Altmeier, Ministerpräsident von Rheinland-Pfalz zum Beispiel und der Dichter der Freiheitskriege, Max von Schenkendorf. Janas Lieblingsort waren die Gräber der preußischen Generäle, die abseits von den Hauptwegen lagen. Die Helme auf den Platten, die aussahen, als hätten sie einmal die Köpfe von Rittern beschützt, verliehen den Ruhestätten etwas Gruselig-Romantisches. Aber jetzt war keine Zeit für einen ausführlichen Besuch. Heute war es wichtig, genau zu schauen, wer der Beisetzung beiwohnte und wie die Trauergäste sich benahmen. Als Jana und Achim die Aussegnungshalle, einen schmucklosen, praktischen, weiß verputzten Bau, betraten, wurde ihnen sofort klar, dass die Beobachtung der Trauergemeinde mehr benötigte als vier Augen. Die Kommissarin vermisste in diesem Augenblick Philipp außerordentlich. Der hatte es gut, schipperte und flitterte mit seiner jungen Ehefrau im Mittelmeer herum, von einer griechischen Insel zur nächsten. Es sei ihm gegönnt. Aber er wäre schon eine echte Verstärkung gewesen. So mussten es halt seine Vorgesetzten alleine mit der vielköpfigen Menge aufnehmen.

Die Halle platzte aus allen Nähten, der gepflasterte Platz davor auch. Die beiden Ermittler wurschtelten sich durch die dicht an dicht stehenden Trauernden. Die Stuhlreihen waren komplett besetzt, bis auf ein paar Plätze in der ersten Reihe, die Seitengänge standen ebenfalls voll. Den überaus größten Teil der Menschen, die Adrian auf seinem letzten Weg begleiten wollten, kannte Jana nicht. Sie stellte sich auf die Zehenspitzen und erspähte die Schulleiterin, den Stammkursleiter, Isabel, Sofie und Daniel. Lukas stand ein paar Meter von ihnen entfernt.

Sie zupfte Achim am Ärmel. „Das neben Isabel ist Daniel“, flüsterte sie.

„Und das neben Lukas sind seine Eltern“, flüsterte ihr Kollege zurück. „Die charmante Dorothee, die beste Espressobereiterin der westlichen Hemisphäre, und der Herr Zahnarzt Doktor med. dent. Heinz Siegmann.“

Astrid und Klaus Melchers standen vorne vor der Urne ihres Sohnes. Adrians Mutter trug ein glänzend schwarzes, bodenlanges Kleid mit einem dezenten V-Ausschnitt. Ein Spitzenschleier verdeckte ihre Haare und ihr Gesicht und Spitzenhandschuhe ihre Hände und Arme bis zu den Ellenbogen. Über dem Kleid leuchtete ein roter Schal. Ihr Mann war in einen schwarzen Anzug gekleidet. Unter der Jacke trug er ein weißes Hemd und um den Hals eine rote Krawatte. In derselben leuchtenden Farbe wie der Schal seiner Frau. Etwas seltsame Accessoires für eine Beerdigung, fand Jana. Neben Adrians Eltern standen eine Frau und zwei Männer, alle drei um die siebzig, konservativ gekleidet, ohne Farbtupfer. Waren das die Großeltern des Ermordeten, fragte sich Jana. Die fünf betrachteten eine Art Collage mit verschiedenen Fotografien, die auf einer Staffelei neben der Urne lehnte. Die beiden Ermittler konnten keine Einzelheiten erkennen, weil sie viel zu weit weg standen. Die Kommissarin vermutete, dass es sich um Stationen aus Adrians Leben handelte. Wenn die Halle sich geleert hatte, würde sie einen intensiven Blick darauf werfen. Ihr war alles recht, was einen Erkenntnisgewinn erhoffen ließ. Jana machte sich daran, die Trauergäste eingehend zu betrachten. Es waren jede Menge junger Leute da, Schulkameradinnen und -kameraden des Ermordeten, vermutete sie. Um Frau Nagler und Herrn Meffert hatten sich weitere Herrschaften versammelt, Lehrkräfte des *Schiller-Gymnasium*s, spekulierte Jana. Selbst Guido, die gepiercte Thekenkraft vom *Highlight*, beehrte den Toten, ohne Gel in seinen Haaren. Die Haushälterin von Klaus

Melchers, Helene, war ebenfalls anwesend, die Augen verquollen und tränenfeucht. Aber ansonsten schaute die Kommissarin nur in fremde Gesichter, die unterschiedliche Stadien von Betroffenheit widerspiegelten. Sie bemerkte, dass Achim die Kordel der kleinen Digitalkamera um eine Schlaufe an seinem Hosenbund geknotet hatte und Aufnahmen aus der Hüfte schoss.

Jana schaute wieder nach vorne. Ein Geistlicher trat neben die Eltern des Toten und reichte ihnen die Hand. Leise Musik setzte ein. Astrid und Klaus Melchers nahmen in der ersten Reihe Platz. Adrians Vater stützte die ältere Dame, die beiden älteren Herren hatten seine Mutter in ihre Mitte genommen. Das gedämpfte Gemurmel der Trauergäste verstummte.

Der Pfarrer begann mit seiner Rede. Er schilderte das Leben des Toten. „Ein viel zu kurzes Leben", wie er sagte. Aus den Stuhlreihen war der ein oder andere Seufzer zu hören. „Besonders, weil eine verirrte Seele dafür die Verantwortung trägt und wir eine solche Tat nicht verstehen können", fuhr er fort.

Der Kopf von Adrians Mutter senkte sich, der links von ihr sitzende Herr legte seinen Arm um ihre Schulter. Die Menschen in der ersten Reihe machten den Eindruck, als wären sie sehr vertraut miteinander.

Der Geistliche sprach weiter vom Lamm Gottes und seiner Gnade, bis er das Kreuzzeichen über die Anwesenden schlug und darum bat, Adrian zu seiner Ruhestätte zu begleiten. Es dauerte einen Moment, bis die Menge in der Lage war, sich zu regen und langsam aufzustehen. Klaus Melchers nahm selbst die Urne seines Sohnes in die Hände und führte den Tross an. Jana und Achim nutzten die Gelegenheit und arbeiteten sich gegen den Strom nach vorne, um die Fotografien betrachten zu können. Es handelte sich tatsächlich um Bilder aus dem Leben des Ermordeten. Adrian als lachendes Baby in Windeln auf dem Boden sitzend, als Kleinkind mit einer bunten Kappe auf dem Kopf und mit seiner Mutter in einem Swimmingpool. Darunter ein Foto von seinem ersten Schultag. Die Schultüte mit Schokolade, Bonbons und anderen Dingen, die den Ernst des Lebens versüßen sollten, war fast größer als das Kind, das sie trug. Daneben Adrian im Kommunionanzug, nach wie vor auffallend kleinwüchsig, mit einer brennenden Kerze in der Hand, rechts und links von ihm die stolzen Eltern und weitere Festgäste. Als Teenager in einer Badehose am Strand, mit Mama und Papa auf einer grünen Wiese vor einem hohen Berg. Mit Lukas an einem Schreibtisch sitzend.

„Siehst du was Ungewöhnliches?“, erkundigte Jana sich bei Achim.

Der schüttelte den Kopf. „Nö, das macht doch alles einen superharmonischen Eindruck. Komm, wir schließen uns dem Trauerzug an.“

Die beiden Ermittler konnten es gemütlich angehen lassen, denn der Schwanz der Schlange bog gerade erst nach links Richtung Urnengräber ab, als sie die Aussegnungshalle verließen. Mit einigen wenigen schnelleren Schritten stellten sie den Anschluss wieder her. Wie ein dunkler Regenwurm krochen die Menschen immer näher zu dem kleinen Loch in der Erde, das auf Adrians Urne wartete. Nach einer kleinen Ewigkeit hatten sich alle in dichtstehenden Reihen sortiert und lauschten der abschließenden Rede des Pfarrers. Jana und Achim standen so weit hinten, dass sie die Ansprache kaum verfolgen konnten, einzig die Worte „Asche zu Asche, Staub zu Staub“ waren deutlich zu verstehen. Schließlich wurde die Urne in dem Loch versenkt. Astrid Melchers ging in die Knie und legte eine tiefrote Rose in das Grab. Nach ihr folgte eine endlose Prozession von Trauergästen. Der ein oder andere ließ ein Schippchen Erde auf die Urne rieseln. Einige schlugen ein Kreuzzeichen. Es war abzusehen, dass es lange dauern würde, bis sich alle von Adrian verabschiedet haben würden.

„Lass uns gehen“, flüsterte Jana. „Das hier bringt nichts.“

Achim nickte. Als sie dem breiten Weg zurück zur Beatusstraße folgten, bemerkte er Lukas und Isabel, die hinter einem dicken Baumstamm standen und miteinander redeten. Isabel gestikulierte so heftig mit ihren Händen in der Luft herum, wie ihre pink geschminkten Lippen sich bewegten. Lukas versuchte offensichtlich, sie zu beruhigen. Als die junge Frau Jana und Achim sah, verstummten gleichzeitig ihr Mund und ihre Bewegungen. Der Kommissar winkte Adrians Mitschülern freundlich zu und grinste sie an. Das war genau das, was er wollte: Da wurde jemand unübersehbar nervös. Und das war gut so.

Eine halbe Stunde später saß das Ermittlerduo in Janas Büro, ein großes, weißes Blatt Papier und bunte Filzstifte mit dicken Spitzen vor sich. Achim schnappte sich einen schwarzen Stift und schrieb den Namen Adrian in Großbuchstaben in die Mitte.

Jana seufzte. „Ich wünschte, Philipp wäre hier. Drei Hirne denken mehr als zwei. Aber gut, müssen wir beide eben alles geben."

„Dann lass uns loslegen." Achim zog mit den Zähnen die Kappe vom Stift, weil er mit der zweiten Hand eine Banane ohne Schale festhielt, die er auf keinen Fall auf dem Tisch ablegen wollte. Im Präsidium wurde eher selten Staub gewischt. Er spuckte die Kappe aus und nahm einen Happen Frucht. „Also", nuschelte er mit ungefähr hundert Gramm Obst im Mund, „was haben wir denn bis hierher?"

„Einen jungen, gut aussehenden Gymnasiasten, der im Vollrausch im Brunnen auf dem Görresplatz ertrunken ist. Vorher wurde er niedergeschlagen. Ein Hobby von ihm war, mit ein paar Klassenkameraden gegen andere um die Wette zu saufen. Bei seinen zwei Kameradinnen handelt es sich um Zwillingsschwestern."

„Genau." Achim kritzelte die Namen Isabel, Sofie, Lukas und Daniel kreisförmig um den groß geschriebenen Adrian herum.

„Alle stammen aus besten Häusern", ergänzte Jana. „Der Ermordete ist ein Rechtsanwaltssohn, sein Vater in seinem Job megaerfolgreich. Zugegeben, seine Mutter entspricht nicht der Norm einer Akademikergattin. Sie ist eine in die Jahre gekommene Gothic-Braut, ersatzweise eine moderne Hexe. Beide lieben ihren Sohn, haben aber den jeweiligen Ehegatten über. Wobei ich mir nicht so sicher bin, ob der Ofen wirklich aus ist. Ich glaube, bei ihr glimmt noch ein Funken Gefühl. Trotzdem ist sie ausgezogen. Angeblich war das lange abgesprochen."

Achim nahm erneut einen großen Bissen Banane, kaute und schluckte, bevor er die weitere Aufzählung übernahm. „Apropos

Elternpaare. Lukas Vater ist Zahnarzt, seine Mutter Hausfrau. Die Eltern der Zwillinge sind eine Architektin und ein hoher *BWB*-Beamter und Daniels Mama und Papa sind Hochschulprofessoren. Alle lieben Kinderlein besuchen ein Gymnasium, das sie mit innovativen Methoden individuell fördert, wenn man der Schulleitung glaubt."

„Hört sich nach sorglosen Kindheiten und einem reichlich verwöhnten Leben an", unterbrach Jana.

„Richtig." Das vor Achim liegende Blatt füllte sich zusehends. „Aber Sofie hat ein Problem mit ihrer Nase. Das dürfte sie höchst unglücklich machen. Und der hübsche Zwilling ist unter Garantie genervt, ständig seine hässliche Schwester an der Backe zu haben."

„Isabel hält sich für unwiderstehlich", führte Jana weiter aus. „Nicht wahr, Liebster?"

Achim verband mit roten Strichen und völlig sinnfrei die Namen der Beteiligten.

„Ich bin davon überzeugt, dass sie aus ihrem toll gebauten Körper Kapital schlägt. Im wahrsten Sinne des Wortes", ergänzte die Kommissarin.

Achim malte einen Geldschein, einen BH und einen String neben Isabel und ein Handy und einen Laptop neben Adrian, versehen mit drei dicken Fragezeichen. „Wo befinden sich diese beiden technischen Gerätschaften?"

„Das weiß ich nicht", antwortete Jana. „Glaub bloß nicht, ich hätte nicht gemerkt, dass du ablenken willst. Wo wir gerade dabei sind: Isabel wollte Adrian an die Wäsche, aber der hat sich geziert wie eine Jungfer im Grünen und hat es dankend abgelehnt, das Bienchen für sie zu spielen. Vergiss nicht, was Sofie zu Beginn gesagt hat: dass ihre Schwester an allem schuld ist. Was sagst denn du als eindeutig männliches Wesen so dazu?", beendete sie bissig ihre Ausführungen.

„Jana. Ich weiß, dass ich nur ein Mann bin. Ich gebe weiterhin zu, dieses blonde Blümchen verfügt über eine gewisse Anziehungskraft. Wie ein Wühltisch im Kaufhaus. Schnäppchen. Wirkt auf einige Menschen wie ein Magnet. Meine Psychoanalyse geht in die Richtung, dass sie beachtet werden will. Weil sich zu Hause alles um die verkrüppelte Nase von Sofie dreht und nicht um die betörende Schönheit von Isabel."

„Glänzende Diagnose, du Meister der weiblichen Seele!"

Achim konnte sich des Eindrucks nicht erwehren, dass die Worte seiner Partnerin reichlich ironisch klangen. Das hätte er nicht für möglich gehalten, dass sie sich von einer Neunzehnjährigen so aus der Reserve locken ließ. Oder lag das daran, dass Frauen die Gefahr, die von ihren Geschlechtsgenossinnen ausging, am Ende wirklich wittern konnten? Isabel roch einfach nach zerknitterten Laken, das musste er zugeben. Höchste Zeit, zu Adrian zurückzukehren, bevor das Gespräch kippte.

„Vielen Dank!" Achim entschloss sich, so zu tun, als hätte er den Sarkasmus überhaupt nicht bemerkt. „Was haben wir noch?"

„Der Zahnarztsohn hat Muffensausen. Aber er kann sich nicht dazu durchringen, uns zu erzählen, was oder wer ihm eine solche Furcht einjagt", gab Jana Auskunft, während sie Achim mit einem nadelspitzen Blick aus grünen Augen bedachte.

„Auf alle Fälle geht ihm die Düse, dass seine Eltern von den Saufpartys in der Kellerbar erfahren. Aber du hast recht, diese Verfehlung bereitet ihm nicht so eine Angst. Da muss was anderes dahinterstecken. Mir ist das Motiv für diesen Mord absolut rätselhaft. Wir haben keinen Hinweis darauf, dass Adrian irgendwem was getan hat." Achim leckte sich die Mundwinkel sauber, nachdem er die Banane vollständig vertilgt hatte.

„Eifersucht? Weil er Chancen bei den Damen hatte?", überlegte Jana.

„Die er nicht wahrgenommen hat. Zumindest hatte er keine offizielle feste Freundin."

„Doch die Rachenummer an den Eltern? Jemand, der Astrid oder Klaus Melchers mal so richtig einen reinwürgen wollte und glaubt, das am besten über den Sohn besorgen zu können? Einer der Prozessbeteiligten im Gerichtssaal? Womöglich unser Kollege?"

„Eine Möglichkeit, die wir nicht aus den Augen verlieren dürfen. Was haben wir sonst noch für Figuren auf dem Spielfeld?" Achim notierte den Namen Seeliger und malte ein Paragrafenzeichen daneben.

„Die Lehrer. Die Mitschüler. Eventuell war er ja mit dem ein oder anderen enger befreundet, als wir wissen. Die gegnerische Saufmannschaft. Aber aus welchem Grund sollten die ihn aus der Welt schaffen? Die haben schließlich einen Haufen Knete gewonnen und einen schönen Abend gehabt." Achim betrachtete das vollgeschriebene Blatt.

„Was mich erneut zu der Frage führt, womit die anderen Wettteilnehmer ihren Einsatz finanziert haben. Wenn wir davon ausgehen, dass Isabel ihn sich mit ihrer Hände, ihrer Lippen und ihrer Körpermitte Arbeit besorgt hat", warf Jana ein.

„Ja." Achim vermied es, seine Kollegin anzusehen. „Von Lukas werden wir es nicht erfahren."

„Ich finde, wir haben drei Ermittlungsansätze."

„Oho, und die wären, Euer Scharfsinnigkeit?"

„Erstens: Hat der Prozess, den Melchers senior gegen unseren Kollegen Seeliger geführt hat, etwas mit dem Fall zu tun? Wem ist er außerdem durch seine Arbeit auf die Füße getreten? Zweitens: Wir haben uns Sofie noch nicht richtig vorgenommen. Könnte was mit ihrer kaputten Nase zu tun haben. Das sollten wir nachholen. Auch in Bezug auf die uns unbekannten Geldbeschaffungsmethoden. Nicht, dass uns jemand vorwirft, wir hätten Mitleid mit ihr gehabt und sie geschont. Drittens: Adrians Handy und der Laptop. Wo stecken die?"

„Darauf können wir uns einigen, Jana. Ich befürchte, um Handy und Laptop zu finden, brauchen wir einen Durchsuchungsbeschluss, den wir momentan nicht kriegen werden. Weil wir nicht wissen, für welche Behausung. Aber da wir uns schon mal im Präsidium befinden, sollten wir uns die Akten Seeliger ansehen. Die von Melchers und die, die wir hier haben."

Das Gewünschte war schnell besorgt. Die beiden Ermittler vertieften sich in die Akten und stellten fest, dass alles, was Melchers Achim erzählt hatte, der Wahrheit entsprach. Die Unterlagen ihrer Dienststelle deckten sich mit denen des Rechtsanwalts. Der

Leiter des Betrugsdezernats war der Vater eines schwer kriminellen Sohnes. Der Nachwuchs trug den Namen seiner Mutter, mit der Seeliger zwar zusammenwohnte, mit der er aber nicht verheiratet war. Das war wahrscheinlich der Grund dafür, dass die Verbindung zwischen Erzeuger und Sprössling nicht sofort ins Auge gesprungen war. Die beiden Ermittler nickten sich über den Akten zu. Melchers könnte recht haben. Was der Polizistensohn sich geleistet hatte, war schlichtweg unglaublich. Körperverletzung, Nötigung, räuberische Erpressung, Diebstahl. Die Opfer sagten übereinstimmend aus, dass er mit äußerster Brutalität vorgegangen war. Der Täter und seine Spießgesellen hatten sie geschlagen, sie getreten, ihnen Klappmesser an den Hals gehalten, um sie mit Nachdruck von ihren Forderungen zu überzeugen. Ihr Kollege Seeliger tauchte im Prozess nicht auf, der Sprössling war schließlich schon Mitte zwanzig, als er die Straftaten begangen hatte. Also beschränkte sich der Vater darauf, im Hintergrund zu agieren. Auf den Druck, den er auf Melchers ausgeübt hatte, enthielten die Unterlagen natürlich keinen Hinweis.

„Ich glaube dem Anwalt jedes Wort." Achim klappte die Akte zu. „Komm, wir gehen unser Betrugsdezernat besuchen."

Die Beamten nahmen im Laufschritt die Treppe nach unten. Dort angekommen, erfuhren sie im Sekretariat, dass Hauptkommissar Seeliger sich in einem Einsatz befand. Wann der zu Ende wäre, könnte leider nicht gesagt werden. Aber man werde die Kollegen von Mord und Totschlag sofort informieren, wenn er wieder im Hause sei. Wie schön. Vielen Dank auch.

„Lass uns mit Sofie weitermachen", sagte Achim nach dem erfolglosen Ausflug ins Betrugsdezernat. „Die ist bestimmt noch beeindruckt von der Beisetzung. Das sollten wir ausnutzen. Von unserem Besuch auf dem Friedhof habe ich mir übrigens mehr versprochen. Aber das einzig Bemerkenswerte waren die knallbunten Accessoires der Eltern Melchers. "

„Völlig richtig, Achim. Viertens: Welche Bedeutung haben der glänzend rote Schal und die Krawatte gleicher Farbe? Hochinteressanter Ermittlungsansatz. Auf nach Lahnstein. Auch wenn man uns dort wahrscheinlich auf die letzte Frage keine Antwort geben kann. Die Arbeit ruft, sie schreit geradezu nach uns."

18.

Entgegen ihrer sonstigen körperbetont kommunikativen Art verhielt Isabel sich ausgesprochen wortkarg, nachdem sie den Kommissaren geöffnet hatte.

„Da hinten", knurrte sie, als Achim nach Sofies Zimmer fragte.

„Wo da hinten?", lautete seine Gegenfrage, weil im rückwärtigen Bereich drei Türen von dem großzügigen Flur abgingen.

„Da, wo das niedliche Kleinmädchenpferdeposter dranklebt." Mit diesen Worten drehte Isabel sich um und verschwand türenknallend in ihrem eigenen Zimmer.

Hier herrscht ja eine Bombenstimmung, dachte Jana und ging zusammen mit Achim auf das Pferdeposter zu. Bevor sie dazu kamen, anzuklopfen, sprang die Tür auf. Sofie kam ihnen mit einem derartigen Tempo entgegengestürmt, dass sie gegen den Kommissar rannte. Der schwankte kurz, konnte sich aber fangen und hielt sie dann an den Schultern fest. „Wohin denn so eilig?", fragte er.

Unglaublich, wie die jungen Frauen in den letzten Tagen auf ihren Kollegen und Freund flogen, dachte Jana.

Sofie schüttelte Achims Hände ab. „Entschuldigung. Ich wollte nachschauen, was wieder los ist. Warum meine Schwester so einen Höllenlärm macht. Noch nicht einmal an einem solchen Tag kann sie Ruhe geben."

„An einem solchen Tag? Meinen Sie den Tag von Adrians Beisetzung?", erkundigte sich Achim.

„Natürlich. Sie waren doch auch da."

„Könnten wir in Ihr Zimmer gehen? Wir unterhalten uns nicht so gerne auf dem Flur."

Sofie ging voraus. Ihr Reich sah in der Tat aus, als wohnte hier ein kleines Mädchen und keine angehende Abiturientin. Jana entdeckte an den Wänden Poster von Walt Disneys Schneewittchen und ihren sieben Zwergen. Das Bett war tadellos gemacht und mit bunter Bettwäsche bezogen. Überall stand irgendwelcher Nippes herum. Goldene Porzellanhündchen mit silbernen Herzchen auf der Brust. Etliche Schneegestöber-Schüttelgläser. In einem erkannte sie den Eiffelturm, in einem anderen hockte ein Weihnachtsmann auf einem Rentier, ein drittes beschneite die amerikanische Flagge. Mitbringsel von Papas oder Mamas Dienstreisen?

Jana schaute sich weiter um. Sie suchte nach etwas Bestimmtem. Und sie wurde fündig. Auf einem Regal in der Ecke des Zimmers lagen, saßen und standen mehrere *Barbie-Puppen* mit einem unglaublichen Arsenal an Klamotten. Ken gab es, zumindest auf dem Regal, nur ein Mal. Vielleicht warteten ja noch ein paar Ersatz-Kens in den Schubladen auf ihren Einsatz. Wer wusste das schon. Sofies Stube machte einen solch ordentlichen und aufgeräumten Eindruck, als wäre vor wenigen Sekunden ein vielbeiniger Trupp Reinigungskräfte hindurchgezogen. Nicht das kleinste Staubkorn. Das war Jana mindestens genauso suspekt wie Wohnungen, in denen hauptsächlich Staubmäuse wohnten. Ihr fiel auf, dass ein Schreibtischstuhl die einzige Sitzgelegenheit darstellte. Sofie schien nicht viel Besuch zu empfangen. Jedenfalls keinen, der sich zu einem netten Plausch und einer Tasse Kaffee niederlassen wollte.

Sah so aus, als ob Achim mit seiner Einschätzung recht hatte. Das war die Heimstatt des verhätschelten und vertätschelten Zwillings mit der halben Nase, des kleinen Mädchens, um das sich die Eltern mit besonderer Fürsorge kümmern mussten. Alles in diesem Zimmer schien sagen zu wollen, dass hier jemand lebte, der viel Aufmerksamkeit benötigte. „Habt mich lieb" stand unsichtbar in die Wände geritzt. Außerdem wohnte in diesem Haushalt die vernachlässigte Beauty der Familie, für die sich niemand interessierte und der ihre Perfektion rein gar nichts nützte. Sofie nahm währenddessen auf besagtem Schreibtischstuhl Platz, ohne ihn den beiden Ermittlern anzubieten.

Jana schaute Achim an. Der zuckte mit den Schultern. Seine Partnerin wusste, was er damit sagen wollte. Wenn einer saß und zwei blieben stehen, dann waren die Stehenden immer im Vorteil.

„Wie geht es Ihnen, Frau Mundling?", fragte der Ermittler.

Sofies Unterlippe begann zu zittern. „So la-la.“ Sie kratzte mit ihren Fingernägeln über ihre dünne schwarze Hose. Das Geschabe hinterließ helle Streifen auf dem dunklen Stoff. „Nein, ich fühle mich total mies.“

„Adrian hat Ihnen viel bedeutet, nicht wahr?“ forschte der Kommissar behutsam und vorsichtig nach.

„Er war toll. Ihm war meine …“, Sofie stockte und verstummte.

„Ihm war Ihre Nase egal. War es so?“, half Achim.

Die junge Frau nickte. „Wenn wir zusammen waren, habe ich vergessen, dass ich eine Ruine im Gesicht habe.“

„Was heißt das? Wenn Sie zusammen waren?“, erkundigte sich Achim.

„Na, in der Schule“, antwortete Sofie schnell.

„Aber dort gab es doch genügend andere, bei denen Sie Ihre Nase nicht vergessen konnten. Also, Frau Mundling, haben Sie sich ab und zu alleine mit Adrian getroffen?“ Achims Stimme blieb sanft und ruhig, während Jana sich bemühte, die aufkommende Unruhe in den Griff zu bekommen. Waren sie endlich der Lösung des Falls auf der Spur? Sie lockerte die angespannten Muskeln um ihre Augen mit ihren Zeigefingern.

Sofie fuhr fort, mit ihren Nägeln über die Hose zu kratzen.

„Waren Sie und Adrian ein heimliches Paar?“

„Nein, Herr Kommissar“, hauchte die junge Frau. „Auch wenn ich mir das mehr gewünscht habe als alles andere auf dieser Welt. Aber so weit waren wir noch nicht.“

„Wie weit waren Sie denn?“, hakte Achim nach.

„Wir haben uns ab und zu in der Stadt getroffen, auf einen Kaffee oder eine Cola und haben miteinander geredet. Über Gott und die Welt. Über ihn, über mich. Manchmal auch über meine Nase. Aber ziemlich selten. Wir mussten halt aufpassen, dass Isabel nichts mitbekam. Wenn die wüsste, dass wir uns getroffen haben, würde die austicken. Er fand Isabel ätzend und aufdringlich. Nur eine hübsche Verpackung, hat er immer gesagt. Ohne Inhalt. Ohne Wert.“

„Warum ist Adrian überhaupt mit Ihrer Clique herumgezogen? Wenn er Ihre Schwester nicht leiden konnte und sich von ihr belästigt fühlte?“

„Am Anfang, weil er zu uns gehören wollte. Er fand Lukas ziemlich cool. Später, um auf mich aufzupassen, Herr Tippel.“

„Isabel war auch scharf auf ihn. Haben Sie sich um ihn gestritten?“, bohrte Achim weiter.

„Gestritten? Nein, das brauchte ich nicht. Er war nicht an meiner Schwester interessiert.“

„Die fand das doch wahrscheinlich alles andere als prickelnd“, vermutete Achim.

Zu Janas Erstaunen lachte Sofie hell auf. „Glauben Sie etwa, das hat Isabel beeindruckt? Im Gegenteil. Sie hat sich auf den Kriegspfad begeben. Sie hat sich an ihn rangemacht, hat keine Gelegenheit ausgelassen, ihm auf die Pelle zu rücken. Sie war fest davon überzeugt, ihn irgendwann in ihr Bett zerren zu können. Bevor der Nächste gekommen wäre.“

Na ja, dachte Jana. Bei Isabel waren bestimmt einige gekommen. Sie beschloss, sich einzumischen. „Wie groß ist denn der Verschleiß Ihrer Zwillingsschwester, Frau Mundling? Wo und wie lernt sie ihre Begleiter kennen? Da wir gerade dabei sind. Woher hatten Sie das Geld für Ihre Saufwetten? Über die wissen wir nämlich genau Bescheid. Von Adrian oder von Ihrer Schwester? Oder haben Sie eine eigene Methode entwickelt, um sich an dem Ganzen beteiligen zu können?“

Lukas sah sich einmal mehr im Esszimmer seiner Mutter gegenüber, die ihm ein Stück Apfelkuchen mit Sahne und einen Becher mit heißer Schokolade aufdrängen wollte. Ihr Sohn war dankbar, dass sie nicht versuchte, ihn zu füttern oder ihm die Flüssigkeit mit Hilfe einer Schnabeltasse einzuflößen.

„Ich habe keinen Hunger, wirklich nicht. Mir geht es nicht gerade super.“

„Eben deshalb, mein Liebling.“ Mama Siegmann gab nicht auf. Lukas wusste, dass sie es als ihre edelste Aufgabe ansah, ihren Sohn, und selbstverständlich auch ihren Mann, bei Kräften zu halten. Gutes Essen hält Leib und Seele zusammen, hatte seine Oma immer gesagt. Damit hatte sie recht, davon war ihre Tochter Dorothee überzeugt. Gemeinsam zu speisen besaß für sie einen immensen Stellenwert. Als hochheiliges Ritual, das nicht nur den Kitt für Leib und Seele, sondern auch für die Familie und den Freundeskreis lieferte. Bei keiner anderen Gelegenheit konnte man so entspannt miteinander plaudern und sich mit mehr als zwei Menschen einem sinnlichen Genuss hingeben, der einem im wahrsten Sinne des Wortes auf der Zunge zerging. Alles wurde gut, so konnte man meinen, wenn nur der Hefeteig sich auf das doppelte Volumen vergrößerte und das Soufflee nicht in sich zusammenfiel.

„Nun iss, mein Junge. Das bringt dich auf andere Gedanken. Nach diesem schweren Tag. Ich kann ja verstehen, dass du nicht mitgehen wolltest zum Leichenschmaus." Lukas Mutter hielt sich mit ihren Händen den Mund zu. „Oh Gott, was für ein schreckliches Wort", kam es undeutlich durch ihre Finger. „Aber du musst etwas essen. Du wirst ja immer dünner."

Lukas griff resigniert nach seiner Kuchengabel und begann in dem sicherlich wohlschmeckenden Backwerk herumzustochern, ohne dass auch nur ein einziger Krümel in seinem Mund landete.

Seine Gedanken wanderten ein paar Stunden zurück auf den Friedhof. Während der Beisetzung hatte es Streit mit Isabel gegeben. Er hatte sich von Anfang an bemüht, sich von ihr fernzuhalten. Er hatte sie durch seine vorgeschobene Krankheit, Magen-Darm, seit der Nachricht von Adrians Ermordung nicht mehr gesehen. Auf dem Friedhof war er lieber bei seinen Eltern geblieben, statt sich seinen Mitschülern anzuschließen. Hätte er sich schenken können. Irgendwann war Isabel auf sie zugewackelt gekommen. Seinem Vater waren fast die Augen aus dem Kopf gequollen, weil sie so klasse aussah in ihrer auf Figur geschnittenen Trauerkleidung. „Podolski. Oh, Entschuldigung, Lukas", hatte sie gegurrt, „könnte ich dich bitte kurz sprechen?"

„Geh nur, mein Sohn", hatte Siegmann senior großzügig erklärt. „Wir warten auf dem Parkplatz auf dich."

„Danke, Herr Doktor“, hatte die schöne Bella geflüstert und einen Knicks angedeutet. Wie ein Hausmädchen. Total bescheuert.

Hundert Meter weiter war von Flüstern nichts mehr zu merken gewesen.

„Du Versager“, zischte sie, als sie glaubte, dass sie vom Grab aus nicht zu sehen und nicht zu hören waren. „Du unsäglicher Idiot. Warum musstest du den Bullen das mit den Wetten stecken? Jetzt wollen die natürlich wissen, woher wir das Geld hatten. Und Sofie, das Achtelhirn, hat verraten, dass wir nur hundertfünfzig Euro Taschengeld bekommen. Wie kann man nur so unterbelichtet sein.“ Isabel schlug Lukas ihre rechte Hand an den Kopf.

Der Junge zuckte zurück. „Ich bin doch nicht schuld, dass du auf die Idee gekommen bist, die Opis, die es mit dir treiben, zu erpressen.“

„Du hast auch gut dran verdient, du Looser. Wenn ich dich daran erinnern darf. Wir sind beide reif, wenn das rauskommt.“

Womit sie das Problem ihres Schulkameraden auf den Punkt brachte. Denn aufs Reifsein verspürte er nicht die geringste Lust. Aber irgendetwas sagte ihm, dass es ihm nicht mehr lange erspart bleiben würde.

„Wir können damit nicht weitermachen, verdammt noch mal. Adieu, schönes Leben. Super, vielen Dank. Mensch, wenn ich den erwische, der Adrian eins auf den Schädel gegeben hat, den bring ich um“, meckerte Isabel.

„Dann lass uns auch aufhören, sofort“, bestärkte Lukas ihre Auffassung. „Vielleicht wächst ja irgendwann Gras über die Sache. Deine Geldspender verpfeifen uns bestimmt nicht.“

„Sag mal, raffst du es endlich? Selbst wenn wir unser einträgliches Geschäft aufgeben, und uns bleibt gar nichts anderes übrig, wollen die beiden Bullen wissen, woher wir das Geld haben, du Trottel. Überleg lieber mal, wie wir das dem Kommissar und seiner ...“, Isabel stieß verächtlich die Luft aus, „... kleinen Polizistenschnalle erklären können. Am besten so, dass sie unsere Eltern nicht fragen.“

In dem Moment waren die beiden Ermittler um die Ecke gebogen und auf sie aufmerksam geworden. Typischer Fall von „Wenn man vom Teufel spricht". Isabel stellte das Keifen ein, schoss noch einen giftigen visuellen Pfeil auf ihren Schulkameraden und stöckelte zurück zu den anderen aus ihrem Kurs. Lukas ging in diesem Moment ein Kronleuchter auf. Am liebsten hätte er sich sonst wohin gebissen. Warum nur hatte er das mit den Saufwetten zugegeben und noch dazu, dass es seine Idee gewesen war? Wäre er sich mit seinen Mittrinkern einig gewesen, hätten sie alles Adrian in die Schuhe schieben können. Ein Glück nur, dass er das Pfand besaß, das eine Verbindung zwischen Adrian und der Familie Siegmann herstellte. In seinem Wäscheschrank inmitten frisch gebügelter T-Shirts. Ohne dieses Pfand würde es schwer werden, ihm etwas nachzuweisen. Isabel war ein kleines Flittchen, dem sowieso keiner glauben würde. Sofie und Daniel würden zu ihm halten. Sofie, weil sie ihre Schwester auf den Tod nicht leiden konnte, und Daniel, weil er immer das machte, was Lukas ihm sagte. Plötzlich merkte er, wie mordshungrig er war. Er würde nicht für Isabels Scheiß-Ideen in den Knast wandern. Er machte sich über den Kuchen her. Beobachtet von den zufriedenen, liebevollen Blicken seiner Mutter. Das Backwerk war, wie nicht anders zu erwarten, köstlich. Außen knusprig, innen saftig. Lukas verschlang sein Stück in einer atemberaubenden Geschwindigkeit. Dann hielt er Dorothee seinen leeren Teller hin.

Die tat ihm sofort ein zweites Stück auf. Mit einem gehörigen Klecks Sahne obendrauf. „Noch einen Becher Kakao, mein Schatz?"

„Was soll ich denn für eine Methode entwickelt haben, Frau Kommissarin?", zickte Sofie Jana an.

„Das weiß ich nicht", antwortete die ruhig. „Deshalb frage ich Sie ja. Also, wie sah Ihre Geldbeschaffung aus?"

„Ich habe mein Taschengeld gespart."

„Selbstverständlich. Von den hundertfünfzig Piepen, die Sie im Monat von Ihren Eltern bekommen, haben Sie niemals auch nur einen Cent ausgegeben."

„Sie haben es erfasst." Sofie verschränkte ihre Arme und setzte ein hochmütiges Gesicht auf. „Wenn Sie können, beweisen Sie mir doch das Gegenteil."

„Gut, Frau Mundling, wir haben Zeit. Hat Adrian Ihnen Geld geschenkt oder geliehen?“, fragte Jana.

„Nein, verdammt.“

„Ihre Schwester? Glauben Sie mir, ich kann noch Stunden damit zubringen, die immer gleichen Fragen zu stellen“, erklärte die Kommissarin der jungen Frau.

Sofie sah die beiden Ermittler abwechselnd an. Nun gruben sich ihre Fingernägel in ihre Unterarme statt in ihre Hose. Sie schien nachzudenken. Ein Umstand, der Jana durchaus erfreute, auch wenn dies nicht unbedingt mit einer Selbstzerfleischung einhergehen musste. Sie beschloss, Sofie in ihrer Entscheidungsfindung zu unterstützen. „Sollten Sie uns nützlich sein, Frau Mundling, dann können wir Ihnen auch helfen.“

„Was genau heißt das?“, wollte die Schülerin wissen, während sie mit ihren Schneidezähnen ihre Unterlippe malträtierte.

„Dass wir für den Fall, dass Sie uns einen Hinweis auf Adrians Mörder oder Mörderin liefern, ein Auge zudrücken könnten. Falls Sie etwas nicht ganz Koscheres angestellt haben sollten. Natürlich vorausgesetzt, Sie haben Ihren Mitschüler nicht höchstpersönlich auf dem Gewissen“, erklärte ihr Jana.

„Ich mochte Adrian sehr, einfach absurd anzunehmen, dass ich ihm etwas angetan habe“, sagte Sofie mit belegter Stimme.

„Wo sind eigentlich Ihre Eltern? Wir ermitteln jetzt seit fünf Tagen und nie war einer von ihnen da.“

„Mein Vater ist auf einer Konferenz in den USA. Meine Mutter begleitet ihn. Danach besuchen sie Freunde in Amerika. Sie kommen in einer Woche zurück.“

„Fühlen Sie sich nicht arg alleine in dieser schwierigen Situation? Haben Sie Ihren Eltern erzählt, was geschehen ist?“

Sofies Nägel und Zähne gruben sich immer tiefer in ihren Unterarm und ihre Lippe. „Nein, sie wissen nicht, was passiert ist. Wozu sie beunruhigen?“

„Na ja, dann schauen wir mal, wie Ihre Eltern reagieren, wenn wir ihnen nach ihrer Rückkehr von Ihren Saufgelagen berichten.

Und über die ziemlich unklare Finanzierung Ihrer Vergnügungen. Auf Wiedersehen.“

„Bleiben Sie, bitte.“ Janas Offensive zog offenbar doch eine gewisse Wirkung nach sich. „Ich sage Ihnen, woher ich das Geld hatte. Aber nur, wenn Sie mir dann auch helfen.“

„Okay“, versprach Jana. „Unter den Voraussetzungen, die ich eben genannt habe.“

In diesem für die Ermittlungen ausgesprochen wichtigen Moment schlug die Zimmertür auf. Isabel stürmte herein. „Wehe, du steckst denen was, du hässliche Unke!“

Jana schaute Achim an. Der grinste und zwinkerte ihr mit dem rechten Auge zu. Sofie sprang von ihrem Stuhl auf. Die Zwillinge standen sich gegenüber wie zwei Boxerinnen im Ring und funkelten sich an.

„Von dir lasse ich mir überhaupt nichts sagen, du Schlampe. Ich habe das Geld von ihr, von meiner großen Schwester.“

Ehe sich die Ermittler versahen, begannen die Zwillinge aufeinander einzuprügeln. Jana versuchte Isabel festzuhalten und Achim Sofie. Trotzdem gelang es den beiden jungen Frauen, sich in den langen blonden Haaren der anderen zu verfangen und kräftig an ihnen zu reißen. Einige Strähnen schwebten Richtung Fußboden, begleitet von weiblichem Wutgeheul. Als Nächstes würden sie wahrscheinlich dazu übergehen, sich gegenseitig die zarte Gesichtshaut zu zerkratzen.

„Meine Damen, ich bitte Sie, bewahren Sie Haltung!“ Achims laute Stimme erschreckte die feindlichen Schwestern offenbar so, dass sie voneinander abließen und den Kommissar verdutzt anblickten. „Vielen Dank. Nun würde mich interessieren, wie das mit dem Geld so abgelaufen ist. Also, Frau Sofie Mundling. Ich lausche Ihnen gespannt. Jana, bitte sei so freundlich und leiste Fräulein Isabel in ihrem Zimmer Gesellschaft. Wir wollen doch nicht, dass es hier noch einmal zu Handgreiflichkeiten kommt.“

Der Zwilling mit der ganzen Nase spuckte seine Schwester an. „Mistkuh, pass bloß auf, was du sagst.“

„Oder zu Schlimmerem", bemerkte Achim, während Jana die widerspenstige Bella an den Oberarmen gepackt hielt und sie durch die Tür dirigierte.

19.

Klaus Melchers öffnete die Beifahrertür, damit seine Frau im Wagen Platz nehmen konnte. Er schloss die Tür und ging um das Auto herum. Dabei versuchte er, die heftigen Stiche in der Wade zu ignorieren. Die Wirkung der Schmerztabletten, die momentan seine Hauptnahrung darstellten, ließ nach. Er war froh, als er hinter dem Steuer saß und sein Bein entlasten konnte.

Während der Beisetzung hatte er immer wieder seine Frau anschauen müssen, voller Bewunderung. Sie hatte sich im Griff gehabt, war unendlich stark gewesen. Nur ihrem kraftvollen Auftreten verdankte er, dass er die Trauerfeier einigermaßen durchgestanden hatte, ohne zusammenzubrechen. Schließlich wollte er nicht wie ein Versager dastehen. Immerhin war er der Mann. Genau genommen wäre es seine Aufgabe gewesen, seiner Frau beizustehen, sie zu trösten, ihr Halt zu geben. Stattdessen hatte er sich an dem offenen Urnengrab an sie gelehnt und darauf vertraut, dass sie nicht wankte. Sie tat ihm den Gefallen.

Die Menschen, die ihnen kondolierten, waren wie eine gesichtslose, zähe, schwarze Masse an ihm vorbeigeflossen. Ein Strom ohne Ende. Astrid wechselte sogar mit dem ein oder anderen ein paar freundliche Worte, während er keinen Ton rausbrachte, sondern höchstens ein knappes Nicken. Meistens verstand er nicht, was ihm Tröstliches gesagt wurde, erkannte nicht, wer ihn umarmte oder ihm die Hand drückte. Viele junge Leute waren da gewesen. Adrians Freunde? So wenig hatte er sich für seinen Sohn interessiert, dass er nicht einmal wusste, wer seine Freunde waren.

„Ich würde gerne Engel auf sein Grab stellen lassen."

„Bitte?" Was hatte seine Frau gesagt?

„Engel, Klaus."

„Ja, ja, von mir aus."

„Es gibt da eine herrliche Skulptur. Einen großen Engel, der einen kleinen Engel in die Arme nimmt. Auf den kleineren würde ich gerne Adrians Namen schreiben lassen."

Der Rechtsanwalt merkte, wie ihm die Tränen kamen. Warum hatte er seinen Sohn nicht öfter umarmt oder an die Hand genommen? Ihm Schutz gegeben? Er war doch fast noch ein Kind gewesen. Statt ihm Wärme zu schenken, hatte er versucht, ihm Disziplin beizubringen. Ihm zu verstehen gegeben, dass Ordnung herrschen musste und verlässliche Strukturen, um erfolgreich zu sein. Klaus Melchers hätte in diesem Moment sein Leben geopfert, um zu erfahren, was Adrian ihm an dem Morgen, an dem er wegen seiner Anwaltspraxis keine Zeit für ihn gehabt hatte, erzählen wollte.

„Es war schwierig für dich, oder, Klaus?"

„Was?"

„Wo bist du bloß mit deinen Gedanken?"

„Ich bin völlig fertig. Wie schaffst du es nur, das so ruhig und gefasst durchzustehen?"

Astrid Melchers zog die Hand ihres Mannes auf ihren Schoß und hielt sie zwischen ihren Händen fest. Der Anwalt ließ es geschehen. Wie warm ihre Finger waren, wie weich und wie trocken. Im Gegensatz zu seinen rauen, feuchten und kalten Innenflächen. Das Einzige, was an ihm heiß glühte, war seine Wade.

„Entschuldige, was hast du gesagt?" Er bemühte sich, seiner Frau konzentriert zuzuhören.

Astrid Melchers schaute ihn durchdringend an. Was für ausdrucksvolle Augen sie hat, dachte ihr Mann. Selbst, wenn sie ihren Röntgenblick einsetzte, unter dem er sich stets vorkam wie ein von einer Hyäne abgenagtes Gerippe, verloren sie nichts von ihrem sanften Glanz. Sie war immer bereit, ihr Gegenüber mit Sympathie zu betrachten, daran zu glauben, dass der andere ein guter Mensch war. Selbst wenn das Böse in der eigenen Familie Einzug gehalten hatte. Wieder einmal wünschte er sich, etwas von ihrer Gelassenheit zu besitzen, von ihrer heiteren Sicht auf die Welt. Sogar in Adrians Tod schien sie einen Sinn zu sehen, der ihm bis jetzt völlig verborgen geblieben war.

„Wer, glaubst du, hat unserem Sohn das angetan, Astrid?“ Sein Hals wurde eng.

„Das kann ich dir nicht sagen. Aber die Polizei wird es herausfinden, das weiß ich.“

Achim wartete ein wenig, bis Sofie nicht mehr keuchend, sondern wieder normal atmete. „Nun, Frau Mundling, ich wiederhole die Frage, die meine Kollegin schon so beharrlich gestellt hat. Wie haben Sie, und damit meine ich nur Sie und keinen von Ihren Kumpanen, sich das Geld für die Saufwettenorgie beschafft?“

„Meine Schwester ist gefährlich.“ Sofie flüsterte, als hätte sie Angst, Isabel könnte sie hören.

Ach was, dachte Achim, wem sagte sie das. Aber ihrem Zwilling gegenüber war es natürlich geschickter, den Ahnungslosen zu spielen. „Was meinen Sie damit, Frau Mundling? Stimmt es, was Sie eben in Ihrer Wut gesagt haben? Haben Isabel und Ihr Wetteinsatz etwas miteinander zu tun?“

„Ja, ich habe das Geld von ihr.“

„Die komplette Summe?“

„Ja, bis auf den letzten Cent.“

„Warum hat Sie Ihnen so viel Kröten gegeben?“

„Weil ich gerafft habe, wie meine Schwester an die Patte gekommen ist. Ich habe ihr gesagt, dass ich unseren Eltern alles erzählen werde, wenn sie mir die Kohle nicht gibt.“

„Welche Drohung hat bei Isabel eine solche Wirkung entfaltet?“

„Sie hat sich mit alten Säcken eingelassen und sie anschließend erpresst.“

Wow, dachte Achim, Kompliment an Billes und Janas gute Riecher. Er verzichtete darauf, Sofie zu fragen, ab wann man ihrer Meinung nach zu den alten Säcken gehörte. Die Gefahr, dass sie ihn dazu zählen könnte, war zu groß.

„Mit ‚einlassen‘ meinen Sie, dass sie mit den Männern geschlafen hat?“

Sofie nickte mit hochrot angelaufenen Ohren. Wie teuer mochte die vermeintlichen Liebhaber Isabels Gunst zu stehen gekommen sein, schoss es Achim unwillkürlich durch den Kopf.

„Warum macht Ihre Schwester das? Nur wegen des Geldes?“ Was für ein schöner Satz mit einem Genitiv. Seine Deutschlehrerin wäre stolz auf ihn.

„Nein.“

„Nein? Weshalb denn dann?“

„Weil sie gerne Menschen dominiert. Es macht ihr Spaß, sie zu manipulieren. Ihre Wirkung auszuprobieren und auszunutzen. Sie sammelt Kerle wie andere Mädels Schuhe.“

„Wie sind Sie dahintergekommen? Ihre Schwester wird es Ihnen ja kaum erzählt haben.“

„Ich habe auf einem von Isabels USB-Sticks Videos gefunden. Ich habe einen für ein Referat gebraucht und ihn mir aus ihrem Zimmer genommen, ohne sie zu fragen. Ich habe die Filme von Isabel und ihren Liebhabern gefunden und den Erpresserbrief, den sie darauf gespeichert hat. Damit hatte ich die Beweise.“

„Die Sie doch bestimmt in irgendeiner Form gesichert haben?“

Sofie nickte kaum wahrnehmbar. „Ich habe den Stick Adrian gegeben. Der hat alles auf seinen Laptop gezogen. Ich bin schuld, dass er tot ist“, platzte es aus ihr heraus. „Weil ich ihn da mit reingezogen habe.“

Achim entspannte seine Muskeln. Endlich waren sie dem Motiv auf der Spur. Adrian hatte von Sofie erfahren, wie Isabel an Geld kam. Es war zumindest wahrscheinlich, dass er die schöne Bella hatte wissen lassen, dass er Bescheid wusste. Die hatte ihn dann aus Furcht vor Entdeckung um die Ecke gebracht und auf irgendeinem Weg seinen Laptop an sich genommen. So musste es gewesen sein. Aber vor der eigenen Verwandtschaft hatte sie doch halt gemacht. Statt sie umzubringen, hatte sie sie lieber ausbezahlt. Sie waren auf dem richtigen Weg. Jetzt bloß nicht davon abkommen. Nicht schauen, was am Rand so rumstand, sondern nur nach vorne.

„Sie haben Ihre Schwester erpresst?“

„Sagen wir mal, ich habe sie überredet, mich mitzunehmen. Sie hätte sich sonst alleine mit den anderen an den Wochenenden getroffen. Ich hatte ja kein Geld. Das hätte ihr prima gefallen. Ein Mädel, drei Jungs. Darunter Adrian. Aber nachdem ich ihr gesteckt habe, dass ich Bescheid weiß, hat sich das geändert."

„Wo ist der Stick jetzt?"

„Adrian hat ihn versteckt, ich weiß nicht wo."

„Was haben Sie denn Ihrer Schwester erzählt, was sie mit dem Stick gemacht haben? Die muss doch ausgetickt sein vor Zorn."

„Ich habe ihr gesagt, ich hätte ihn bei einem Anwalt hinterlegt."

Achim seufzte. Weit und breit kein Beweis. Es war zum Aus-der-Hose-Springen. Nein, besser nicht. Nicht in diesem Haus. „Das ist die reine Wahrheit? Sie haben nicht gelogen?", vergewisserte er sich.

„Pfft. Wenn Sie meine Schwester besser kennen würden, würden Sie keine Sekunde daran zweifeln, dass ich ehrlich bin."

„Gut, Frau Mundling. Lassen wir diese Behauptung, mehr ist es im Moment nicht, weil das Beweisstück fehlt, einmal so stehen."

Sofie geriet erkennbar in Panik. „Was heißt denn Behauptung. Genauso ist es abgelaufen. Sie haben mir versprochen, dass ich in Sicherheit bin, wenn ich mit Ihnen zusammenarbeite." Ihre Stimme wurde immer höher, bis sie nur noch quietschte. „Wenn Sie Isabel sagen, dass Sie von mir wissen, dass sie von reichen Mackern Kohle erpresst, macht sie mich fertig. Und unsere Eltern sind nicht da."

„Frau Mundling, bitte, so dumm wird Ihre Schwester nicht sein. Wissen Sie, wo sich Adrians Laptop befindet? Wir haben ihn weder in der Schule noch bei ihm zu Hause gefunden."

„Ich habe keine Ahnung, wo der Laptop ist. Und was heißt, so dumm wird sie nicht sein? Sie haben doch gesehen, wie sie eben reagiert hat."

„Da ist in der Tat was dran." Achim dachte angestrengt nach. Fakt war, der Zwilling mit der halben Nase besaß für seine Anschuldigungen keine Beweise. Und die Polizei damit genauso wenig. Tatsache war weiterhin, Sofie hegte eine herzliche Abneigung gegen ihre Schwester. Außerdem raste sie vor Eifersucht auf ihr hübsches Ebenbild. Wenn sie eine Chance witterte, der schönen Bella nachhaltig eins auszuwischen, würde sie das ohne Zögern tun. Am liebsten mit dem Resultat, dass sie Isabel für eine Weile los wäre. Falsch, dass sie sie für den Rest ihres Lebens quitt war.

Statt auf einem geraden Ermittlungsweg ohne größere Hindernisse und Einbahnstraßen nach vorne zu kommen, fand er sich urplötzlich in einer Sackgasse wieder. Klar hatte Isabel Dreck am Stecken, klar verkaufte sie sich. Aber sie besaßen dafür nicht einen einzigen Beleg. Wenn die blonde Schönheit sie auslachen würde, wäre erst mal Schluss. Dieser verdammte Laptop musste her. Denn auf ihm versteckte sich die Antwort auf dieses Verbrechen. Hoffentlich.

„Frau Mundling, in der Nacht als Adrian starb, wie kamen Sie da nach Hause und wie spät war es?“

„Isabel und ich haben uns ein Taxi genommen. Es war so in etwa zwei Uhr, wenn ich mich richtig erinnere. Wir waren alle ziemlich ...“, Sofie zögerte einen Moment, „... angesäuselt.“

„Hat Ihre Schwester das Haus noch mal verlassen?“

„Wie denn?“ Ihr Zwilling lachte keckernd wie eine Elster. „Auf ihren Knien rutschend? Die war total blau. Die ist bestimmt nicht mehr weg.“

Super, dachte Achim. Jetzt haben die zwei auch noch ein Alibi, wenn die Uhrzeit stimmte. „Warten Sie hier bitte auf mich“, befahl er der jungen Frau.

„Was machen Sie? Fragen Sie meine Schwester?“

„Ich weiß es nicht. Ich werde mich mit meiner Kollegin besprechen. Ich darf doch davon ausgehen, dass Sie die Wahrheit gesagt haben? Verzeihen Sie, dass ich noch mal nachbohre.“

„Ja, natürlich, ja.“

In diesem Moment war Achim sicher, dass sie weder log noch schauspielerte. Denn in ihren Augen nistete die nackte Angst.

Als Klaus Melchers und seine Frau die Villa am Rhein betraten, hörten sie, wie im Wohnzimmer mit Geschirr geklappert wurde.

„Helene?“, wunderte sich der Anwalt. „Ich hatte Ihnen doch für heute Nachmittag freigegeben.“

„Aber nein, ich bin hier, Herr Melchers“, kam es aus Richtung Essecke. „Ich dachte, Sie könnten eine starke Tasse Kaffee gebrauchen, wenn Sie von diesem schweren Gang zurückkommen.“ Den Worten folgte ein gut hörbares Schluchzen.

„Lassen Sie nur, Helene, ich erledige das“, rief Astrid Melchers.

Die Haushälterin kam aus dem Wohnzimmer geeilt und klatschte in die Hände. „Gnädigste, wie schön Sie zu sehen. Es tut mir so leid.“ Helene schlang die Arme um die Frau des Anwalts. Sie weinte hemmungslos. „Wie schrecklich das für Sie sein muss. Wenn ich es schon kaum aushalte. Ich muss ständig an ihn denken. Aber es war so eine würdige Beisetzung.“

Astrid Melchers fuhr der Haushälterin beruhigend mit den Händen den Rücken entlang, bis deren Schultern deutlich weniger bebten. „Ich danke Ihnen, Helene, dass Sie so mit uns fühlen. Es ist wunderbar, von Menschen wie Ihnen Beistand zu erfahren. Setzen Sie sich und trinken Sie einen Kaffee mit uns. Ich kümmere mich darum.“

Melchers Perle wischte sich mit dem rot-weiß karierten Geschirrtuch über die Augen. „Aber nein, das geht doch nicht. Nehmen Sie Platz, ich mache das schon.“ Mit der rechten Hand das Geschirrtuch umklammernd, mit der linken den Zipfel ihrer Schürze, verschwand sie in der Küche.

„Bitte.“ Klaus Melchers wies auf das Sofa, das seine Frau vor einigen Jahren ausgesucht hatte. Er hatte sich nie um die Einrichtung gekümmert. Wenn es etwas für Haus oder Garten zu besorgen gab, hatte Astrid das erledigt. Und er hatte sich immer wohlgefühlt. Die wenige Zeit, die er zu Hause verbracht hatte, zumindest. Die Couch war hellrot mit einem dezenten, weißen Muster. Er sah genau hin. Es waren kleine Blüten, die sich auf dem Stoff so verteilten, als hätte jemand sie mit beiden Händen hingestreut. Unvorstellbar, aber bis zu diesem Moment war ihm nicht bewusst gewesen, dass in seinem Wohnzimmer ein Blümchensofa stand. Die Kissen, die darauf dekoriert waren, waren weiß, mit kleinen hellroten Blüten, die dieselbe Form hatten wie die weißen. Was war ihm in seinem bisherigen Leben noch alles nicht bewusst gewesen, fragte er sich? Zum Beispiel, was für eine wundervolle Frau seine eigene war? Oder was für einen großartigen Sohn sie gehabt hatten? Oder dass es neben seiner Arbeit, die er nach wie vor für wichtig hielt, noch andere Dinge gab? Und damit meinte er nicht, einmal ein Wochenende auf dem Rheinsteig zu verbringen. Er sah sich in seinem hochherrschaftlichen Wohnzimmer, das den Mittelpunkt seines hochherrschaftlichen Hauses bildete, um. Die Kulisse für sein privates Leben, das mehr öffentlich abgelaufen war als familiär. In dieser Szenerie hatte er Empfänge gegeben und Partys gefeiert. Daran Freude zu haben, war nebensächlich gewesen. Das Wesentliche bestand darin, wichtige Leute zu treffen. Mit dem Ziel, seine Karriere voranzutreiben.

Er hatte in Gerichtssälen Plädoyers gehalten, während Adrian in diesem Haus den ersten Zahn bekam, das erste Wort plapperte und laufen lernte. Er hatte seiner Frau verboten, die Kleidung zu tragen, die sie bevorzugte, als er sich in sie verliebt hatte. Weil er sie plötzlich unpassend fand für das, was er sich für sein Leben vorgenommen hatte. Klaus Melchers stöhnte auf. Kein Wunder, dass sie irgendwann beschlossen hatte, ihn unpassend zu finden. Er humpelte vorsichtig zu der gut sortierten Hausbar und schenkte sich einen Brandy ein.

„Möchtest du auch einen?“

„Nein, danke, ich warte auf Helenes Kaffee. Ich muss zugeben, der gehört zu den Dingen, die ich vermisse. Zumal die Brühe, die es vorhin zum Kuchen gab, mehr Ähnlichkeit mit lauwarmem Spülwasser hatte als mit Kaffee.“

Klaus Melchers, der sich weder an den Geschmack der Heißgetränke, die nach der Beisetzung gereicht worden waren, noch an den der Torte erinnern konnte, drehte sich zu seiner Frau um. Er sah sie hoffnungsvoll an. Er wünschte sich, sie möge sagen, dass sie sonst noch etwas vermisste, aber er wartete vergebens.

Achim und Jana lehnten an gegenüberliegenden Wänden in der Diele des Mundlingschen Terrassenhauses und führten eine Unterhaltung in gedämpfter Lautstärke. Jede Wette, dass die Zwillingsschwestern hinter ihren jeweiligen Zimmertüren auf das horchten, was draußen geschah. Der Kommissar beendete gerade seinen Bericht über sein Gespräch mit Sofie. „Wir haben nichts in der Hand. Beweise? Fehlanzeige. Wobei ich betonen möchte, dass ich ihr jedes Wort glaube. Dass Isabel was zu verbergen hat, haben ihre Ausbrüche hinlänglich bewiesen. Hat deine weibliche Intuition einen Tipp, wie wir weitermachen sollen? Meine männliche hat sich zu einem Nickerchen hingelegt."

Jana hob die Arme, streckte sie nach oben aus, verschränkte sie ineinander und legte sie auf ihren Kopf. Sie grinste und zuckte mit den Schultern. „Meinst du, wir bekommen einen Durchsuchungsbeschluss für dieses Anwesen, wenn wir dem Richter von dem verschwundenen Stick und dem verschwundenen Laptop berichten?"

„Vielleicht, wenn wir ihm Sofies unterschriebene Aussage unter die Nase halten, aber drauf wetten würde ich nicht. Besser wäre, wir hätten ein Geständnis von Isabel."

„Das sehe ich genauso." Jana bekam schmale Augen.

„Du hast doch was vor, oder?" Achim schätzte es nicht sonderlich, wenn sie diesen geheimnisvollen Blick aufsetzte. Meistens bedeutete das, dass er sich bald in einer äußerst unangenehmen Situation wiederfinden würde, zum Beispiel in einem Beichtstuhl.

„Du wirst hierbleiben, mein Lieber, bei den verfeindeten Zwillingsschwestern. Ohne mich, ganz alleine. Wir haben keinen stichhaltigen Grund, eine oder beide mitzunehmen. Nicht, dass die sich wirklich gegenseitig erdolchen, wenn sie unbeobachtet sind. Auf weitere Leichen kann ich nämlich verzichten."

„Oh nein. Bestimmt nicht. Ganz, ganz sicher nicht." Achim fuhr der Vorschlag in fast alle Glieder. Er hatte es kommen sehen. Er war mal wieder der Depp.

„Darf ich dich fragen, warum du nicht hierbleibst?", erkundigte er sich.

„Aber klar, mein Schatz. Erstens, ich besitze einen Hund, der sich fürchtet, wenn sein Frauchen zu lange aushäusig ist."

„Oh, kein Problem. Ich fahre sofort zu dir nach Hause und halte Henry die Angst ab. Ab heute schlafe ich mit ihm auf seiner Decke. Versprochen."

„Zweitens", fuhr Jana ungerührt fort, „habe ich nicht die geringste Ähnlichkeit mit einem sogenannten Sugar-Daddy. Du schon." Die Kommissarin betrachtete ihren Partner ausgiebig. „Oder fällst du bereits unter den Begriff Sugar-Grandpa? Na ja, egal. Eins ist nämlich klar: Bis auf den Inhalt deiner Geldbörse passt du in Isabels Beuteschema wie der Arsch auf den Eimer. Älterer Mann mit sexy Eintagebart und ergrauenden Schläfen, von dem man annimmt, dass er sich ohne Probleme becircen lässt. Wenn ich mich richtig erinnere, hat sie es ja schon probiert."

„Sugar-Grandpa? Was heißt das denn? Ich glaube, ich träume." Achim fand sich ehrlich falsch beurteilt. „Und was soll ich mit den beiden anstellen? Ich bin doch kein Kindermädchen."

„Süßer, du bist was Besseres. Du bist ein Mann. Dir fällt schon was ein. Ich würde Computerspiele vorschlagen. Dann könntest du dir unauffällig die Rechner der Mädels anschauen. Vielleicht gehört einer ja in Wirklichkeit Adrian."

„Mmmh." Achim geriet ins Grübeln. Er rieb mit der Hand über die Bartstoppeln auf seinen Wangen. Heute Morgen hatte er auf die Rasur verzichtet. Es kratzte vernehmlich. „Die Idee hat was für sich, das gebe ich zu. Kümmern statt durchsuchen. Aber wie machen wir das unseren Zwillingen begreiflich?"

„Oh, keine Sorge. Das haben wir sofort." Jana ging zu Isabels Zimmertür. Sie klatschte auf Höhe des Schlüssellochs ihre rechte Hand so heftig in die Innenfläche der anderen, dass es sich anhörte, als hätte sie jemanden geohrfeigt.

„Bleib doch hier", schrie sie. „Ich halte das für eine Scheiß-Idee. Bin gespannt, was unser Chef dazu sagt. Aber komm bloß nicht zu mir gekrochen, wenn es Ärger gibt. Du glaubst nicht, wie mich das ankotzt."

Unwillkürlich hielt sich Achim die Wange, während Jana durch die Haustür verschwand und sie heftig hinter sich zuknallte. Als wäre das ein geheimes Signal, spurteten beide Schwestern zu ihm in den Flur.

„Hat sie Sie etwa geschlagen?“, kreischte Sofie.

Isabel beschränkte sich darauf, verwirrt zu schauen.

„Ja, sieht so aus.“ Achim schaffte es mühelos, seiner Stimme einen erstaunten Klang zu verleihen, während er besorgt hörte, wie Jana draußen den Dienstwagen startete. Wobei seine grauen Zellen zunächst offenließen, um wen sie sich mehr sorgten. Um seine Gefährtin oder um den Wagen. Er hoffte, dass sie den Versuch, ausgerechnet durch den Freitagnachmittag-Feierabend-Verkehr nach Koblenz zu fahren, unterlassen würde. Das konnte nur schiefgehen. Zumal kaum noch Benzin im Tank war. Zu was Jana imstande war, wenn sie sich einer Zapfsäule und der dazu gehörenden Pistole näherte, wollte er gar nicht wissen. In dem Moment hörte er es vor der Tür bereits hupen. Fast wäre er nach draußen zu seiner Freundin und dem Auto gestürzt, aber er hielt sich zurück. Wenn sie Hilfe benötigte, musste sie eben retour kommen. Anderenfalls war sie hoffentlich so klug, sich in Lahnstein in ein Café zu setzen und darauf zu warten, dass es dunkel und damit auf den Straßen ruhiger wurde. Und er seinen Auftritt als Babysitter beendet hatte.

Kaum hatte Jana todesmutig den Wagen gestartet, bereute sie ihre Idee bereits heftig. Nicht, weil sie sie für falsch hielt, sondern weil sie nicht wusste, wie sie das Auto in seine heimische Garage unter dem Präsidium bekommen sollte. In einem Stück und ohne Abschleppdienst. An diese Konsequenz hatte sie vor lauter Stolz auf ihren genialen Einfall nicht gedacht. Aber einen Rückzieher konnte sie keinesfalls machen. Das wäre total unprofessionell. Also, auf in den Kampf. Schon das Herausfahren erwies sich als echte Herausforderung, denn der Verkehrsfluss riss nicht ab. In Janas Augen jedenfalls. Als weit und breit keine motorisierte Menschenseele mehr zu sehen war, lenkte sie das Dienstauto aus der Parklücke. Vorsichtig gab sie Gas. Anscheinend zu vorsichtig. Hinter ihr hupte es aufdringlich. Jana erschrak. Wo kam der denn plötzlich her? Die Straße war doch bis Rüdesheim frei gewesen. Ihre Nervosität übertrug sich auf das Auto, das unruhig ruckelte. Der Motor geriet erst gehörig ins Stottern, dann ging er mit einem verstörenden Röcheln komplett aus. Der Fahrer des nachfolgenden Wagens latschte auf die Bremsen und drückte nochmals auf die Hupe. Diesmal ausgesprochen ausdauernd. Die Kommissarin stieg aus und klatschte dem nervigen Zeitgenossen, einem mittelalten Mann mit Hut, ihren Dienstausweis auf die Frontscheibe. Der bekam einen hochroten Kopf und stotterte eine Entschuldigung.

Nachdem das geklärt war, drehte Jana erneut den Zündschlüssel herum. Mit zitternden Fingern. Zumindest tat der Motor ihr den Gefallen, anzuspringen. Nur blöd, dass es ihr nicht gelang, den Fuß ruhig auf dem Gaspedal zu halten. Die Nase dicht an der Scheibe fuhr sie durch Lahnstein in den Kreisel. Danach ging es, mehr autohüpfend als autofahrend, Richtung Zubringer zur Südbrücke. Als sie auf der Brücke nur noch geradeaus fahren musste, lehnte sie sich zurück und entspannte sich. Sie gönnte sich zwei Blicke nach rechts und nach links ins Mittelrheintal. Ein Anblick, an dem sie sich einfach nicht sattsehen konnte. Die mit Bäumen bestandenen Hänge, der majestätische Rhein, Schloss Stolzenfels im Südwesten und die Festung Ehrenbreitstein im Nordosten. Das Laub begann sich bereits zu färben. In Kürze würde es rot, orange und gelb leuchten. Jana riss sich vom Flusspanorama los. Wenige Augenblicke später setzte sie den Blinker rechts und fuhr ab. Puh, geschafft. Sie befand sich wieder auf der richtigen, linken Seite des Flusses und nicht länger auf der rechtsrheinischen, der sogenannten scheelen.

20.

Achim wurde unterdessen mehr jugendlich-weibliche Aufmerksamkeit zuteil, als er ertragen konnte. Isabel hatte sofort die Gelegenheit ergriffen und seifte ihn tüchtig ein. Sie hatte ihn ins Wohnzimmer komplimentiert und ihm einen Platz auf dem Ledersofa angeboten. Sie fragte ihn, ob er etwas zu trinken haben wolle, bedauerte ihn wegen seines schwierigen Jobs und seiner Kollegin. Sich so zu benehmen, unmöglich, also echt, der Ärmste. Ihrem Kurzzeitgedächtnis war es offenbar entfallen, dass sie sich vor einer knappen

Dreiviertelstunde wie eine Kesselflickerin mit ihrer Schwester geprügelt hatte. Sofie war ihnen natürlich gefolgt wie ein unterbeschäftigter Spürhund. Um zu verhindern, dass Isabel sich neben Achim setzte, hatte sie sofort den Platz nahe bei ihm auf dem Sofa eingenommen. Vor dem Kommissar lag die Aufgabe, das Geheimnis zu knacken, das dieser Fall verbarg, möglichst ohne dass die Zwillinge mitbekamen, was für ein taktisches Spiel er spielte. Wer von den beiden könnte wissen, wo sich Adrians Laptop befand? Da Sofie bereits behauptet hatte, sie wüsste es nicht, entschloss Achim sich dazu, die schöne Bella zu fragen. Die Schwestern schauten ihn sowieso mit einer derartigen Intensität an, als würden sie von ihm zumindest eine Verwandlung in Superman erwarten.

„Wir glauben", setzte er an, „dass wir ein ganzes Stück weiterkommen, wenn wir Adrians Laptop finden würden."

„Ach ja. Wieso denn das?", fragte Isabel.

„Weil er verschwunden ist. Wir denken, dass darauf etwas gespeichert ist, was uns ein Motiv für den Mord an ihm liefern könnte. Man hat uns erzählt, dass Sie im Unterricht Ihre Laptops benutzen dürfen, wenn Sie möchten?"

Achim merkte, wie Sofie ihren Hinterkopf gegen die Rückenlehne drückte. Dann sah sie Isabel an. Zweifellos dachte sie darüber nach, wie sie sich weiter verhalten sollte, ohne dass ihre Schwester Verdacht schöpfte. Sich mit der Staatsgewalt verbünden? Oder vordergründig mit der schönen Bella?

„Das ist unterschiedlich", sagte Isabel schließlich. „Die einen benutzen Stift und Heft für ihre Mitschriften, die anderen ihren Rechner."

„Und Adrian?"

„Er gehörte zu denen, die ihren Laptop im Unterricht dabei haben."

Aha, brachte ihn diese Auskunft jetzt irgendwie weiter? Achim kam zu dem Ergebnis, dass dies nicht der Fall war. Nicht zuletzt, weil er es ohnehin schon wusste. Diese Tatsache führte dazu, dass die Plauderei mit den Schwestern erheblich ins Stocken geriet. Das Gehirn des Kommissars arbeitete auf Hochtouren. Fast meinte er, die grauen Zellen brodeln zu hören. Die Bombe platzen lassen? Isabel eröffnen, dass er wusste, woher das Geld für die Wettorgie stammte? Und das alles ohne mitlaufendes Aufnahmegerät?

„Kann es sein, dass Adrian Sie mit der ein oder anderen Filmvorführung erfreut hat?“, fragte er in Isabels Richtung, entschlossen, den ersten Treffer zu setzen.

„Filmvorführung? Was ist das denn für eine Frage, zum Teufel?“ Die junge Frau war schon wieder dabei, ihre gute Erziehung zu vergessen, während Sofie jegliche Gesichtsfarbe verlor. Sie übte einen solchen Druck auf die Rückenlehne aus, dass der Kommissar fürchtete, sie könnte abknicken. Trotz ihres offenkundigen Unbehagens traute sie sich aber nicht, den Fragen des Ermittlers Einhalt zu gebieten. Braves Kind. Klug genug, mit den richtigen Leuten zu paktieren.

„Filmchen mit Ihnen als Hauptobjekt und dem ein oder anderen, wie würde meine Kollegin es ausdrücken, ‚Sugar-Daddy‘?“

„So ein Unfug, woher haben Sie denn diesen Quatsch?“, erwiderte Isabel schroff und zornrot und sah Sofie an, als würde sie ihr gerne auch noch die intakte Nasenhälfte aus dem Gesicht kratzen. So abgebrüht schien sie doch nicht zu sein. Der Ermittler registrierte es mit einer gewissen Genugtuung.

Sofie hatte damit begonnen, ein Couchkissen zwischen ihren Händen zusammenzupressen, wie Achim aus den Augenwinkeln beobachten konnte. Ein paar Federchen hatten schon die Füllung verlassen und sich auf dem Sofa verteilt. Schien nicht das neueste zu sein, das Kissen. Und bald reif für die Mülltonne, wenn Sofie sich weiter an ihm ausließ.

„Was für ein ausgemachter Scheiß. Warum sollte ich mich mit irgendwelchen ‚Sugar-Daddys‘ einlassen?“

„Nun“, Achim zog das Wort in die Länge, „da gibt es verschiedene Meinungen.“ Neben ihm schwebte aus einem Riss im Kissen ein Federwölkchen.

„Was denn für welche? Und von wem?“ In Isabels Augen flammte offen die Wut auf.

Achim wurde einer Antwort vorerst enthoben, da sein Handy anfing zu dudeln. Den Kriminaltango. Er hörte die Melodie mit Dankbarkeit. Das Eis, auf dem er herumrutschte, war dünn. Er konnte gut darauf verzichten, einzubrechen und im kalten Wasser unterzugehen. Die angezeigte Nummer gehörte Georg, dem Kollegen von der Spurensicherung. „Sagt mal, wo seid ihr denn alle?“, tönte es statt einer Begrüßung aus dem Mobiltelefon. „Wäre total klasse, ihr würdet euch möglichst schnell hier blicken lassen.“

„Warum, lieber Georg?“

„Weil ich vor Adrians Laptop sitze und dabei gerne Gesellschaft hätte.“

Achim bemühte sich, seine Freude über diese Nachricht zu verbergen. „Das ist, zugegebenermaßen, ein guter Grund“, sagte er mit neutralem Ton, während die Zwillinge aufmerksam lauschten. „Fast der beste, der mir im Moment einfallen würde. Wo habt ihr ihn gefunden?“

„Wir überhaupt nicht. Falls du dich dazu herablässt, dich auf den Weg zu mir zu machen, verspreche ich, dir alles zu erzählen.“

Achim räusperte sich. „Das ist leider nicht so einfach.“

„Warum nicht, zum Kuckuck?“, blaffte Georg, der erkennbar dabei war, die Geduld mit seinem Kollegen zu verlieren.

„Weil ich in Lahnstein sitze, bei den Mundlings und kein Auto habe.“

„Du hast kein Auto. Natürlich nicht. Wo ist denn der Wagen? Mit Jana unterwegs, was?“ Der Spurensicherer lachte sich schlapp über seinen guten Insider-Witz.

„Sehr richtig, mein Bester. Du hast es erfasst.“

Das Lachen am anderen Ende der Leitung erstarb schlagartig. „Großer Gott“, murmelte Georg.

„Völlig deiner Meinung“, antwortete Achim.

Klaus Melchers beobachtete seine Noch-Gattin dabei, wie sie den Zucker in ihrem Kaffee umrührte. Er hatte sich ihr gegenübergesetzt. In einen bequemen Sessel, dessen Stoff genauso gemustert war wie das Möbel, auf dem Astrid saß. Wie kann man nur so blind sein wie ich, fragte er sich. Staunend wie ein kleines Kind ließ er seine Hand über den glatten, kühlen Bezug gleiten. Mit dem unguten Gefühl, als wäre er Gast in seinem eigenen Heim. Wie selbstverständlich bis jetzt alles für ihn gewesen war. Einschließlich der Trennung von seiner Frau. Die logische Konsequenz unterschiedlicher Lebensformen. Besser für sämtliche Beteiligten. Was für ein Quark. Der Anwalt stöhnte laut auf. Die Schmerzen in seinem Bein wurden immer unerträglicher.

„Was ist?“, erkundigte sich Astrid Melchers erschrocken.

„Meine Wade. Es ist, als hätte sich ein glühender Tennisball in ihr eingenistet.“

Adrians Mutter zog die Brauen hoch. „Was für ein bildhafter Vergleich, Herr Anwalt. Hast du heimlich einen Metapher Kurs besucht?“

„Nein. Ich weiß auch nicht, in meinem Kopf ist grade eine Menge los. Als würden sich einige Knäuel entwirren.“

„Oh“, bemerkte Astrid, „schon wieder eine Metapher. Du wirst doch nicht noch zum Dichter mutieren. Aber darum geht es im Moment nicht. Zeig mir deine Wade.“

„Okay.“ Klaus Melchers krempelte sein Hosenbein nach oben, musste allerdings bald einsehen, dass er nicht weit genug kommen würde, weil sein Unterschenkel zu geschwollen war. Er sah Astrid verlegen an.

„Zieh sie aus“, sagte sie pragmatisch. „Ich kann mich dunkel daran erinnern, wie du in Unterhosen aussiehst.“

Genau das war das Problem, dachte ihr Mann. Dass sie sich nur dunkel erinnern konnte. Er sich aber noch recht hell an ihre Dessous, wenn er ehrlich war. Und auch sonst. Am besten hatte ihm immer ihre schwarze Unterwäsche gefallen. Ausgerechnet. Er nestelte an dem Gürtel herum. Es dauerte eine kleine Ewigkeit, bis er alles, was seine Hose im Bereich seiner Taille festhielt, aufgefummelt hatte. Schließlich lag das Beinkleid auf seinen Füßen und die Wade pochte und stach und pochte und stach.

„Um Gottes willen“, entfuhr es Astrid Melchers entsetzt. „Seit wann hast du das?“

„Seit ich auf dem Rheinsteig wandern war. Was könnte das sein?“

„Ich werde erst einmal nachschauen, ob du dir einen Zeckenbiss eingefangen hast. Ich habe dir das immer gepredigt. Schau nach, ob du Zecken hast, wenn du eine Wanderung gemacht hast. Wo ist das Vergrößerungsglas?“

Der Anwalt deutete auf den Sekretär. „In der Schublade.“

„Leg dich auf den Bauch.“

Klaus Melchers tat wie befohlen, während seine Frau nach dem Glas stöberte. Dann nahm sie die Wade ihres Mannes genauestens unter die Lupe. Im wahrsten Sinne des Wortes. Millimeter für Millimeter untersuchte sie das feuerrot verfärbte, glühend heiße Fleisch.

„Entwarnung. Zumindest in Bezug auf die kleinen, blutsaugenden Biester. Aber hier steckt trotzdem etwas Dunkles drin. Sieht aus wie ein Stachel oder ein Dorn. Kein Wunder, dass das alles so entzündet ist. Wahrscheinlich ist es auch vereitert. Soll ich versuchen, den Fremdkörper herauszubekommen?“

„Ja, bitte.“

„Trink noch einen Brandy.“

„Wird es so weh tun?“

„Sagen wir mal so: Es wird wehtun. Bleib liegen. Ich schenke dir einen ein und werde auch deine Wade mit dem hochprozentigen Gold desinfizieren.“

„Nur das Beste“, bestätigte Melchers. „Hast du eigentlich eine Ahnung, was dieses Gesöff kostet?“

„Habe ich, glaub mir. Ich besorge mir ein scharfes Messer und eine Pinzette. Entspann dich.“ Sie drückte ihm sein gut gefülltes Brandy-Glas in die Hand.

Er nippte daran und hörte sie in der Küche herumhantieren und leise mit Helene sprechen. Er freute sich, dass seine Frau da war. Dass sie sich um ihn kümmerte, ihm damit zeigte, dass er ihr noch etwas bedeutete. Obwohl er es ihr seit ewiger Zeit nicht mehr gezeigt hatte. Alles, ohne Ausnahme, hatte er seinem Beruf untergeordnet. Auch seinen Sohn. Er trank hastig die Hälfte des Brandys und merkte, wie die Anspannung nachließ. Astrid kam zurück. Zuerst träufelte sie hochprozentigen Alkohol auf die schmerzende Stelle, bevor sie versuchte, den Störenfried mit der Pinzette zu entfernen. Vergeblich. Sie müsse doch das Skalpell zum Einsatz bringen, teilte sie mit. Melchers seufzte. Wenn es der Heilung diente. Er zuckte, als die scharfe Klinge in sein Fleisch eindrang und es kreuzweise aufschnitt. Sofort drückte Astrid ein brandygetränktes Tuch darauf. Es brannte wie die Hölle. Der Anwalt biss die Zähne zusammen. Seine Frau setzte wieder die Pinzette ein. Er spürte, wie sich das Stückchen Dorn oder Holz oder was immer es sein mochte, förmlich in seiner Wade festkrallte.

„Gleich habe ich es", sagte Astrid und riss den Eindringling mit einem Ruck und ohne jegliches falsche Mitgefühl heraus, während Melchers die Augen zusammenkniff und in die geblümte Sofalehne biss.

„So, hier ist es", teilte sie erleichtert mit und zeigte ihrem Mann das Ergebnis ihrer Bemühungen. „Ein Berberitzenstachel. Richtig fieses Ding. Dreiteiliger Dorn. Eklig. Kein Wunder, dass deine Wade weh tut. Eiter ist auch drin. Dem mache ich schnell den Garaus."

Was sie dann prompt tat. Klaus Melchers spürte sofort, wie die Spannung in dem verletzten Bereich nachließ. Er seufzte erleichtert. Abgeschlossen wurde die Behandlung mit einem nochmaligen, ergiebigen Guss Brandy in die Wunde und auf die malträtierte Wade.

„Aua", stöhnte der Patient. Man könnte meinen, in seinem Unterschenkel wäre das Fegefeuer ausgebrochen.

„Keine Sorge. Das wird in einer Woche verheilt sein. Du wirst wieder herumhüpfen wie ein junges Reh. Wie hast du dir das denn eingefangen?"

„Es muss passiert sein, als ich während meiner Wanderung in die Büsche musste, ein Geschäft erledigen. Dort hat bestimmt die Berberitze nach mir geschnappt. Danke, es geht mir schon viel besser."

„Gern geschehen."

„Ich muss dir etwas sagen." Melchers überkam das Gefühl, es wäre Zeit für eine Beichte.

„Was denn?" Er glaubte, in Astrids Stimme einen Hauch von Misstrauen zu hören.

Fast war er versucht „Ach nichts“ zu antworten, aber die Sache war zu wichtig. Wenn er einen neuen Anfang mit seiner alten Liebe wagen wollte, musste die Wahrheit auf den Tisch. Erst recht, wenn er sich durch sein Verhalten schuldig gemacht haben sollte.

„Kurz vor seinem Tod wollte Adrian mit mir über etwas Wichtiges reden. Aber ich hatte keine Zeit.“ Er schielte seine Frau an. Würde sie das kommentieren? Nein, sie schwieg. „Ich musste früh im Gericht sein. Jetzt frage ich mich natürlich …“ Er geriet ins Stammeln.

„Ob du den Mord an deinem Sohn hättest verhindern können“, vollendete Astrid den Satz an seiner Stelle.

Melchers nickte. Seine Lippen begannen zu zittern. Er unternahm den Versuch, sie davon abzuhalten, indem er sie fest aufeinanderpresste.

„Du musst dir keine Gedanken machen, Klaus. Ich weiß, was er dir sagen wollte.“ Adrians Mutter strich ihrem Mann über den Kopf.

Melchers drehte sich ruckartig auf den Rücken und starrte seine Frau an. „Um was ging es? Sag es mir. Bitte!“

„Jana, dem Himmel sei Dank. Wo hast du nur so lange gesteckt? Ist alles in Ordnung? Mit dir und dem Wagen? Wo ist er? Unten in der Garage?“

Aha, dachte die Kommissarin, während Georg von der Spurensicherung inmitten eines Wortschwalls auf sie zugerudert kam. Das Präsidium wusste also bereits bis in die letzten Winkel Bescheid, dass sie Auto gefahren war. Aber nicht nur das war ihr unfallfrei gelungen, oh nein. Sie hatte es sogar geschafft, zu tanken. Denn die Nadel war bedrohlich unter null hin und her gewackelt. So hatte sie beschlossen, dem Wagen an der Tankstelle, kurz hinter der Abfahrt von der Südbrücke, einen guten Schluck Sprit zu gönnen. Gut, sie ließ tanken. Während sie sich an dem kleinen Bistrotisch im Verkaufsraum eine Cola gönnte, bemühte sich der Pächter höchstpersönlich um die Betankung. Jana mutmaßte, dass seine Motivation daher rührte, dass er vorher hatte mit ansehen müssen, wie sie fast die Zapfsäule umgefahren hatte. Sie hatte schlicht den Abstand zwischen

Säule und Auto falsch eingeschätzt. Je näher dran, je besser, hatte sie gedacht. War verkehrt gewesen. Sie dehnte die Pause so lange aus, bis der Verkehr sich merklich beruhigt hatte und sie sich zutraute, die verbleibenden ungefähr eineinhalb Kilometer bis ins Präsidium in einem Stück zu schaffen. Der Wagen stand satt und sauber neben seinen Geschwistern in der Garage. Jana hatte bei dem netten Tankstellenmann noch eine Komplett-Reinigung in Auftrag gegeben. Für außen kam natürlich nur das Beste in Frage. Die Premium-Wäsche mit Textillappen aus Lammfell-Imitat, 14,99 Euro. Auch innen sah der Wagen ungewohnt gesaugt aus. Hervorragend.

„Alles in Butter, Georg. Was gibt es denn so Aufregendes?“

„Adrians Laptop ist da.“

„Wo?“ Jana blieb abrupt stehen.

„Bei mir. Komm mit, wir sehen ihn uns gemeinsam an. Achim ist ja momentan, nun, dienstlich unterwegs.“

„Stimmt, könntest du einen von deinen Leuten bitten, ihn in Lahnstein abzuholen und herzubringen?“

„Sieh dir erst den Laptop an, Jana. Ich glaube, du möchtest dann noch jemand anderes hier sehen, nicht nur deinen Achim.“

„Wow, starker Tobak.“ Die Kommissarin fuhr sich mit den Fingern durch die Haare. Sie klappte den Deckel zu, auf dem oben links Adrians eingravierte Initialen standen. Gerade hatten sie zusammen die Videos bewundert, auf denen Isabel ihre Sugar-Daddys nach allen Regeln der Lolita-Kunst verwöhnte. Einer war in Koblenz und Umgebung ziemlich bekannt und regelmäßig in der lokalen Presse zu bewundern. Ein Mann des öffentlichen Lebens. Auch einen anderen hatte Jana vor Kurzem irgendwo gesehen. Flüchtig. Auf Adrians Beisetzung. Aber im Moment wollte ihr nicht einfallen, wie er hieß.

„Wo habt ihr den Rechner gefunden?“

„Wir haben ihn gar nicht gefunden. Wir haben ihn gebracht bekommen. Frei Haus.“

Jetzt verstand Jana nicht mehr allzu viel. „Von wem?“

„Von Frau Siegmann.“

Frau Siegmann? Lukas Mutter? Janas Gesicht war ein paar Sekunden lang ein einziges Fragezeichen, bevor es sich in ein Ausrufezeichen verwandelte und ihr ein Licht aufging. Einer der Darsteller in Isabels Armen war Lukas Vater. Sie erinnerte sich, dass Achim ihr den berühmten Zahnklempner auf dem Friedhof gezeigt hatte. Klar, dass er ihr bekannt vorgekommen war. Der hatte anscheinend nicht nur in seiner Praxis einige Löcher zu stopfen gehabt. Da drängte sich sofort folgende Frage auf: Wie kam die Gattin des Doktor med. dent. an Adrians Laptop?

„Frau Siegmann befindet sich doch noch hier in unseren Räumen? Wir haben schließlich eine Menge zu klären. Zum Beispiel, ob sie weiß, was ihr Mann so alles auf Rücksitzen treibt."

„Klaro." Georg wippte zufrieden mit seinem Stuhl hin und her. „Sie wartet nebenan auf dich. Ich werde jetzt jemand zu Achim schicken. Er sehnt sich schon danach, zu uns nach Hause ins Präsidium zurückzukehren."

„Bringt Isabel mit her. Ich bin neugierig, was sie uns dazu zu sagen hat."

„Genau das habe ich mir doch gedacht. Mit dem größten Vergnügen. Braucht noch jemand einen Chauffeur? Eventuell Lukas Siegmann?"

„Mmmh", Jana legte ihren Zeigefinger an den Mund, stützte den Arm auf dem anderen ab und überlegte. „Im Moment nicht", grinste sie, als sie zu Ende gedacht hatte. „Ich glaube, es ist geschickter, sich mit Mama Siegmann ohne Familienanschluss zu unterhalten. Danke dir trotzdem, lieber Georg. Für deine super Unterstützung."

Der Spurensicherer lüpfte einen unsichtbaren Hut. „Immer wieder gerne, Madame."

„Guten Tag, Frau Siegmann."

Lukas Mutter saß am Tisch im Vernehmungszimmer. Sofort fiel Jana auf, wie gepflegt sie war, wie hübsch ihre Haare lagen, wie geschickt sie geschminkt war. Der Raum war von einem zwar dezenten, aber dennoch schweren Duft erfüllt. Ein reifer Duft. Isabel roch wahrscheinlich anders, jugendlicher, nach der knospenden Frische des Frühlings und nicht nach der erledigten Ernte im Spätherbst.

„Wir kennen uns noch nicht“, sagte Jana. „Mein Name ist Jana Reber. Ich führe zusammen mit Herrn Tippel die Ermittlungen im Fall Adrian Melchers.“ Als die Kommissarin Dorothee Siegmann gegenüber Platz nahm, erkannte sie die Spuren, die das Leben in dem Gesicht von Lukas Mutter zurückgelassen hatte und die auch das Make-up nicht wegretuschieren konnte. Dabei war sie kaum älter als Anfang fünfzig. Etliche Falten hatten sich um ihren Mund ein tiefes Bett gegraben und es sich darin gemütlich gemacht. Eine straffende Augencreme hätte sie ebenfalls gut gebrauchen können.

„Sie haben uns dankenswerterweise Adrians Laptop gebracht. Wo haben sie ihn her?“

„Er lag in Lukas Kleiderschrank.“ Frau Siegmann lief rosa an. „Aber er hat mit dem Mord an seinem Mitschüler nichts zu tun. Bestimmt nicht.“

„Sie haben gezielt nach dem Laptop gesucht?“

„Na ja, also, eigentlich schon.“ Das Rosa verwandelte sich nach und nach in einen tiefen Purpurton. „Wissen Sie, Lukas meint, er wäre erwachsen und würde niemanden mehr brauchen. Aber er ist noch so jung und unerfahren. Ich war verrückt vor Angst, er könnte in ernsten Schwierigkeiten stecken. Ich habe mitbekommen, wie Ihr Kollege ihn gefragt hat, ob er wüsste, wo der Laptop des Toten ist. Er hat nein gesagt. Er hat gelogen, das habe ich an seiner Reaktion gemerkt. Ich habe mir den Kopf zerbrochen, warum. Und hatte darauf nur eine Antwort. Der Computer musste etwas mit Adrians Tod zu tun haben. Also habe ich ihn gesucht. Und gefunden.“

„Haben Sie nachgeschaut, was sich auf dem Rechner befindet?“

„Nein, ich kann mit den Dingern nicht umgehen. Ich kann kochen, backen, die Mikrowelle, die Waschmaschine und das Bügeleisen bedienen. Aber von Computertechnik habe ich keine Ahnung. Ist auf dem Laptop etwas drauf, das Ihnen weiterhilft?“

„Das kann ich im Moment noch nicht beurteilen.“ Jana sah Frau Siegmann an. Sie wirkte wie eine Frau, die sich im Griff hatte. Die immer bemüht war, das Richtige zu tun und die für sich entschieden hatte, dass es korrekt war, Adrians Computer zur Polizei zu bringen. Sie hatte keine Ahnung, dass ihr Leben anschließend aussehen würde wie durch die feinste Scheibe des Fleischwolfs gedreht, wurde Jana klar. „Haben Sie regelmäßig im Zimmer Ihres Sohnes nachgeschaut, ob, nun ja, alles mit rechten Dingen zuging?"

„Sie meinen, ob ich ihm ständig hinterherschnüffele, Frau Reber? Ach was, was denken Sie von mir. Aber er macht Fehler. Er ist noch ein wenig unreif. Ich muss verhindern, dass ein unbedeutender Lapsus sein Leben versaut."

„Weiß Ihr Mann, dass Sie bei uns sind?"

„Nein." Frau Siegmann umklammerte mit über Kreuz gelegten Händen ihren Hals. Es sah aus, als wollte sie sich selbst erwürgen.

„Warum nicht?"

„Er hätte versucht, mich zurückzuhalten."

„Weshalb das? Er ist doch gewiss genauso daran interessiert, Ihrem Sohn zu helfen, wie Sie. Oder glauben Sie, er weiß, dass auf dem Laptop etwas Verdächtiges gespeichert ist?"

„Wissen Sie, mein Mann neigt dazu, Dinge, die nicht sein dürfen, zu ignorieren. Unter den Teppich zu kehren. Das ist kein böser Wille. Es ist ihm ein Anliegen, dass immer alles perfekt ist. Und für seine Familie möchte er nur das Beste. Besonders für seinen Sohn, nur das Beste. Er wird einmal die Praxis seines Vaters übernehmen. Da passt die Verwicklung in einen Mordfall nicht eben gut ins Bild." Frau Siegmann ließ ihren Hals los und ihre Hände in den Schoß sinken. „Es hat mich viel Überwindung gekostet, hierher zu kommen, das können Sie mir glauben. Aber es ist der angemessene Weg, auch wenn mein Mann mir unbeschreibliche Vorwürfe machen wird, weil ich einen solchen Alleingang gewagt habe."

„Sie müssen es ihm ja nicht unbedingt sagen", schlug Jana vor.

„Da haben Sie im Grunde genommen recht." Frau Siegmann quälte sich ein freudloses Lachen ab. „Er hält mich sowieso für ein altbackenes Hausmütterchen. Für eine, die nur in Töpfen rühren und Betten aufschütteln kann und einen geringeren IQ hat als ein selbstgerührter Joghurt. Manchmal denke ich, Lukas glaubt dasselbe."

Es wunderte Jana immer wieder, aber es gab in ihrer Generation viele Frauen, die sich ihres Wertes überhaupt nicht bewusst waren und für die Emanzipation selbst im 21. Jahrhundert nach wie vor ein Fremdwort darstellte. Die sich über irgendwelche Männer definierten und sich dabei unglücklicherweise keinen Begriff von sich selbst machten. Die so lange die Bedürfnisse ihres Partners erfüllten, bis sie glaubten, es wären ihre eigenen. Alternativ stürzten sie sich von einer Brücke oder in Hektoliter von Alkohol oder in tiefe Depressionen.

Aber alles Philosophieren brachte sie der Lösung des Falles natürlich keinen Zentimeter näher. Es kam Jana vor, als gäbe es plötzlich einen Berg mehr Fragen als noch vor ein paar Stunden. Wie kam Lukas an Adrians Laptop? Wer hatte die Videos von der reizvollen Bella und den Männern aufgenommen? War Heinz Siegmann bekannt, dass er eine Hauptrolle dabei spielte? Warum log der Zahnarztsohn? Sagte seine Mutter die Wahrheit? Was trieb Isabel, also, was trieb sie an? Gut, auf diese Frage wussten sie im Grunde genommen die Antwort. Das Prinzesschen war geil auf Geld, geil auf Macht, geil darauf, zuzusehen, wie ihre Goldesel dahinschmolzen wie Gummibärchen in der Sonne.

Die Tür öffnete sich. Jana wandte sich um. Achim stand im Rahmen. „Hier bin ich“, sagte er. „Mit einem Gast.“

21.

„Wir haben was höchst Interessantes mitgebracht.“ Der Kommissar stellte Adrians aufgeklappten Laptop vor Isabel auf den Tisch. „Wollen Sie sich mit uns zusammen ein paar nette Filmsequenzen ansehen, Fräulein Mundling?“

Die junge Frau kämmte mit ihren Fingern ihre langen Haare. Loreley. Blond und Männer ruinierend. Dann begutachtete sie ausgiebig ihre Fingernägel. Anscheinend war sie die Atmosphäre im Präsidium mittlerweile gewohnt.

Na ja, dachte Achim, ewig wird die Langeweile nicht mehr andauern. Er startete den Computer. Verschiedene Dateien flimmerten über den Schirm, in denen Isabel ihre wohlhabenden Liebhaber an unterschiedlichen Orten und in unterschiedlichen Positionen verwöhnte. Sie waren chronologisch geordnet. Ausgesprochen löblich. Die junge Frau zeigte keine erkennbare Regung.

„Sie kennen diese Meisterwerke der Filmkunst?“, fragte Achim.

„Ja“, lautete die knappe Antwort.

„So haben Sie das Geld beschafft, das Sie für Ihre Saufwette gebraucht haben und für Ihre Trainingslager, nicht wahr?“, donnerte der Ermittler. „Wer hat die Aufnahmen gemacht?“

„Lukas“, antwortete Isabel arrogant. „Es war von Anfang bis Ende seine Idee.“

Deshalb dieses Benehmen, dachte Achim. Sie hatte sich darauf vorbereitet, dem jungen Siegmann die Schuld in die Schuhe zu schieben. „Aber Ihre Schwester wusste auch alles, nicht wahr? Sie hat Ihr Geheimnis entdeckt. Ihr haben Sie Schweigegeld gezahlt. Und Adrian ist auch dahintergekommen. Ihn haben Sie umgebracht. Weil Sie Angst hatten, er könnte ihre Methoden verraten. Ihren Eltern, seinem Vater, wem weiß ich.“

„So ein Quatsch“, brauste Isabel auf. „Ich bin doch keine Mörderin. Und wie sollte er was herausgefunden haben. In der Nacht von Adrians Tod war ich total besoffen. Ich war froh, dass ich mein Bett gefunden habe.“

„Das behauptet Ihre Schwester auch. Aber was, wenn Sie einfach nur ein wenig geschauspielert haben? Zutrauen würde ich es Ihnen.“ Achim gefiel seine Idee. Isabel war eine kleine, nuttige Falschspielerin, der langsam die Karten im Ärmel ausgingen.

„Nein“, brüllte die Falschspielerin. „Fragen Sie die Bedienungen in den Kneipen, in denen wir waren. Oder Lukas. Die können bestätigen, dass ich genauso viel getrunken habe wie die anderen.“

„Hat Lukas auch die Aufnahmen von Ihnen und seinem Vater gemacht?“

Isabels Mund verzog sich zu einem fiesen Lächeln. „Ja, klar. Der Trottel hat anfangs gar nicht gemerkt, wen er da filmt. Danach hatten wir einen richtigen Krach. Warum das unbedingt hätte sein müssen, hat er gefragt.“

„Warum musste es unbedingt sein?“, erkundigte sich Jana.

„Es hat mir Spaß gemacht, Frau Kommissarin. Ich hatte Bock drauf, das perfekte Siegmannsche Familienleben ein wenig durcheinanderzubringen. Der Doktor hätte mir alles geschenkt, nur um weiter mit mir spielen zu dürfen. Dafür habe ich ihn gar nicht erpressen müssen. Lukas ist ausgeflippt. Wegen Dorothee. Er war total sauer, weil sein Vater seine heißgeliebte Mutter betrogen hat. Er wollte auf einmal nicht mehr mitmachen. Hat moralische Bedenken entwickelt. Dabei hat er durch mich gutes Geld kassiert."

„Es muss furchtbar sein, so privilegiert aufzuwachsen, oder täusche ich mich, Fräulein Mundling? Sie benehmen sich wie eine verwöhnte Prinzessin, Papas Liebling, aber in Wirklichkeit sind Sie eine intrigante Kriminelle."

Isabel schrie auf und trommelte mit ihren Fäusten wild auf dem Tisch herum. Sie warf den Kopf hin und her, dass ihre Haare nur so flogen.

Jana und Achim schauten ihren Gast erstaunt an. Mit einer solchen Reaktion hatten sie beide nicht gerechnet.

„Ich bin alles andere als Papas Liebling", brach es aus der jungen Frau heraus. „Seit ich klein bin, war ich ihm völlig egal. Er hat mich überhaupt nicht beachtet. Immer war nur Sofie wichtig, mit ihrer kaputten Nase. Immer hat nur sie auf seinem Schoß sitzen dürfen, hat er nur sie an der Hand gehalten. Sie wurde gelobt für gute Noten, aber wenn ich ihm stolz eine Eins zeigen wollte, hat er nur gemeint, das wäre selbstverständlich. Er hat meine Schwester überschüttet mit Aufmerksamkeit, mit Komplimenten wegen ihren hübschen Augen, ihren seidigen Haaren. Es war un...er...träg...lich." Bei der schönen Bella begannen Tränen der Wut zu fließen. „Sofie mit ihrer verstümmelten, hässlichen Fratze, die aussieht wie ein weiblicher Frankenstein." Der Zorn verzerrte Isabels Gesichtszüge so, dass sie selbst aussah wie einer.

„Aber Sie haben doch sogar Ihre Freizeit mir Ihrer Schwester verbracht. Warum, wenn Sie sie so wenig mögen?" Jana wunderte sich.

„Weil mein Vater es so wünscht. Es verlangt. Mir den Befehl erteilt hat." Adrians Schulkameradin trat mit den Füßen nach dem Tischbein. „Und ich dachte, er würde endlich merken, was ich alles tue, um ihm zu gefallen. Ich bin nämlich eine brave Tochter, müssen Sie wissen. Aber nicht einmal ein Danke habe ich zu hören bekommen. Hätte er mich auch manchmal einfach nur an die Hand genommen, dann wäre das alles nicht passiert." Isabels knallroter Kopf bildete einen aparten Kontrast zu ihren blonden Haaren.

„Wie ging es mit Lukas weiter?" Achim bohrte unerbittlich tiefer. Schließlich konnte er nichts dafür, dass Herr Mundling seine beiden Töchter so unterschiedlich mit seiner Liebe und Zuneigung bedachte.

„Der war vor lauter Wut auf seinen Vater wie von Sinnen. Außerdem wollte er plötzlich unbedingt wissen, was uns passieren würde, wenn unser kleines Spiel rauskommt. Ob wir in den Knast wandern würden, Menschenskinder! Wegen unseren mickrigen Erpressungen. Er kam auf die Schnapsidee, dass Adrian seinen Vater fragen sollte. Er wollte seinem Freund die Videos zeigen. Ich habe ihn gefragt, ob er sie noch alle hat. Jetzt hat er sie Ihnen gezeigt, um zu beweisen, dass er mit der Polizei kooperieren will. Megadepp!"

„Das ist nicht Lukas Laptop, Fräulein Mundling."

Isabel wurde blass. „Was?"

„Es ist Adrians Rechner."

„Dieser Grützkopf, dieser verfluchte Idiot."

„Wer bitte ist denn dieser Grützkopf, dieser Idiot?", fragte Achim. „Lukas?"

„Wer denn sonst. Er ist mit den Videos zu Adrian gerannt. Der Volltrottel hatte schon immer Angst vor seinem eigenen Schatten. Da hat er sein Problem einfach weitergegeben, an Adrian."

„Hat Adrian seinen Vater gefragt?"

„Ich habe nicht die geringste Ahnung."

„Fräulein Mundling, jetzt noch mal in aller Deutlichkeit: Haben Sie Ihren Schulkameraden auf dem Gewissen?"

„Verrat mir bitte, was er mir sagen wollte", bettelte Melchers seine Frau an.

„Er wollte dir mitteilen, dass er bis zum Abitur bei mir wohnen würde." Adrians Mutter hatte die Hände seines Vaters zwischen ihre genommen und drückte sie fest.

„Er wollte weg aus diesem Haus?“

„Sei mir jetzt bitte nicht böse, Klaus. Hauptsächlich wollte er weg von dir. Aber ich bin mir sicher, dass er deswegen nicht umgebracht wurde.“

Eine traurige Erleichterung überkam Melchers wie ein heftiger Platzregen, der im Sommer die Felder flutet. Das Wasser drückt zum einen die Halme nach unten, zum anderen bringt es die dringend benötigte Feuchtigkeit. Adrian hatte zu seiner Mutter ziehen wollen. Nicht mehr und nicht weniger. Natürlich sagte das einiges über seine väterlichen Qualitäten aus. Gerade deshalb konnte er den Wunsch seines Sohnes besser verstehen als irgendjemand sonst. Er würde auch lieber mit Astrid zusammenwohnen als mit sich.

„Ich war ein mieser Papa, oder? Ein erziehungsberechtigter Versager auf der ganzen Linie. Als Vater der größte anzunehmende Unfall.“

Astrid lächelte bekümmert. „Ich würde es anders ausdrücken, Klaus. Du warst mit anderen Dingen beschäftigt. Damit, ein erfolgreicher Anwalt zu werden und zu bleiben. Du wolltest deinem Sohn und mir ein unbeschwertes Leben bieten. Ohne materielle Sorgen. Du hast getan, was dir wichtig ist.“

„Und habe mich nicht dafür interessiert, was euch beiden wichtig ist. Du brauchst nicht zu antworten, Astrid. Ich habe gedacht, ein Leben in einem solchen Haus, mit einer Haushälterin und mit mehr als genug Geld wäre gleichzusetzen mit Glück und Zufriedenheit. Erst der Tod meines Sohnes und dass du bei mir bist, lässt mich erkennen, dass das nicht so ist. Ich schäme mich, Astrid. Auch wenn er mir nur sagen wollte, dass er zu dir zieht, ich hätte ihm zuhören müssen. Stattdessen hat er an diesem Morgen das Haus mit dem Gefühl verlassen, er wäre mir gleichgültig.“

„Deine Selbstvorwürfe helfen niemandem mehr, Klaus. Adrian nicht, dir nicht, mir nicht.“

„Was würde denn was bringen? Ich komme mir auf einmal so nutzlos vor. Als hätte ich alles falsch gemacht.“

„Du hattest einen wunderbaren Sohn. Der sich da, wo er jetzt ist, wohlfühlt. Du hast vielen Menschen geholfen, die zu Unrecht zwischen die polizeilichen und juristischen Mühlen geraten sind. Jeder macht Fehler. Niemand ist perfekt."

Klaus Melchers schluckte mühsam den Trauerkloß hinunter, der in seinem Hals festsaß. Seine Frau hatte natürlich recht. Das Leben ging weiter. Aber irgendetwas musste doch besser werden. Irgendetwas mussten sie doch gelernt haben. „Ich gönne mir ein halbes Jahr Auszeit", sagte er und staunte über seine eigenen Worte. „Ich muss mir darüber klar werden, was ich mit dem Rest meiner Lebenszeit anfangen will."

Astrid blickte ihren Mann an, als liefe er ihr in diesem Moment zum ersten Mal über den Weg. „Geht das denn so einfach? Früher waren zwei Wochen Urlaub mit deiner Familie schon zu viel. Entschuldigung. Jetzt fange ich an, dir Vorwürfe zu machen. Das wollte ich nicht. Verzeih mir."

„Es gibt nichts, was ich dir verzeihen müsste. Ich muss dich um Vergebung bitten. Für vieles. Für meine Sturheit und meine Ignoranz und meine Blindheit. Ich mache eine lange Reise, sobald ich die Angelegenheiten der Kanzlei geregelt und eine geeignete Vertretung gefunden habe. Aber ich habe da keine Bedenken. Begabte junge Kolleginnen und Kollegen gibt es wie Sand am Meer. Vielleicht ist ja sogar eine Partnerschaft drin, wenn er oder sie sich bewährt."

„Das ist eine tolle Idee. Wohin möchtest du denn verreisen?", erkundigte sich Astrid leise. In ihren Augen glitzerten feuchte Perlen.

„Australien? Da wollte ich immer schon mal hin. Es gab eine Zeit, da haben wir gemeinsam davon geträumt. Weißt du noch?"

„Oh ja, wie könnte ich das vergessen. Stattdessen sind wir ins Sauerland gefahren und haben uns Tropfsteinhöhlen angeschaut. War auch schön. Manchmal etwas kühl. Unser Sohn hat die Töpfe gesucht. Weil er Topfsteinhöhle verstanden hatte. Kannst du dich erinnern?" Adrians Mutter warf den Kopf in den Nacken und lachte.

Melchers betrachtete sie entzückt. „Das war lustig, ja. Der Unterweltführer ist fast verzweifelt, weil weit und breit kein Topf zu finden war." Er lächelte seine Frau an und sein Herz tat einen Sprung. „Hättest du Zeit und Lust, mich auf meiner Reise zu begleiten? Wir könnten gemeinsam den australischen Frühling und Sommer erleben. Wenn wir noch nicht genug haben, auch den Herbst und den Winter." Er sah Astrid hoffnungsvoll an.

„Nicht so schnell, Klaus. Lass uns ein wenig Zeit. Zeit, in der wir trauern können, nicht flüchten. Aber einen langen Aufenthalt im herbstlichen Australien könnte ich mir durchaus vorstellen."

„Danke. Du hast recht. Wir gehen es langsam an." Melchers setzte sich auf, zog den Knoten seiner auffälligen roten Krawatte auf und nahm sie ab. Seine Frau machte das Gleiche mit ihrem Tuch.

„Die ersten Geschenke, die unser Sohn uns zu Weihnachten gemacht hat. Mit seiner Oma selbst gefärbt. In seiner Lieblingsfarbe knallrot. Wie aufgeregt er war, als er uns die Schachteln gegeben hat. Wie er sich gefreut hat, als er gemerkt hat, wie wir uns gefreut haben." Adrians Mutter fuhr mit der Hand zärtlich über den glatten Stoff, faltete ihn vorsichtig zusammen und legte das Tuch in die Schachtel, die auf dem Tisch stand.

Ihr Mann brachte seine Krawatte daneben unter. „Die zwei können ja schon einmal versuchsweise miteinander wohnen", meinte er und schloss den Deckel. „Ist zwar ein bisschen eng, aber in einem Campingbus ist auch nicht so viel Platz."

„Ja", sagte Astrid.

Ihr Mann strich ihr mit dem Zeigefinger über die Wange und atmete erleichtert auf. Sie war wieder daheim. Genau wie er. Zum ersten Mal seit langer Zeit.

„Sind Sie bescheuert, ich habe ihn nicht umgebracht." Isabel flippte gerade völlig aus. Sie trampelte mit den Schuhen so lange auf dem pflegeleichten PVC-Boden herum, bis dieser mehrere Dellen von ihren spitzen Absätzen aufwies. Als sie sich den Stuhl schnappte und ihn in der Gegend herumwerfen wollte, griff Achim ein. Er nahm ihr das Möbelstück ab, packte sie an den Handgelenken und bat sie, sich zu beruhigen. Sie gab einen langgezogenen Schrei von sich, der sich anhörte wie das Heulen eines verlassenen Seehund-Babys. Ein menschliches Häuflein Elend mit blonden Haaren, das das Gefühl hatte, nicht genug geliebt zu werden und deshalb glaubte, anderen Menschen wehtun zu dürfen.

Achim spürte, wie tiefes Mitleid ihn erfasste. Mit einer jungen Frau, der das Schicksal gute Karten in die Hand gegeben hatte, die aber selbst mit einem Royal Flush nicht zufrieden wäre. Dennoch war der Ermittler in der Zwischenzeit von einem überzeugt: Eine Mörderin war sie nicht. Blieb die Frage, wer es dann gewesen war.

Er sah seine Partnerin an: „Wir schaffen Lukas her. Immerhin befand sich Adrians Laptop zwischen seiner Wäsche.“

„Okay, ich kümmere mich darum.“

„Jana!“

„Ja?“

„Bitte tu mir einen Gefallen.“

„Welchen?“

„Lass jemand anderen fahren. Der Tankstellenpächter steht vermutlich jetzt noch unter Schock.“

„Was weißt du von dem Tankstellenpächter?“

„Wir haben nach dir dort getankt. Der arme Mann hat ausgesehen, als wäre er vorher überfallen worden. Von Außerirdischen.“

Dreißig Minuten später erschien Lukas Siegmann in Begleitung von zwei uniformierten Polizisten im Präsidium. Jana erkannte sofort, wie unwohl er sich in seinen Designer-Klamotten und der darunter versteckten Haut fühlte. Er bewegte die Lippen in einem stummen Selbstgespräch.

Die Kommissarin hätte einiges dafür gegeben zu erfahren, was er sich da erzählte. Sie ging auf die Gruppe zu. „Danke Kollegen. Ich übernehme ihn. Bitte begleiten Sie mich in ein Vernehmungszimmer, Herr Siegmann.“

„Was soll ich denn hier?“

„Das werde ich Ihnen gleich mit der nötigen Ruhe erklären.“

„Ich bin fix und fertig“, er hielt sich die Hand vor den Mund, als müsste er die Lautstärke der Worte kontrollieren, „mein bester Freund ist tot. Ich stehe völlig neben mir. Ich möchte nur meine Ruhe. Verstehen Sie das?“

Der tut ja so, als wäre ich beschränkt, dachte Jana. „Wissen Sie, Herr Siegmann, wir verstehen vieles. Ab und zu sogar die Motive eines Mörders."

Der junge Mann zuckte zusammen.

„Da wir aktuell einen solchen suchen", fuhr die Ermittlerin fort, „ist mir Ihre fehlende Erholung momentan piepegal. Übrigens: Ihre Freundin Isabel ist zurzeit ebenfalls bei uns zu Besuch. Unter uns", Jana senkte ihre Stimme wie eine Verschwörerin, „sie hält Sie für einen totalen Versager." Die Kommissarin öffnete die Tür zum Vernehmungszimmer. „Nehmen Sie Platz. Etwas zu trinken?"

Lukas schüttelte den Kopf. Er schlug abwechselnd mit der Handinnenfläche und seinen Fingerknöcheln auf den Tisch, während Jana damit beschäftigt war, das technische Equipment vorzubereiten. Sie schaltete das Aufnahmegerät ein, nannte die Namen der beiden Anwesenden, ihren Dienstgrad und die Uhrzeit.

„Glauben Sie etwa, ich habe Adrian umgebracht?" Lukas untermalte seine Frage mit einem Fingerknöchelstakkato.

„Der Laptop Ihres ermordeten Schulkameraden lag in Ihrem Kleiderschrank. Was meinen Sie, auf welche Gedanken wir dann kommen? Sie müssen nicht antworten. Meine Frage war mehr rhetorischer Natur."

Die Trommelei mit den Fingerknöcheln verstummte abrupt. „Woher haben Sie den Rechner? Sie dürfen doch nicht einfach mein Zimmer durchsuchen. Wie kommen Sie dazu? Dazu brauchen Sie die Anordnung eines Richters. Ich möchte meinen Vater anrufen. Der wird Ihnen unseren Anwalt auf den Hals hetzen. Bringen Sie mir sofort ein Telefon."

„Herr Siegmann, jetzt bekomme ich aber Angst. Allerdings habe ich eine Überraschung für Sie: Wir mussten unsere eigenen Spürnasen überhaupt nicht bemühen. Ihre Mutter hat das netterweise für uns übernommen."

„Dorothee?" Lukas zwinkerte irritiert mit den Augen. „Aber ich hatte doch die ganze Zeit das rote Ampelmännchen …"

„Bitte was, Herr Siegmann?" Jetzt war es an Jana, leicht verwundert zu schauen.

„Ach nichts.“ Lukas schluckte. „Haben Sie ihr ...“, erneutes Schlucken, „haben Sie ihr das Video mit Isabel und meinem Vater gezeigt? Dem alten Bock.“ Seine letzten Worte ahnte seine Befragerin mehr, als dass sie sie verstand.

„Nein, noch nicht.“

„Puh.“ Der junge Mann atmete erleichtert auf und entspannte sich ein wenig. Seine Hände lagen nach wie vor still auf dem Tisch. Er sah Jana an. Auch sein zuvor so unsteter Blick hatte sich beruhigt.

„Möchten Sie Ihren Vater anrufen, Herr Siegmann? Oder einen Anwalt? Für den Fall, dass Sie sich mit einer Aussage selbst belasten würden, können Sie schweigen.“

„Ja, das ist mir bekannt.“ Der junge Mann lächelte schief. „Aus dem sonntäglichen Tatort.“

„Das macht mich froh, Fernsehen bildet eben doch.“

„Ich möchte niemanden anrufen. Bitte fragen Sie mich. Ich werde Ihnen antworten.“

Das wäre ja zu schön, um wahr zu sein, dachte Jana. Aber den Versuch war es auf alle Fälle wert. „Gut, Lukas“, sagte sie laut, „fangen wir an. Ist es richtig, dass Sie Isabel beim Sex mit verschiedenen Männern gefilmt und diese dann anschließend erpresst haben?“

„Ja, das stimmt.“

„War es ein einträgliches Geschäft?“

„Ja.“

„Was haben Sie mit dem Geld gemacht?“

„Wir haben damit unsere Sauf-Trainingslager bezahlt und die Einsätze für die Saufwette.“

„Können Sie mir in Teufels Namen verraten, wie Sie auf eine solche Idee gekommen sind?“

„Es klang nach einer Menge Spaß und leicht verdientem Schotter.“ Lukas besaß zumindest den Anstand, ein schuldbewusstes Gesicht zu machen. „Ohne großes Risiko. Die alten Rammler hatten alle enorm was zu verlieren. Da haben sie lieber die Kohle rübergeschoben, statt Wallung zu veranstalten.“

„Hat Ihr Vater auch was für die Liebesdienste ihrer Mitschülerin bezahlt?“

„Kann ich mir nicht vorstellen. Der war irgend so eine kranke Idee von Isabel. Ich glaube sie war neidisch, weil meine Eltern sich um mich kümmern. Weil unsere Familie funktioniert. Dachte ich zumindest. Mein Vater spielt mit mir Tennis. Interessiert sich für mich. Und ist irgendwie ganz schön stolz auf mich. Obwohl er dazu ...“, Lukas fing wieder an mit den Fingern auf den Tisch zu trommeln, „,... überhaupt keinen Grund gehabt hat. Meine Eltern sind beide in Ordnung, Frau Kommissarin, ehrlich.“ Er sah Jana an. „Okay, bei meinem Vater bin ich mir da nicht mehr so sicher. Ich hätte niemals gedacht, dass er meine Mutter betrügt. Wer weiß, mit welchen Flittchen noch.“

„Weiß Ihr Vater, dass er bei seinen Vergnügungen gefilmt worden ist?“

„Denke ich nicht. Er hätte sonst bestimmt mit Isabel gesprochen. Das hätte sie mir erzählt. Glaube ich zumindest.“

„Wissen Sie, wie die Videos auf Adrians Laptop gekommen sind? Und wie kam der dann in Ihren Kleiderschrank?“

Die Erzählfreude des jungen Mannes war von einer Sekunde auf die andere wie weggeblasen. Wäre ja auch zu schön gewesen, wenn alles so flüssig weitergegangen wäre.

„Möchten Sie jetzt jemanden anrufen? Oder anwaltliche Unterstützung?“, erkundigte sich Jana.

Lukas trommelte und schlug mit seinen Händen, seinen Fingern, seinen Knöcheln immer heftiger auf den Tisch. Er schien eine Melodie zu trommeln. Da- daaa- da da daaa daaa, da da da da daaa. Nach kurzem, aufmerksamem Zuhören erkannte die Kommissarin den Vangelis-Song aus dem Film Kolumbus. Dieses starke, hoffnungsvolle Lied, das von neuen Erfahrungen, überstandenen Gefahren und der Erfüllung eines Lebenstraums erzählt. Gut, die Produktion war ein Flop gewesen. Auch Jana hatte sie sich nicht angesehen, wie sie zugeben musste. Aber die Musik dazu war heute noch top. Eine Melodie, die einem geradewegs in Kopf und Bauch und Beine fuhr. „Conquest of Paradise“. Die Klänge gingen einem, wenn man sie morgens im Radio gehört hatte, den ganzen Tag nicht mehr aus dem Sinn. Der Song der Sieger und der Kämpfer. Das Lied, mit dem Henry Maske die Boxarena betreten hatte, als er noch im Ring aktiv war. Aber was hatte dieser Nummer-Eins-Hit mit Lukas zu tun? Na ja, immerhin war er ein Siegmann. Jana beschloss, sich zu entspannen und abzuwarten. Tatsächlich hatte ihr Gast irgendwann fertig musiziert.

„Es wird Zeit“, verkündete er, „dass ich die Verantwortung für das übernehme, was ich angestellt habe.“

„Das ist eine gute Idee. Dann erzählen Sie mal.“

In den folgenden zehn Minuten sprudelte der junge Mann nur so über vor in Worte gefasster Verantwortung. Er berichtete von seiner plötzlich aufgekommenen Angst, dass seine gemeinsamen Aktivitäten mit Isabel ihm die Zukunft versauen könnten, für den Fall, sie kämen heraus. Davon, dass es eine schreckliche Vorstellung für ihn war, seine Mutter zu enttäuschen, die er zärtlich liebte, auch wenn sie, wie er sich ausdrückte, ein wenig einfach und hausbacken gestrickt war. Er fürchtete, dass sein schönes Leben in dem Moment zu Ende sein würde, in dem sein Vater erfuhr, was er getrieben hatte. Aber gut, da musste er jetzt durch. Er hoffte bloß, dass er für die bescheuerten Erpressungen mit einer Bewährungsstrafe davonkommen würde und dass seine Eltern ihn das Abi machen lassen würden. Er habe sich in seiner Panik Adrian anvertraut, mit der Bitte, er solle seinen Vater, den Anwalt, fragen, wie schlimm es um ihn stand. Es habe ihn total überrascht, dass Adrian schon alles gewusst hatte und er sogar die Videos auf seinem Laptop hatte, auch die von Papa Siegmann. Sein Klassenkamerad war tierisch enttäuscht von Isabel und von ihm. Adrian habe sie als Schlampe und ihn als Rekordhohlkopf tituliert und bei den gemeinsamen Unternehmungen, die er ohnehin zunehmend idiotisch fand, nicht mehr mitmachen wollen. Er, Lukas, habe den Kumpel regelrecht bekniet, das nicht zu tun, weil sonst Isabel bestimmt Verdacht geschöpft hätte. Schließlich habe er ihm das Versprechen abgenommen, doch nicht mit seinem Vater, dem Anwalt, zu sprechen, in der Hoffnung, dass der Mist, den er gebaut hatte, nicht allzu heftig stinken würde. Anschließend habe er versucht, Isabel zu überzeugen, dass sie mit der beobachteten Vögelei und den Erpressungen aufhören müssten. Doch sie hatte ihn ausgelacht und als Warmduscher bezeichnet und er hatte dann doch weiter mitgemacht. Aber dann war Adrian gestorben. Im Brunnen auf dem Görresplatz. Da bekam er natürlich sofort Angst, sein Tod könnte mit den Videos in Verbindung stehen. Deshalb habe er den Laptop seines Kameraden, von dem er wusste, dass er ihn in der Schule in seinem Spind aufbewahrte, an sich genommen und in seinem Kleiderschrank versteckt. Er habe mit Adrians Tod nicht das Geringste zu tun, ganz ehrlich. Ob die Kommissarin ihm versprechen könne, dass seine Mutter von den nebenehelichen Sprüngen seines Vaters nichts erfahren würde?

Wenn es für die weiteren Ermittlungen unwichtig wäre, ja, antwortete Jana. Falls die Affäre eine Rolle spiele, nein.

Damit gab sich der junge Mann erst einmal zufrieden. Er sah nach seinen wortreichen Erklärungen erschöpft aus. Ausgepowert, aber auch erkennbar erleichtert und ein bisschen stolz auf sich selbst.

Jana war überzeugt, dass mit dem heutigen Nachmittag Lukas erwachsenes Leben angefangen hatte. Hinter der Kommissarin flog die Tür so heftig auf, dass sie gegen die Wand donnerte und der Aufprall den billigen Putz auf den Boden rieseln ließ. Sie zuckte zusammen.

„Was fällt Ihnen ein", brüllte Doktor med. dent. Siegmann den Rücken der Ermittlerin an. Das Vatertier, dachte Jana. Wie schön. Und keine Sekunde zu früh. Das würde bestimmt ein hochinteressanter Abend werden. Sie freute sich darauf.

„Hallo, Herr Doktor", begrüßte sie den cholerischen Gast. „Setzen Sie sich doch zu uns. Wir hatten gerade ein recht aufschlussreiches Gespräch."

„Ich gehe gegen die Aufzeichnung gerichtlich vor. Mein armer Junge. Was hat deine Mutter sich nur dabei gedacht, mir nicht sofort Bescheid zu geben."

„Ich bin kein armer Junge", murmelte Lukas.

Sein Vater zeigte sich wenig beeindruckt. „Sie hätten meinen Sohn nicht ohne mich oder einen Anwalt verhören dürfen", donnerte er.

„Oh doch, das durfte ich. Er ist einundzwanzig und, ganz nebenbei, im Verlauf unseres Gespräches erwachsen geworden. Einen Moment bitte, ich rufe meinen Kollegen zu dieser netten Runde hinzu."

Der Zahnarzt starrte zuerst sie an, dann Lukas, als hätte er in diesem Augenblick erst bemerkt, wie alt sein Sohn war. Diese Überraschung bewegte ihn immerhin dazu, sich neben seinen Sprössling zu setzen und den Mund zu halten, zumindest solange die Ermittlerin sich noch im Raum aufhielt.

„Der Onkel Zahndoktor ist da", teilte Jana ihrem Partner mit. „Ansonsten hat Lukas die Geschichte in etwa so erzählt wie Isabel, nur halt mit seinen eigenen Worten. Sieht so aus, als hätten die beiden das gemeinsam ausgeheckt mit den Videos und den Erpressungen."

„Na immerhin etwas. Was hast du jetzt vor mit Siegmann senior, Jana?"

„Ich würde ihm gerne sofort das Kurzfilmchen zeigen. Allerdings denke ich, dass sein Sohn das nicht unbedingt miterleben muss. Ich kann mir nicht vorstellen, dass Lukas seinen Mitschüler auf dem Gewissen hat. Ich glaube vielmehr, er hat einiges fürs Leben gelernt. Begleitest du mich?"

„Klar, gerne", antwortete Achim, klemmte sich Adrians Rechner unter den Arm und folgte Jana ins Vernehmungszimmer.

„Lukas", sagte dic Kommissarin, „lassen Sie uns bitte mit Ihrem Vater alleine. Was halten Sie davon, Ihrer Mutter ein wenig Gesellschaft zu leisten? Sie sitzt in unserer Kantine und trinkt einen Kaffee. Ich glaube, Sie könnten auch einen gebrauchen."

Lukas stand sofort auf und verließ den Raum, ohne seinen Vater eines Blickes zu würdigen.

„So, Herr Dr. Siegmann …", begann Achim, wurde aber von dem Angesprochenen unhöflich unterbrochen.

„Das hier wird Konsequenzen für Sie beide haben", krakelte der Zahnarzt.

„Das ist wahr", lautete die trockene Erwiderung. „Die Konsequenz heißt bei uns Gehaltszahlung. Wenn Sie so freundlich wären, mich aussprechen zu lassen."

„Bei mir kommen Sie mit Ihrer Impertinenz nicht weit, Herr Kommissar."

„Schon klar. Ich mag impertinent sein. Dafür haben Sie ein Faible für äußerst junge Frauen. Kann man das so sagen?"

„Was fällt Ihnen ein. Wissen Sie, wen Sie hier vor sich haben, Sie dahergelaufener Bulle?"

„Na, na. Wer wird denn gleich so aus dem Rahmen fallen? Beantworten Sie doch einfach meine Frage."

„Ich habe kein Faible für äußerst junge Frauen. Basta."

„Sie haben also nicht mit Isabel geschlafen, der Schulkameradin Ihres Sohnes?"

„Jetzt reicht es aber wirklich. Sie können sich morgen früh Ihre Kündigung bei Ihrem Vorgesetzten abholen."

„Beamte wie mich kann man nicht feuern. Deswegen werden wir in der Regel ja auch so sorgfältig von unserem Dienstherrn ausgewählt. Hat man uns nämlich einmal am Hals, können wir so lästig und so unangenehm sein wie ein Furunkel am Arsch. Also, hatten Sie eine Affäre mit Isabel?"

„Nein, natürlich nicht. Für mich ist dieses Gespräch beendet." Der Zahnarzt machte Anstalten aufzustehen, wurde aber von Achim in den Stuhl zurückgedrückt.

„Für uns leider nicht", sagte der Ermittler. „Wir haben auf diesem Rechner", er klappte den Deckel des Laptops mit einer fast dramatischen Geste auf, „einen Trailer, den wir Ihnen gerne vorführen möchten."

„Bitte", knurrte Siegmann senior, „tun Sie, was Sie nicht lassen können. Ich spiele mit dem Polizeipräsidenten Tennis. Ich kenne ihn gut. Ach was. Sehr gut."

„Wir auch", bemerkte Jana ungerührt und startete das Videoprogramm.

„Erkennen Sie sich wieder, Herr Doktor?", fragte sie.

Ihrem Gast verschlug es offenbar die Sprache. Er sagte kein Wort, atmete aber genauso schwer wie sein Alter Ego unter Isabel auf dem Rücksitz. Treffer, jubelte Jana stumm. Damit hat er nicht gerechnet.

„Woher haben Sie das?", brachte Siegmann schließlich ächzend hervor. Es klang verdächtig nach einem Erstickungsanfall.

„Das ist Adrians Laptop. Er hat diesen netten, kleinen Softporno auf der Festplatte gespeichert."

„Dieser Schweinehund." Der Zahnarzt presste die Worte mühsam durch seine verspannten Kiefer. Seine Halsschlagader pochte aufgeregt. „Dieser verdammte Schweinehund. Es gibt also doch einen Film."

„Das hört sich für mich so an, als ob Adrian Ihnen gegenüber etwas anderes behauptet hat, Herr Dr. Siegmann."

„Hat er auch. Dieser kleine Mistkerl." Lukas Vater schnitt eine fürchterliche Grimasse. Er bleckte die Zähne und sah so aus, als würde er das Ermittler-Duo gerne mit Wonne in winzige Fetzen reißen.

„Wir werden Ihnen ein paar Minuten genehmigen, in denen Sie sich beruhigen können. Möchten Sie Ihren Anwalt anrufen?", fragte Achim.

„Oh. Das macht jetzt aber Spaß, nicht wahr, Herr Kommissar. Machen Sie sich keine Arbeit. Bemühen Sie sich um Himmels willen nicht um Generosität. Bevor es noch schlimmer wird mit Ihnen: Ihr Mitleid brauche ich auch nicht."

Rumpelstilzchen ist gegen diesen Typ ein richtiges Herzblatt, dachte Jana. Wenn der mit derselben Aggressivität seinen Patienten im Mund herumfuhrwerkte, konnte man die Ärmsten nur bemitleiden. Aber wie hieß es doch so treffend? Nur die allerdümmsten Kälber wählen ihren Zahnarzt selber.

„Wir sind sofort wieder da", sagte sie. „Kühlen Sie ein wenig ab. Ich hoffe, Sie sind dann in der Lage, sich vernünftig mit uns zu unterhalten."

„Denkst du dasselbe, was ich denke?" Jana schaute Achim an.

„Wenn du denkst, dass da drin unser Mörder sitzt, ja." Er verschränkte die Hände hinter dem Kopf und drehte seinen Oberkörper um seine Achse. „Weißt du, was das Schlimmste an diesen Endlosvernehmungen ist? Dass man in diesen Vernehmungszimmern fast einrostet. Heute ist der Stuhl ja gar nicht mehr kalt geworden, so viele haben sich darauf gedrängelt. Ich glaube auch, dass wir mittlerweile den Richtigen dort sitzen haben. Adrian scheint ihm mächtig die Plomben verhagelt zu haben."

Jana streckte sich ebenfalls ausgiebig, bevor sie ihrem Partner mit einer Kopfbewegung bedeutete, mit der Vernehmung von Siegmann senior fortzufahren.

Als die Kommissare den Raum wieder betraten, saß Rumpelstilzchen plus mit verschränkten Armen auf seinem Stuhl. Ein Wunder, dass er nicht auf einem Bein um den brennenden Tisch hüpfte.

„Ah, wieder da", blaffte er.

„Wir sind begierig zu erfahren, was Sie uns zu erzählen haben." Achim nahm das Aufnahmegerät wieder in Betrieb. „Wollen Sie immer noch bestreiten, dass Sie was mit Isabel Mundling hatten?"

„Jetzt halten Sie mich doch nicht für so unterbelichtet, Herr Kommissar. Ja, verdammt, ich hatte was mit ihr."

„Warum?"

„Sagen Sie mal, haben Sie keine Augen im Kopf oder sind Sie doof? Zu so einem scharfen Angebot würden Sie doch auch nicht nein sagen, oder?"

Achim schielte in Janas Richtung. Die wartete ausgesprochen interessiert auf die Antwort ihres Lebensgefährten.

Der beschloss, Siegmanns Frage unbeantwortet zu lassen. „Ich kann also festhalten, dass Sie mit ihr geschlafen haben."

„Hätten Sie etwa nicht? Die hat sich so an mich rangeschmissen, ich konnte gar nicht anders."

„Hoffentlich hat es sich wenigstens gelohnt", warf Jana bissig ein, während Achims Gedanken zu der Szene zurückwanderten, in der Isabels Hand gezielt in Richtung seiner Tabu-Region unterwegs gewesen war.

„Hören Sie auf, die Moralapostelin zu spielen. Ich bin seit fünfundzwanzig Jahren mit einer Kittelschürzentrulla verheiratet. Mit der heiligen Johanna der Dampfbesen und elektrischen Rührgeräte. Ich habe immer tadellos für meine Familie gesorgt. Mein Gott, da wird doch ein wenig Abwechslung erlaubt sein. Und ich war beileibe nicht der Einzige."

„Ja, dann", bemerkte Jana spitz. „Aber woher wissen Sie, dass Sie nicht der Einzige waren. Hat das was mit Adrian zu tun? Hat er versucht, Sie mit Ihrem kleinen Abenteuer zu erpressen?"

„Mich zu erpressen?", brüllte Siegmann senior. „Das hätte sich der Hosenscheißer mal wagen sollen. Einen Heinz Siegmann erpresst man nicht. Mit was auch?"

„Zum Beispiel damit, dass man der heiligen Johanna der Dampfbesen petzt, was ihr Mann so alles treibt? Dass man es im Tennisclub erzählt, dass man es dem Sohn verrät, dem Polizeipräsidenten? Was halten Sie davon?"

„Lassen Sie Lukas aus dem Spiel!"

„Das würden wir gerne, Herr Doktor. Leider ist uns das nicht möglich."

„Weshalb nicht, verdammt?"

„Weil in seinem Kleiderschrank Adrians Laptop versteckt war. Wer den Rechner des Opfers zwischen seiner Wäsche verschwinden lässt, macht sich außerordentlich verdächtig. Deshalb habe ich mir überlegt, einen Haftbefehl gegen Ihren Sohn zu beantragen."

Achim sah Jana verwundert an. Haftbefehl? Gegen Lukas? Sein Gedankengang wurde durch ein resolutes Klopfen an der Tür unterbrochen, die sich unmittelbar danach öffnete.

Ein Kollege steckte den Kopf herein. Er hielt Jana ein Papier entgegen. „Hier, bitte", sagte er. Kaum hatte die Kommissarin das Blatt in der Hand, war er auch schon wieder verschwunden.

Jana studierte das Schriftstück konzentriert, nickte, drehte sich um und fasste nach der Türklinke.

„Zerreißen Sie das da." Die Stimme des Zahnarztes klang seltsam hohl.

„Wie bitte, Herr Doktor?"

„Zerreißen Sie den Wisch, Frau Reber."

„Warum sollte ich das tun?"

Heinz Siegmann platzte der Kragen: „Weil ich es Ihnen sage." Jana wartete darauf, dass die Wände anfingen zu wackeln, so laut polterte die Stimme von Lukas Vater durch den Raum.

„Okay. Seien Sie so freundlich und erklären Sie mir das."

„Weil ich Adrian umgebracht habe."

Fast hätte Jana die rechte Faust geballt und Tschaka gerufen. Na bitte, ging doch. „Weshalb?", fragte sie, während sie die warme Welle der Freude und Erleichterung, die durch ihre Adern flutete, genoss.

„Adrian tauchte eines Tages im Clubhaus des Tennisvereins auf. Er erzählte mir, dass Lukas sich immer mehr in Schwierigkeiten bringen würde. Er berichtete von der Saufwette und dass er zusammen mit Isabel gut begüterte Männer erpressen würde. Das wüsste ich ja wohl am besten. Der widerliche Denunziant. Dass ihm Isabel, die miese Schlampe, wie er sich ausdrückte, egal wäre. Aber dass Lukas ihm etwas bedeute und er nicht wolle, dass der sich sein Leben versaue. Er verlangte, dass ich meinem Sohn ins Gewissen rede, dass er mit diesem Unfug aufhört. Ich habe ihn gefragt, ob er über irgendwelche Beweise verfügen würde. Das hat er verneint. Der kleine Mistkerl."

„Warum haben Sie ihn bewusstlos geschlagen und ihn ertrinken lassen? Und waren so kaltblütig, ihn an die Säule zu setzen?" Jana musste schlucken. Sie sah den toten Adrian vor sich. Sein junges, schutzloses Gesicht. Seine erstaunten, offenen, bernsteinfarbenen Augen. Aber als der Zahnarzt weitersprach, galt ihre ganze Aufmerksamkeit sofort wieder ihm.

„Er hat damit gedroht, mit seinem Vater zu sprechen, wenn ich nicht mit Lukas reden würde. Und der werde dann die Schulleitung und die Polizei informieren. Das konnte ich auf keinen Fall zulassen. Dass dieser kleine Pisser das Leben meines Sohnes ruiniert. Er wäre von der Schule geflogen und angezeigt worden. Man hätte unsere gesamte Familie in diesen Skandal hineingezogen. Ich dachte, wenn es außer Adrian niemand weiß, wäre es das Beste, ich bringe ihn zum Schweigen. Und als mein Sohn sich Samstagabend zum Training verabredet hat, wusste ich, was es bedeutete. Es war ein leichtes, den jungen Leuten aufzulauern. Als der Verräter alleine am Brunnen saß, habe ich die Gelegenheit ergriffen. Ich habe auf ihn eingeredet, aber es kam überhaupt keine Reaktion. Ich wurde immer zorniger." Der Zahnarzt strich über seine raspelkurzen Haare. „Ich habe ihn gefragt, ob er wirklich nichts gespeichert hat, auch nicht auf seinem Handy. Da hat er genickt. Sein Handy steckte in seiner Jeanstasche. Ich habe es rausgezogen. Es war aus. Aber er hatte ja genickt, also musste auch was drauf sein. Ich habe ihm die Flasche auf den Kopf geschlagen und ihn in den Brunnen gehievt." Der Mörder schluckte trocken. „Nach einer Weile begriff ich, was ich angestellt hatte. Ich war geschockt, habe nachgeschaut, ob er noch lebt. Ich wollte ihn retten. Dafür musste ich ihn natürlich aus dem Wasser ziehen. Aber es war zu spät. Er war tot. Ich habe ihn an die Säule gelehnt. Sein Handy habe ich in den Rhein geworfen. Das alles hätte niemals passieren dürfen. Ich weiß gar nicht, welcher Satan mich in dieser Nacht geritten hat."

„Warum haben Sie nicht mit Ihrem Sohn gesprochen?" Jana war fassungslos. Wie meistens, wenn Mörder ihre Motive preisgaben. Oder versuchten ihre Tat zu erklären.

„Und damit zugeben, dass ich alles weiß? Das ging auf keinen Fall. Ich habe mir eingeredet, alles wäre in Ordnung. Ansonsten hätte ich Lukas bestrafen müssen. An ein Studium wäre nicht mehr zu denken gewesen. Meine Frau hätte davon erfahren. Ich hätte ihr meinen Fehltritt beichten müssen. Die Übernahme meiner Praxis durch meinen Sohn wäre undenkbar geworden. Ich hätte mich für nichts abgestrampelt. Das konnte ich unmöglich riskieren."

Die berühmte Vogel-Strauß-Politik. Was ich nicht sehe, und wie sollte ich was erkennen mit dem Kopf im Sand, das bemerken andere ebenfalls nicht. Die meisten vergaßen völlig, dass ihr Hinterteil dabei gut sichtbar in der Luft schwebte. Jana hielt von dieser Strategie überhaupt nichts. Aber ihr war bekannt, dass sie sich allgemeiner Beliebtheit erfreute. Sie hatte auch nichts dagegen, wenn sie praktiziert wurde, solange sie keine Todesfälle nach sich zog. In diesem Falle war ein komplettes Lebensgebäude zusammengebrochen. Auf den Zahnarzt wartete eine lange Zeit im Knast. Im Strafvollzug würde Heinz Siegmann sich rasch nach seiner Kittelschürzentrulla sehnen, da hätte sie auf die Bibel geschworen. Geschah ihm recht.

„Vielen Dank, Herr Doktor. Ich werde einen Haftbefehl beantragen“, teilte Jana mit. „Für Sie. Ein Kollege von uns wird Ihnen Gesellschaft leisten. Wir sehen uns bald wieder.“

„Ja“, sagte der Zahnarzt tonlos. „Ja.“

„Wieso hast du einen Haftbefehl für Lukas beantragt?“, brauste Achim auf, kaum dass er mit seiner Partnerin draußen auf dem Flur stand. „Ohne mich darüber zu informieren.“

„Aber Boss“, säuselte Jana, „so was würde ich doch niemals machen.“

Wer‘s glaubt, dachte der Hauptkommissar.

„Oder hast du etwa gehört, dass ich gesagt habe, dass das hier ein auf Lukas Namen ausgestellter Haftbefehl ist?“ Ihre Stimme hatte den Klang einer Brotschneidemaschine im Dauerbetrieb.

„Was ist das da für ein Zettel?“, begehrte der Leiter der Mordkommission von seiner Mitarbeiterin zu wissen.

„Das ist Isabels unterschriebene Aussage. Mein Gott, hab doch mal Vertrauen.“ Jana drückte ihm das Blatt gegen die Brust, drehte sich um und ließ ihn einfach stehen.

Achim starrte ihr hinterher, während das Papier Richtung Boden segelte. Er bückte sich, hob es auf und las. Natürlich war es Isabels Aussage. Manchmal fragte er sich, warum einige von Janas Ideen nicht auf seinem Mist wachsen konnten. Er entschloss sich, nicht weiter über diese Frage nachzugrübeln, sondern Lukas und seine Mutter über die Entwicklungen zu informieren und dann nach Hause zu gehen. Also zu Jana nach Hause. Zu Henry. Den Rest im Präsidium würde seine Partnerin schon erledigen. Dafür brauchte sie ihn nicht. Er gönnte es ihr. Schließlich war der entscheidende ermittlungstechnische Kick ihr zu verdanken. Als er die Kantine betrat, schauten Lukas und Dorothee, die einsam und verloren an einem der hintersten Tische saßen, sofort auf und betrachteten ihn erwartungsvoll. Nach einer halben Stunde ließ er die beiden erschüttert zurück. Besonders die Frau des Zahnarztes war fassungslos, vor allem darüber, dass sie mit der Übergabe des Laptops die Sache erst so richtig in Schwung gebracht hatte.

„Es tut mir so leid, mein Junge“, hatte sie gewimmert.

„Nein, Mama. Du hast nichts falsch gemacht. Im Gegensatz zu Papa und mir“, wurde sie von ihrem Sohn getröstet. Von ihrem erwachsenen Sohn. Den rechten Arm fest um die Schulter seiner Mutter geschlungen, verließ er mit ihr zusammen das Präsidium. Weder Lukas noch Dorothee wollten mit Vater beziehungsweise Mann sprechen. Der Kommissar konnte es verstehen.

Achim war schon über zwei Stunden zu Hause und gerade dabei, die Spülmaschine auszuräumen, als Janas Schlüssel sich im Türschloss drehte. Sofort sprang Henry von seiner Decke auf und wuselte seinem Frauchen um die Beine, sein Schwanz wackelte in einer rekordverdächtigen Geschwindigkeit. Das hat man davon, dachte Achim. Er war mit dem Dackel spazieren gegangen, hatte ihm eine Dose mit seinem Lieblingsfutter, Rindfleisch mit frischem Gemüse, geöffnet und serviert und dem Hund nach der Mahlzeit den Bauch gekrault. All diese Bemühungen hatten aber nur ein äußerst zurückhaltendes Schwanzwedeln hervorgerufen. Henrys untrüglicher Instinkt hatte mit Sicherheit sofort gemerkt, dass er Jana geärgert hatte. Jedenfalls hatte er Achim mit schief gelegtem Kopf dabei beobachtet, wie er die Küche aufgeräumt, das komplette gebrauchte Geschirr, inklusive seiner Teetasse mit der Patina, in die Spülmaschine gepackt und sie eingeschaltet hatte. Während die Maschine lief, hatte er den Esstisch liebevoll gedeckt und ein kaltes Abendessen zubereitet. Frische Brötchen, einen Teller mit Lachs und eine kleine, aber feine Käseplatte, eine Flasche leichten Weißwein. Dieses Verhalten war für den Hund erkennbar Grund genug, misstrauisch zu werden. Das machte dieser Typ doch sonst nicht, dachte er wahrscheinlich, da stimmt was nicht.

Achim half Jana aus der Jacke. „Hast du ihn eingebunkert?“

„Der Zahnarzt sitzt warm und sicher in der JVA auf der Karthause. Es gefiel ihm gar nicht, dass jemand ihm auf den Zahn gefühlt und dabei einen Nerv getroffen hat. Er hat verlangt, seinen Anwalt anrufen zu dürfen und dieser Wunsch wurde ihm selbstverständlich erfüllt. Der wird lange Zeit haben, nachzudenken, was er da angestellt hat. Du hast die beiden anderen Siegmanns informiert?"

Achim nickte. „Ja. Der Schreck sitzt tief. Aber ich glaube, Mutter und Sohn werden sich bald näherkommen." Er hüstelte verlegen. „Entschuldige bitte, Jana. Eben das war nicht in Ordnung. Also das, was ich auf dem Flur im Präsidium zu dir gesagt habe."

„Ich weiß schon, was du meinst. Und nein, das war es wirklich nicht. Wir arbeiten seit so langer Zeit zusammen, aber immer wieder gibt es Momente, da glaubst du, alles besser zu können. Warum? Zumal es in diesem Fall bis zum Schluss richtig gut gelaufen ist. Trotzdem musst du kurz nach der Ziellinie noch mal den Unfehlbaren raushängen lassen."

Henry kläffte zustimmend und vorwurfsvoll, jedenfalls hörte es sich für Achim so an. Der Hund hockte sich demonstrativ auf Pelzfühlung neben sein Frauchen. Zwischen Janas Bein und das gesträubte Fell des Dackels passte kein Blatt Papier mehr. Wo mochte das noch hinführen, wenn einem sogar die eigenen Geschlechtsgenossen in den Rücken fielen?

„Ich weiß", gab er zu. „Ich versuche, mich zu bessern. Ich verspreche es dir." Achim hob die rechte Hand und streckte Daumen, Zeige- und Mittelfinger in die Höhe. „Großes Ehrenwort! Ich habe übrigens Abendessen gemacht."

„Schenk dir dein Pathos. Es gibt prima Möglichkeiten, die uns dabei helfen werden, dass so etwas nicht mehr vorkommt."

„Was meinst du damit?" Vor Achims geistigem Auge liefen wie in einem Comic einige Szenarien ab, die ihn sämtlich nicht sonderlich amüsierten. Zum Beispiel, dass Jana seinen Job bekam, dass sie in eine andere Abteilung wechselte, dass sie zu einer anderen Behörde ging, womöglich zum Landeskriminalamt, aber bitte nicht zu dem in Schleswig-Holstein.

„Hast du dich woanders hin beworben?", fragte er vorsichtig.

Seine Partnerin lachte. „So ein Quatsch. Nein. Dafür gehe ich dir viel zu gerne auf den Wecker. Rein dienstlich gesehen. Ich habe dich zu einer Fortbildung angemeldet. Sie steht unter dem Motto

‚Besser geht immer. Qualität in der Führung. Eine ständige Herausforderung'. Fängt nächste Woche an, dauert drei Tage und findet mit Übernachtung in Dortmund statt. Ich hoffe, du freust dich. Ehe du die unvermeidliche Frage stellst. Ja, unsere Personalabteilung hat bereits zugestimmt."

Achim grinste. Na gut, dann würde er eine Fortbildung machen. Konnte auf keinen Fall schaden. Es gab Schlimmeres. Eine Jana in Schleswig-Holstein zum Beispiel und zur selben Zeit einen Achim in Rheinland-Pfalz. Er zog seine Lebensgefährtin an sich und küsste sie ausführlich. Henry quittierte den Vorgang mit einem befriedigten Seufzen. Er trollte sich zu seiner Decke, während seine Menschen sich zusammen auf die Couch fallen ließen und nicht aufhören konnten, ihre feuchten Schnauzen aufeinander zu drücken.

„Halt", sagte Jana plötzlich atemlos.

„Was ist?", fragte Achim erschrocken.

„Eine Frage hätte ich noch. Das von dir erwähnte Abendessen. Kann es kalt werden?"

„Nein, das ist es schon."